Hollow Lane
To Alton
To

Wood Lane

Grange Fm

Coney croft Hanger

Gracious St

THE HAN- GER

Coneycroft Hill

The Wadden

The Bostal

1

11

9

7

5

6

10

The Scru

King's Field

SELBORNE

HILL &

COMMON

Wood Pond

2

8

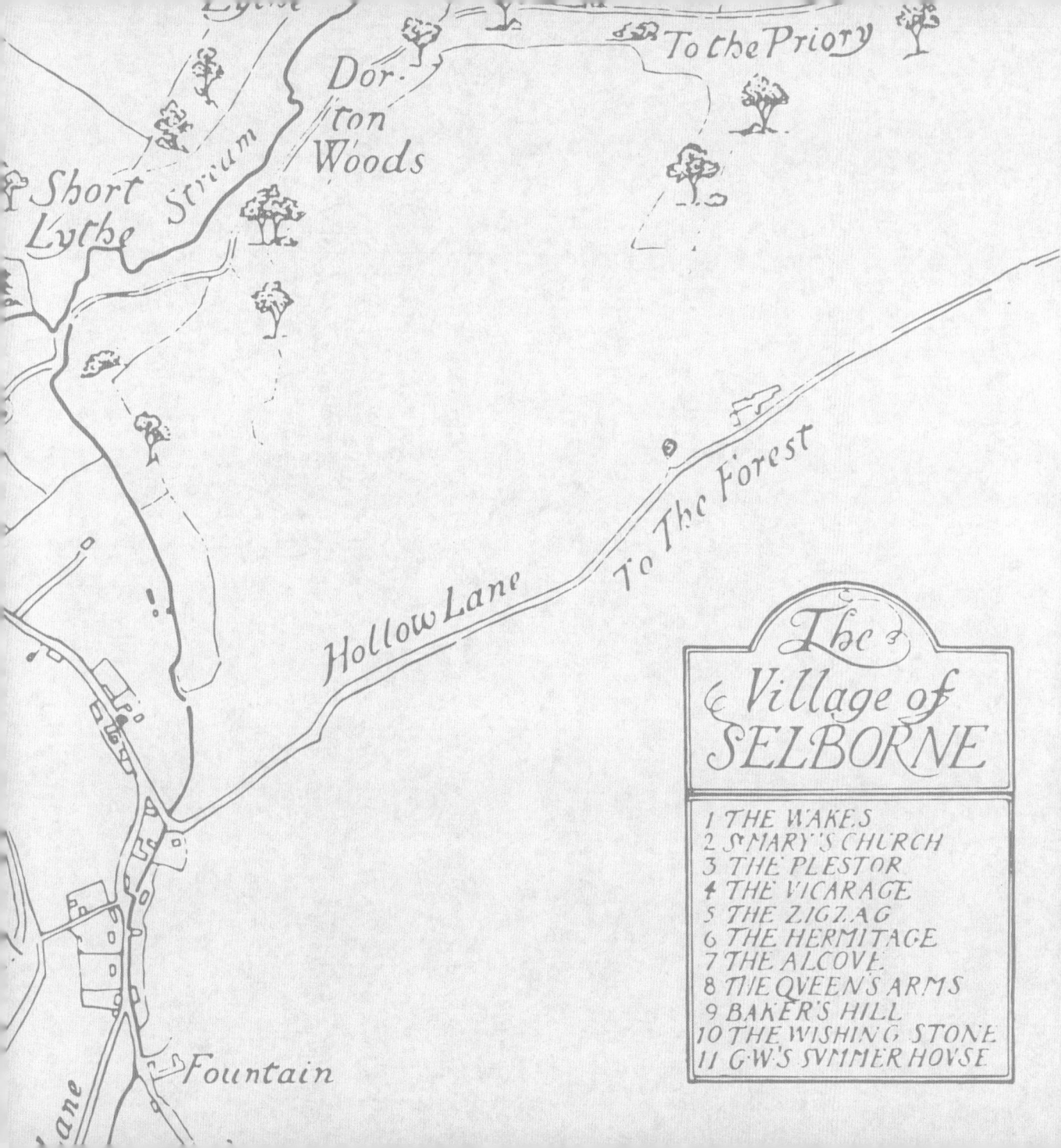

Lythe

To the Priory

Dor·
ton
Woods

Short
Lythe

Stream

Hollow Lane

To The Forest

Fountain

Lane

塞耳彭自然史

The Natural History of Selborne by Gilbert White

〔英〕吉尔伯特·怀特 著／莫乐哥 译

重庆大学出版社

目　录

卷二　致戴恩斯·巴林顿阁下的书信

《塞耳彭自然史》[1]
周作人

　　《塞耳彭自然史》——这个名称一看有点生硬，仿佛是乡土志里讲博物的一部分，虽然或者写得明细，可以多识鸟兽草木之名，总之未必是文艺部类的佳作罢。然而不然。我们如写出他的原名来，The Natural History of Selborne，再加上著者的姓名 Gilbert White，大家就立刻明白，这是十八世纪英国文学中的一异彩，出版一百五十年来流传不绝，收入各种丛书中，老老小小，爱读不厌。这是一小册子，用的是尺牍体，所说的却是草木虫鱼，这在我觉得是很有兴味的事。英国戈斯 (Edmund Gosse) 所著《十八世纪文学史》第九章中有一节讲这书及其著者，文云：

　　"自吉耳柏特怀德 (Gilbert White, 1720—1793) 的不朽的《塞耳彭自然史》出现后，世上遂有此一类愉快的书籍发生，此书刊行于一七八九年，实乃其一生结集的成绩。怀德初同华顿一道在巴辛斯托克受业，后乃升入奥斯福之阿里厄耳学院，在一七四七年受圣职，一七五一年顷即被任为塞耳彭副牧师，此系罕布什尔地方一个多林木的美丽的教区，怀德即生于此地。次年他回到阿里厄耳，在学校内任监院之职，但至一七五五年回塞耳彭去，

以后终身住在那里，一七五八年任为牧师。他谢绝了好几次的牧师职务，俾得留在他所爱的故乡，只受了一两回学院赠予的副牧师职，因为他可以当作闲职管领。怀德很爱过穆耳索女士，后来大家所知道的却滂夫人者即是，她却拒绝了他的请求，他也就不再去求别人了。他与那时活跃的两个博物家通信，一云本南德 (Thomas Pennant)[2]，一云巴林顿 (Daines Barrington)，他的观察对于此二人盖都非常有用。一七六七年怀德起首写他的故乡的自然史，到一七七一年我们才看出他略有刊行之意，三年以后他说起或可成功的小册。但是因为种种的顾虑与小心之故，他的计划久被阻碍，直到一七八九年春天那美丽的四开本才离开印字人的手而出现于世。这书的形式是以写给友人的信集成的，还有较短的第二分，用另外的题页，也同样的方法来讲塞耳彭的古物。其第一分却最为世人所欢迎，在有百十册讲英国各地自然史的书出现之后，怀德的书仍旧保存着他那不变的姿媚与最初的新鲜。这是十八世纪所留给我们的最愉快的遗产之一。在每一页上总有些独得的观察使我们注意：

　　"'鹭鸶身子很轻，却有那大翅膀，似乎有点不

方便，但那大而空的翼实在却是必要，在带着重荷的时候，如大鱼及其他。鸽子，特别是那一种叫作拍翼的，常把两翼在背上相击，拍拍有声，又一种叫作斗的，在空中翻转。有些鸟类在交尾期有特别的动作，如斑鸠在别的时候虽然飞得强而快，在春天却摊着翼像是游戏似的。雄的翠鸟生育期间忘记了他从前的飞法，像鹞子那样在空中老扇着翅膀。金雀特别显出困倦飞不动的神气，看了像是受伤的或是垂死的鸟。鱼狗直飞好像一支箭，怪鸥黄昏中在树顶闪过，正如一颗流星，白头翁像是游泳着，画眉则乱七八糟的飞。燕子在地面水面上掠着飞，又很快的拐弯打圈，显他的本领。雨燕团团的急转，岩燕常常的左右动摇，有如一只胡蝶。许多小鸟都一抖一抖的飞，一上一下的向前进。'（案此系与巴林顿第四十二书中的一部分。）

"怀德无意于作文，而其文章精密生动，美妙如画，世间殆少有小说家，能够保持读者的兴味如此成功也。"

戈斯著书在一八八八年，关于怀德生平的事实不无小误，如任牧师一事今已知非真，不过在本乡有时代理副牧师之职则是实在耳。戈斯的批评眼乃了无问题，至今论者仍不能出其范围，一九二八年琼孙（Walter Johnson）新著评传云："吉耳柏特怀德，先驱，诗人与文章家"，大旨亦复如是，唯其中间论动植各章自更有所发明。赫特孙（W.H.Hudson，旧曾译作合信）在文集《鸟与人》（Birds and Man）中有一篇《塞耳彭》，记一八九六年访此教区事，末尾说明《自然史》的特色云：

"文体优美而清明。但一本书并不能生存，单因为写得好。这里塞满着事实。但事实都被试过筛过了，所有值得保留的己全被收进到若干种自然史的标准著作里去了。我想很谦卑地提议，在这里毫无一点神秘，著者的个性乃是这些尺牍的主要的妙处，因为他虽是很谦逊极静默，他的精神却在每页上都照耀着。那世间所以不肯让这小书死灭的缘故，不单是因为他小，写得好，充满着有趣味的事情，主要的还是因为此乃一种很有意思的人生文献（Human document）也。"同文中又有两节可以引用在这里：

"假如怀德不曾存在，或者不曾与本南德及巴林顿通信，塞耳彭在我看来还是一个很愉快的村子，位置在多变化而美丽的景色中间，我要长久记忆着他，算作我在英国南部漫游中所遇到的最佳妙的地方之一。但是我现在却不绝的想念着怀德。那村子本身，四周景色的种种相，种种事物有生或无生的，种种音声，在我的心里都与那想念相联结，我想那默默无闻的乡村副牧师，他是毫无野心的，是一个沉静安详的人，没有恶意，不，一点都没有，如他的一个教区民所说。在那里，在塞耳彭，把那古派的老人喀耳沛伯（Nicholas Culpepper）的一句诗略改变其意义，正是——

他的影像是捺印在各株草上。

带了一种新的深切的兴趣我看那些雨燕在空中飞翔，听他们尖利的叫声。这统是一样，在那一切的鸟，就是那些最普通的，那知更鸟，山雀，岩燕，以及麻雀。傍晚时候我很久的站着不动，用心看着一小群的金雀，停在榛树篱上将要栖宿了。因为我在那里，他们时时惊动，飞到顶高的小枝上去，他们在上边映着浅琥珀色的天空看去几乎变成黑色了，发出他们拉长的金丝雀似的惊惶的叫声。这还是一种美妙柔和的音调，现今却加多了一点东西在里边，——从远的过去里来的东西——对于一个人的思念，他的记忆是与活的形状和音声交织在一起的。

　　"这个感情的力量与执着有了一种奇异的效果。这使我渐渐觉得，在一百多年前早已不在了的那人，他的尺牍集曾为几代的博物家的爱读书，虽然已经死了去了，却是仿佛有点神秘地还是活着。我花费了许多工夫，在墓地的细长的草里摸索，想搜出一种纪念物来，这个后来找到了，乃是一块不很大的墓石。我须得跪了下去，把那一半遮着墓石的细草分开，好像我们看小孩的脸的时候拂开他额上的乱发。在石上刻着姓名的头字，下面一行云一七九三，是他死去的年分。"

　　赫特孙自己也是个文人兼博物学家，所以对于怀德的了解要比别人较深，他大约像及菲利思（Richard Jefferies），略有点神秘的倾向，这篇塞耳彭游记写得多倾于瞑想的，在这点上与怀德的文章却很是不相同了。

　　《塞耳彭自然史》的印本很多，好的要值一几尼以至三镑，我都没有能买到，现在所有的只是"司各得丛书"，"万人丛书"，"奥斯福的世界名著"各本，大抵只有本文或加上一篇简单的引言而已。近来新得亚伦（Grant Allen）编订本，小注颇多，又有纽氏插图百八十幅，为大本中最可喜的一册。亚伦亦是生物学者，又曾居塞耳彭村，熟知其地之自然者也。伍

特华德（Marcus Woodward）编少年少女用本，本文稍改简略，而说明极多，甚便幼学，中国惜无此种书。李慈铭《灯下读尔雅偶题》三绝句之一云：

　　"理学须从识字成，学僮遣法在西京。
　　何当南戒裁花暇，细校虫鱼过一生。"

末二句的意境尚佳，可是目的在于说经便是大误，至于讲风雅还在其次，若对于这事物有兴趣，能客观的去观察者，已绝无仅有了。郝兰皋或可以算是一个，在他与孙渊如的信里说："少爱山泽，流观鱼鸟，旁涉天条，靡不覃研钻极，积岁经年，故尝自谓《尔雅》下卷之疏几欲追踪元恪"，确非过言，只可惜他的《记海错》与《蜂衙》《燕子》诸篇仍不免文胜，持与怀德相比终觉有间耳。

　　《自然史》二卷，计与本南德书四十四，与巴林顿书六十六，共一百十通，后来编者或依年月次第合为一卷，似反凌乱不便于读，不及二卷本善也。卷首有书数通，叙村中地理等，似皆后来补作，当初通信时本无成书计划，随意纪述，后始加以整理，但增补的信文词终缺自然之趣，与其他稍不同。书中所说虽以生物为主，却亦涉及他事，如地质气候风俗，其写村中制造苇烛及追希流人诸篇均有名。生物中又以鸟类为主，兽及虫鱼草木次之，这些事情读了都有趣味，但我个人所喜的还是在昆虫，而其中尤以讲田蟋蟀即油胡卢，家蟋蟀，土拨鼠蟋蟀即蝼蛄的三篇为佳，即下卷第四六到四八也。琼孙在所著《怀德评传》第七章中说：

　　"在《自然史》中我们看见三篇美妙的小论文，

虽然原来只是三章书，这是讲蟋蟀的三种的，即油胡卢，蛐蛐，螣蚱是也。要单独的引用几段，这有如拿一块砖头来当作房屋的样本。一句巧妙的话却须得抄引一下。炉边的蟋蟀说是主妇的风雨表，会预告下雨的时候（巴林顿四七）。怀德的方法，用了去检视钻洞的虫而不毁坏他的住屋，这就是现代昆虫学家所用方法的前驱。一根软的草茎轻轻地通到洞里去，便能顺着弯曲一直到底，把里边住着的赶出来，这样那仁慈的研究者可以满足了他的好奇心而不伤害那目的物（同四六）。

"螣蚱的故事对于有些博物学家特别有用，他们像鄙人一样都不曾见过一个活的标本。罕布什尔还是顶运气的地方，离开那里人就少有遇见这虫子的希望。但是因为不知什么缘故，就是在罕布什尔现在螣蚱也很少了，派克拉夫德在一九二八年曾经说过他想得这标本是多么困难。可是怀德却列举了三个土名，说是行于国内各地的，曰泥塘蟋蟀，啾啾虫，晚啾。这些俗名大抵似与他的飞声有关，既然各处有此名称，那么似乎证明从前螣蚱分布颇广了。"

这样说来，我的计划很受了影响，原来我想介绍那蟋蟀三章的，但是现在全译既不可能，节译又只是搬出一块砖头来代表房子，只好罢休。那么还是另外找罢。关于苍蝇臧螂等的小文也都有意思，可是末了我还是选中了这篇《蜗牛与螣蚰》，别无什么理由，不过因为较短罢了。这本是怀德日记的一部分，一八〇二年马克·微克 W.Markiwck 编选为一卷，名曰《关于自然各部之观察》，内分鸟兽虫豸植物气象五部，附在《自然史》后面，以后各本多仍之，或称之曰《杂观察》。其文云：

"无壳的蜗牛叫做螣蚰的，在冬季气候稍温和的日子便出来活动，对于园中植物大加损伤，青麦亦大受害，这平常总说是蚯蚓所做的。其有壳的蜗牛，即所谓带屋的（Phereoikos），则非到四月十日左右不出来，他不但一到秋天便老早的隐藏到没有寒气的地方去，还用了唾沫做成一层厚盖挡住他的壳口，所以他是很安全的封了起来，可以抵当一切酷烈的天气了。螣蚰比起蜗牛来很能忍耐寒冷，这原因盖由于螣蚰身上有那粘涎，正如鲸鱼之有脂肪包着。

"蜗牛大约在中夏交尾，以后把头和身子都钻到地下去产卵。所以除灭的方法是在生殖以前把他弄死愈多愈好。

"大而灰色的无壳的地窖蜗牛，与那在外边的蜗牛同时候隐藏起来，因此可以知道，温度的减少并不是使他们蛰居的唯一原因。"

（廿三年四月）

［附记］

　　关于怀德与其《自然史》，李广田君有一文，登在三月十七日天津《大公报》的《文艺周刊》第五十号上，可以参照。"带屋的"是希腊人称蜗牛的名字，又亦以称乌龟，怀德讲龟的那篇文中曾说及。

1　本文是周作人发表于1934年6月刊《青年界》6卷1期的文章，后收录于他的自编集《夜读抄》中。"塞耳彭自然史"这个书名，便是周作人所取。为保持原作风貌，本篇中的名词依旧采用当时的旧译名，语法仍为当时的白话文，与今日有诸多不同，读者不可不察。
2　下文统一译为托马斯·彭南特。

导　言

　　吉尔伯特·怀特的家，位于汉普郡内宁静的塞耳彭村（Selborne），是一处老宅，有多间偏房。整个房顶被绿色覆盖，墙上爬满了藤蔓植物。目前翼楼部分经过扩建，比怀特时代更大。院落还包括一小块林木荟郁的园子，一直延伸到一处陡峭小山，山上全是山毛榉树，那里便是"垂林"。有了垂林和诺尔山的山坡，村庄便裹覆在绿荫之下，环境优美怡人。从"西南铁路"沿线的奥尔顿镇步行几英里，便可到达塞耳彭。这段乡间小路，自有其迷人之处。

　　塞耳彭这个地名，其实已表明了这里是个好所在。这个村子的历史可追溯至盎格鲁撒克逊时代，单词里面的"borne"或"burn"指的是一条小溪，源自村口的一泓泉水。"sael"意指"繁荣昌盛"或"健康长寿"。"sel"出自德语中的"Selig"，也即英语"silly"中的"sil"，在古语里，表示"天真之物的幸福安康"。因此，过去的诗人，往往会写到"seely sheep"（天真幸福的绵羊）。不过，正如"guileless"（诚实）最后变成了"guileful"（狡狯）的"帮凶"，"silliness"这个原指"天真纯洁，上苍庇佑"的词，也沦落到了如今表示"愚蠢的可怜人"的地步。可以说，塞耳彭在古代是一个充满幸福美好，且极具诗意的名字。而名字由来的那眼源源不断的泉水，即解决了整个村子一年四季的用水问题，被人们称为"井口"的溪泉，在橡树林村则演变成了一条大溪。

　　"致托马斯·彭南特先生的书信"的第二封信中提及的空地"快活林"（Plestor）曾是村里孩童们的游乐场，这一称谓实际是"Play-stow"（游乐场）的讹传。那里曾有一棵高大的橡树，在1703年的那场猛烈风暴中被吹倒了（《鲁宾孙漂流记》的作者笛福在他的一本书中对那场风暴进行了详尽的描述）。这棵橡树见证了村子里昔日的欢声笑语。它在1703年倒掉后，被当时的教区牧师请人重新"扶正"，据说在此之前它已经存活了432年。而教堂院子里的那棵老紫杉，则在所有风暴中都屹立不倒。

　　吉尔伯特·怀特写过三四首诗，其中一首是《塞耳彭之邀》，诗的结尾写道：

　　　女神缪斯，不会忘记牧师的家，
　　　吟游诗人，素对故土偏爱有加；
　　　种种美景，自小让他痴迷沉醉，

从不明白，荒野为何别具韵味；
山丘之上，看那果园高高矗立，
幽谷深深，见证造物鬼斧之力；
这自然杰作，科巴姆[1]定会狂喜，
有园丁功劳，也不乏将军功绩；
壁垒堡垒森森，战壕栅栏襄助，
造就防御工事，坐拥金汤之固；
炮弹填充完毕，只待大显神通，
炮声依稀可闻，阵阵震耳欲聋；
登上峭壁，居高临下游目四顾，
百花齐放，村庄环绕万千果树；
寒舍独立，透露曼妙诗情画意，
田园风光，尽享浓荫蓊郁静谧；
塞耳彭绝景，世间难出其右，
垂林摇曳生姿，山间翠色清秀；
遥看之下，怎不叫人欢心动容，
蓝色天际，隐入轻烟薄雾溟濛；
造化神妙，生就丘地片片树林，
溪流潺湲，点化泓泓波光粼粼。

怀特

1 科巴姆家族是英国历史上非常有名望的贵族。比较有代
表性的第一代男爵亨利·德·科巴姆（Henry de Cobham，约
1260 年—1339 年 8 月 25 日），是英国东南部肯特郡的郡吏、
罗切斯特城堡的治安官。罗切斯特城堡是英国最为古老、保
存最为完好的城堡的杰出代表，在历史上具有举足轻重的
战略地位，起到了抵御外族入侵的重要作用。——译注

The Natural
History
of Selborne
by
Gilbert White

卷

一

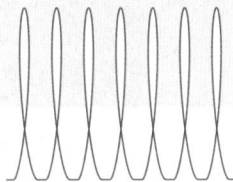

{致托马斯·彭南特先生的书信}

从南边看塞耳彭村教堂

第一封信 ／ 塞耳彭是个小地方

　　塞耳彭教区，在伦敦西南约50英里处，奥尔顿镇与彼得斯菲尔德镇之间。这里是汉普郡的最东端，紧邻苏塞克斯郡，离萨里郡不远，北纬51度线刚好穿过。塞耳彭教区广袤辽阔，邻接12个教区，其中两个教区在苏塞克斯郡，即特罗顿和罗盖特。由南而西，12个相邻教区依次为：艾姆肖特、牛顿•瓦伦斯、法灵顿、哈特利•莫德维、大沃德勒罕、金斯利、哈德利、博拉姆肖特、特罗顿、罗盖特、莱菲和格雷特姆。此地的土壤状况繁复多样，一如风景地貌。西南面是一座宽阔的白垩质小山，高出村庄300英尺，有一处牧羊山坡、一片高大的乔木林和枝叶垂于悬崖边的树林，人们唤作垂林。山上全是山毛榉，树皮光滑、枝叶润泽、枝条摇曳生姿，是万千树木中最讨人喜爱的。牧羊山坡的景致令人心旷神怡，仿佛公园一般，约1英里长，0.5英里宽。坡地紧邻山地，由此往下，逐渐融入地势平缓的平原。居高望远，小山、山谷、林地、荒野和水流，目之所及，美不胜收。放眼望去，东南面和东面连绵起伏的大片山脉是苏塞克斯岗，临近吉尔福德镇的是吉尔德岗；东北面则是环绕多金镇的山岗和萨里郡的拉伊盖特镇。这些山岗与奥尔顿和法纳姆两镇之外的乡野连成一片，一幅大气磅礴、雄伟壮丽的山野画卷。

塞耳彭村就在小山脚下，距高地一步之遥。村庄里只有一条3/4英里长的街道，蜿蜒于满是绿树的山谷中，与垂林平行。村舍在白色的岩石地上，与之隔着一片硬黏的土地（优质小麦地）。白色岩石地[1]的外观看上去与白垩土[2]几乎没有差别，但性质似乎和石灰岩不同，因为可耐受高温。不过，砂石地中应该有些土壤与白垩土类似，否则其上生长的山毛榉不可能如此茂密繁盛，榉树随地势一路延伸，至砂石地的尽头，不管多么陡峭也能茁壮生长。

蜿蜒的街道将村庄分为截然不同的两半。西南方是贫瘠的黏土地[3]，需经多年耕作，方能成为沃土良田；东北方的园圃及其后的小块圈地十分肥沃，土壤是碎沙模样，富含动植物粪肥，被称作"黑沙土"。村镇的原址可能就在这里，否则林地和灌木丛就会一直延伸到对面山坡。

村庄走向为东南—西北，两头各有一条小溪：村西北的，时常枯竭断流；村东南的，四时奔流，旱季和雨季对其均无甚影响，被称为"井头溪[4]"。井头溪发源于某处与诺尔山相连的高地，诺尔山是一处壮丽的白垩质悬崖。尤其称奇的是，发源于诺尔山的两条小溪分别汇入两

处大海。南向的溪流注入阿伦河，经阿伦德尔镇，汇入英吉利海峡；北向的，即塞耳彭河，是韦河的一条支流，韦河在哈德利与黑岗河合二为一，又在蒂尔福德桥与奥尔顿河、法纳姆河融为一体，至戈德尔明镇成为可通航的大川，再经吉尔福德，于韦布里奇汇入泰晤士河，最后经诺尔沙洲流入日耳曼海[5]。

塞耳彭村的水井平均深约63英尺，这个深度可保证它们不会枯竭。水质极佳，清澈纯净，口感柔和，喝过的人都大加称赞。但把肥皂放到水中，却不怎么起泡。

村庄西北面、北面和东面是一片片的圈地，那些地方的土壤被称为"白垩土[6]"，即某种硅藻岩或毛石，经霜雨侵蚀，便会分解，成为自身的肥料。

村庄东北面，地势稍低矮处是一片白土地，其中土壤既非白垩土，也非黏土，不适合放牧，也不适合农耕，却非常适宜种植啤酒花。啤酒花的根深植于毛石地之中，粗大的茎秆是天然的好燃料。在这种白色土壤里种出的啤酒花长势最是喜人。

从教区到沃尔默围场[7]，地势由高变低。黏土和沙土相接，湿润多沙，十分肥沃，以盛产木材而著称，但此间的道路也因泥泞难行而臭名远播。坦普尔和"黑沼[8]"所产的橡木在木材商

处的评价甚高，被大量供给海军建造军舰。毛石地上的树木虽然高大，但却被伐木工人称为"易碎品"，因为它们异常脆弱，常常在伐木时碎裂。这片多沙的沃土之外是一片贫瘠的沙地，一直延伸到沃尔默围场，如果不铺撒石灰并种上芜菁，绝对是不毛之地。

1 现代地质学认为这种岩石为地表层海绿石砂的一种。——艾伦注【格兰特·艾伦（Grant Allen，1848—1899年），出生于加拿大，后移居英国。19世纪生态学者、博物学家、科学作家和小说家，"进化论"的推动者。在《塞耳彭自然史》数以百计的版本中，由他编辑并注释的"艾伦版"被公认为是最好的版本。】

2 一种白色疏松的土状石灰岩。——编注

3 现代地质学称之为重黏土。——艾伦注

4 1781年夏季十分酷热，但9月14日"井头"每分钟出水达9加仑（1加仑折合4.546092千克），1小时达540加仑，24小时达12960加仑，折合216大桶。而其他泉眼多断流了，水塘也干涸了。——作者注

5 即北海。——译注

6 这种土壤出产优质的小麦和三叶草。——作者注

7 并非"森林"，最初是一块打猎用的圈地，里面没有一棵树。详见后文。——译注

8 塞耳彭教区的一个庄园。——译注

快活林

第二封信 [1] ／村子里的三棵大树

　　过去二十年间，在塞耳彭村西北方的诺顿农场的白垩土上，一直矗立着一棵阔叶榆树，或叫"山榆"，按雷 [2] 的分类法，它的学名是 *Ulmus folio latissimo scabro*。1703 年的那场大风暴 [3] 中，这棵树如中等树大小的主枝被吹断了。后来人们伐倒了整棵树，木材足足装了八辆车。由于实在庞大，难以运输，人们只好在根部以上 7 英尺处把它锯成了两截，截面的直径接近 8 英尺。我之所以提起这棵榆树，是想说明人工种植的榆树究竟能长到多大。根据这棵树所处的环境判断，它显然是人工种植的。

　　村子中央的教堂旁边，有一块被当地人叫作快活林的空地，方方正正，周围都是房舍。昔日，空地中间有一棵高大的橡树，躯干虽短，枝条却横斜逸出，几乎将那里全部遮蔽。这棵颇具威严的橡树周围环绕着石阶，上有座位，老人与孩子都在此休憩玩乐，尤其适合夏夜消暑纳凉。老人们坐谈村中旧事，儿童玩自己的游戏。它原本可以存活至今，只可惜被 1703 年那场惊天动地的风暴连根拔起。当地居民和教区牧师 [4] 都觉得可惜。牧师还捐了几英镑，叫人将它在原地竖起，但一切努力都无用，这棵橡树虽

27

曾发出新芽，最后还是枯萎，死去了。我提到这棵橡树，是想说明一棵橡树能长得如何高大。它一定也是人工种植的，后面谈到塞耳彭的古物时，我还会提及。

黑沼庄园有一小片几英亩的林地，名为罗塞尔林地，最近新添了一批异常高大的橡树，十分珍贵。这些树高大健硕，树干下端粗壮，上端尖细，形似冷杉。但挨得太近，树冠便很小，枝条也瘦弱。大约 20 年前，汉普顿宫附近的托伊河桥木材腐坏，需要一批长 50 英尺、细端直径 12 英寸、没有树权的树木修补桥身。木材商在这块小林地里找到了 20 棵符合要求的树，其中很多树高达 60 英尺。每棵都卖了 20 英镑。

渡鸦，鸦科鸦属

林地中央有一棵修长的橡树，树干中部长了一个树瘤，一对渡鸦在此筑窝多年，这棵树因此被叫作"渡鸦树"。附近许多顽童都想要掏出这鸟窝。因为难度不小，他们反倒被激起了斗志，都梦想着完成这个艰巨的任务。爬到树干高处，却发现树瘤高高隆起挡住去路，无处抓握。哪怕是最勇敢的小孩儿，也没法再向上了。于是，渡鸦就这样一个接一个地搭窝，安全无比，直到树林被夷为平地的那一天，才家园尽毁。那是在2月，鸟抱窝的时节。锯子加诸树身，楔子嵌入切口，大锤木槌沉重的敲击声在林间久久回荡。橡树摇摇欲坠，母鸦却仍不忍离去。最后树身倒地，窝中的小鸦被狠狠甩出。母鸦是那样慈爱，却未得好报，小鸦被坠下的万千树枝抽打着，惨死于地。

1　这封信可能节选自怀特致彭南德的一封真实信件。——艾伦注

2　约翰·雷（John Ray, 1627—1705年），英国博物学家。他是17世纪第一个提出要对物种进行分类的人，是系统动物学的奠基人。——译注

3　1703年的大风暴源自一股热带飓风，其猛烈程度在英国历史上前所未见，以至于之后将近百年时间，人们总以"那场风暴"来称呼它，而不用添加任何时间、地点的标签，可谓到了无人不知无人不晓的地步。——艾伦注

4　文中的牧师是怀特的爷爷。在这棵树的位置上，如今是一棵埃及榕。——译注

Well Head

井头溪，此处尚未形成溪流

第三封信 ／ 谈谈贝壳化石

　　塞耳彭区的贝壳化石和各种石头一直是我留心观察的对象，此处自然不能略过。出于好奇心，我首先要提到的是农夫在靠近牧羊高坡的白垩土里犁地时发现的一个标本。外形奇特，因此拿给我看。这块标本，在蠢人眼中不过是硬邦邦的石鱼。它长约 4 英寸，轴节处是鱼的头部和嘴部。实际上，它是林奈[1]所定义的贻贝属鸡冠种的双壳类无脊椎动物[2]。李斯特[3]称之为"小褶皱牡蛎"，达让维尔[4]称之为"耳形贝"或"鸡冠贝"，收藏达人则称之为"公鸡冠"。我曾求助于伦敦的几位收藏家，却一直未能一睹它完整的标本，也从未在书里见过完好清晰的摹本。我曾获准在莱斯特府[5]的大收藏室里寻找这种标本，但没有找到，不过我看到了不少保存完好的其他贝壳化石，也算心满意足了。就目前所知，这种双壳类无脊椎动物生活在印度洋，寄居在一种名叫"柳珊瑚虫"的修复类植形动物[6]上。我用铅笔

30

描绘出这块标本上的细节——壳身两边接缝处的奇特咬合、交错出现的细槽、优美的曲线轮廓，这样比用文字描述更容易让人看清楚。

Ostræa carinata

小褶皱牡蛎贝壳化石

塞耳彭村随处可见菊石[7]化石。有一年，村里修建一条通向垂林的坡道，修路工人在陡峭的山崖上挖土时，就在白垩土中发现了许多块头不小的菊石化石。井头溪之上、通往艾姆肖特的小道中就有大量菊石化石，埋藏在溪岸的黑色泥灰土里，通常较小且柔软。稍远一点的克莱塘，塘里的淤泥被挖走用作肥料后，我在塘底偶尔也会发现较大的菊石化石，直径为 14～16 英寸。这些化石的成分是某种石质石或硬黏土，并不坚硬，一经霜雨就会变成粉末，它们更

像是近代的产物。在垂林西北边缘的白垩矿场里，有时能发现很大的鹦鹉螺化石。

挖井人在毛石地的地层最厚处施工时，经常在底层深处发现大型扇贝化石。扇壳上的条纹极深，隆起的脊线和凹下的沟槽交错。它们的成分几乎和采石场的石料完全一致。

1　卡尔·冯·林奈（Carl von Linné，1707—1778 年），瑞典人，世界著名生物学家，动植物双名命名法（Binomial nomenclature）的创立者。——译注

2　《塞耳彭自然史》的第一版中有怀特请人给这个贝壳画的插图，由插图看，其实是一块特征明显的海绿石砂。——艾伦注

3　马丁·李斯特（Martin Lister，1639—1712 年），英国博物学家和动物学家。——译注

4　安东尼·约瑟夫·德扎耶·达让维尔（Antoine Joseph Dézallier D'Argenville，1680—1765 年），法国人，英国皇家学会成员，园艺鉴赏家，博物学家。专著主要涉及贝类和矿物类。——译注

5　位于伦敦市区的一处豪宅，一度被用作私人博物馆和收藏室。——译注

6　即旧的分类体系中的植虫类，被认为是介于植物和动物的中间型，例如海绵、珊瑚。——编注

7　拉丁文字面意思为"阿蒙神的角"，这是一种已经灭绝的海洋无脊椎动物，三叠纪时曾广泛分布于世界各地的海洋中。在怀特的年代，被英国的博物学家称为蛇石。——译注

Empshott Church

安普肖特村的教堂

第四封信／本地的毛石和沙石

之前的信中略略提过本地的软性毛石地，现在我来详细谈谈吧。

这种毛石在本地被大量制成炉子，也可做成灶台，还特别用来建造石灰窑。砌窑时，工人多用沙壤土代替灰浆，土里的沙子会在高温下逐渐熔化，便给窑炉表面覆上了一层玻璃般坚硬的陶釉。[1] 窑炉由此不受风雨侵袭，使用寿命可达三四十年。将毛石凿磨平整，砌成房屋的外墙，也非常美观，色泽、纹理都可以媲美巴斯石[2]。即便经受岁月洗礼，这种石头的表层也不会剥落，这一点比巴斯石还要好。用毛石制成的壁炉架也很结实耐用，纹理细密且精美，胜过波特兰石[3]壁炉架。但若用这种毛石来铺房间地面，就过于柔软，不太适用。可以从任一角度来切割这种毛石，但它生长纹理与地面平行，便应当按采石场的"原生态"铺置。用它做屋外的人行道地面也不合适，因为可能含有盐分，淋雨后就会变脆开裂。醋很难腐蚀这种石材，但矿物酸可以，白色的毛石层以及青色的板岩层都会与酸性物发生剧烈的化学反应。白色的毛石不能受湿，但石床中每隔一定的深度，就有一层薄薄的青色板岩，这类板岩倒是不畏雨露风霜，可以铺马房、甬道和庭院的地面，也可砌成堤坝背面的干墙。总之，在塞耳彭村，这种珍贵的板岩用来修围墙，补路面，都是绝好的。它粗糙坚硬，不易整饬平顺，但经久耐用。不过，板岩层很薄，埋藏也深，大量开采则靡费甚巨。石上还时常有黄色或铁锈色的污块，几乎与板岩的青色一样持久。间或还嵌有铁锈色的易碎球体，我们称之为"锈球"。

在沃尔默围场，我只见过一种被石匠称作沙石或林石的石头。它也许就是某种铁矿石，铁锈色，异常坚硬沉重，结构稳固，质地紧密，由含铁的褐色泥土粘连着又小又圆的透明粗沙砾组成；它不易切割，用铁器敲打也迸不出火星。这种石头呈片状，又大又平，常被用作屋外小路的铺路石，即便遇上霜雨也不会湿滑。此外，它还用来建造清水墙和修建房屋，效果也不差。围场荒地上四处散落着这种石头，都在地表。围场东面的韦弗岗也有，但就需要开采，此地的矿坑很浅，岩层也薄。这种石头不易朽败。

为了让墙面更加美观，秉持精益求精的工匠精神，泥瓦工会把这种石头切割成如大钉子头般的小块，再将它们嵌进毛石墙壁接缝处的湿灰浆中。经过这番装饰，墙面会显得很另类，以至于外乡人会开玩笑地问我们："你们的墙该不会是用一个个三寸钉钉起来的吧？"

---

1 烧灰用的白垩土里都含有一定比例的沙子。——作者注
2 出产于英国巴斯市的一种优质石材，被广泛应用于修建教堂、房屋以及公共设施。——编注
3 波特兰石，产自英国波特兰岛的优质建筑石材。——编注

第五封信 ／ 村子里的居民

说起本地的奇特之处，有两条凹陷的石头路值得一提：一条通往奥尔顿，另一条则通往沃尔默围场。这两条路都筑在白垩土层上，由于积年累月的人来车往、风雨侵蚀，路面已经穿透，有些路段连路基都有破损；乍一看，它们更像河道，而非道路；而且裸露的板岩长达好几弗隆[1]。这两条路有很多地方的路面都比旁边的田地低了 16～18 英尺。一遇到洪水或者霜降，便会变得丑陋狰狞：岩层间，树根虬结交错；破道边，湍流奔泻而下。一旦洪流凝成冰柱，悬挂在路边，看起来就更可怖。如果此时从上方小道上经过的女人探头一望，肯定会被这阴森古怪的景象吓得寒毛直竖。胆小的人骑马经过也会战栗。不过，这里丰富的植物，特别是遍布的各种蕨类植物，却让博物学家们笑逐颜开。

Hollow Lane near Norton

诺顿农场附近凹陷的路上方的桥，现已毁坏

普通鹌鹑，雉科鹌鹑属

长脚秧鸡，秧鸡科长脚秧鸡属

从前，塞耳彭的庄园及其树丛打理得很好，野生动物都来栖息。野兔、山鹬、雉鸡现在当然也不少，早几年更是到处都可见到丘鹬。鹌鹑少见，是因为它们更喜欢旷野。此外，庄稼收割后，还能偶尔看到长脚秧鸡。

将大片的沃尔默围场算上，塞耳彭教区就是很大一片地方了。勘测地界的雇工绕教区走上一圈，需要三天时间。他们认为，算上高坡洼地，整个教区的边界线长度不会少于30英里。

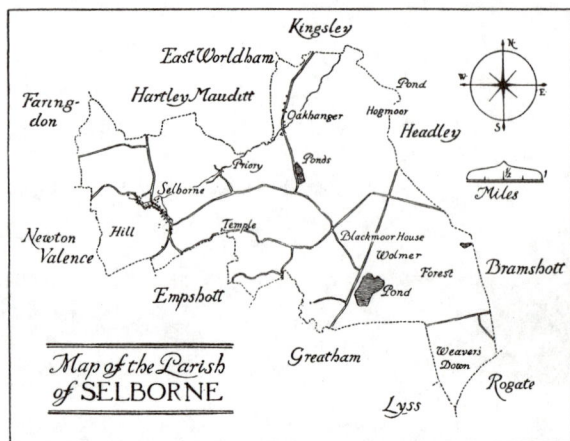

塞耳彭教区地图

塞耳彭村有浓荫遮蔽，"垂林"为村庄挡住了凛冽的西风。

村子里的空气十分温和，还因大量树木散发出的水汽而变得湿润；得益于此，村民身体康健，不受疟疾的侵扰。

像这样一个群山拱卫、林木繁茂的地区，降雨量是非常充沛的。可惜，我对本地降雨量的测量为期较短，无法给出准确的年平均降雨量[2]。能提供的数据如下：

	英寸	英担[3]
1779 年 5 月 1 日至当年底，降雨量为	28	37！[4]
1780 年 1 月 1 日至 1781 年 1 月 1 日	27	32
1781 年 1 月 1 日至 1782 年 1 月 1 日	30	71
1782 年 1 月 1 日至 1783 年 1 月 1 日	50	26！
1783 年 1 月 1 日至 1784 年 1 月 1 日	33	71
1784 年 1 月 1 日至 1785 年 1 月 1 日	33	80
1785 年 1 月 1 日至 1786 年 1 月 1 日	31	55
1786 年 1 月 1 日至 1787 年 1 月 1 日	39	57

本教区，包括塞耳彭村、一个名叫橡树林的无教堂村、几处单独的农场，以及散落于沃尔默围场周围的民居在内，总人数有 670 多。

塞耳彭村的穷人虽多，但大多平和勤劳，住在用上好石料或砖材修建的舒适楼房中，窗户上装有玻璃，卧室设在楼上。本地没有土坯房。除了务农，男人们还能去啤酒花园子里干活（村里有很多种植啤酒花的园子），或者伐木、剥树皮。春夏两季，女人们会给玉米地除草，9 月则可以享受啤酒花的第二季采摘。从前，一到冷清的冬季，女人们就忙着纺羊毛，用来织巴拉贡：一种由细绳编织而成的雅致布料。这种适合夏天穿着的布料曾风靡一时，相邻的奥尔顿镇是其主产地，织造者是一些贵格会[5]教徒。但时移事易，这一行当如今已无人问津。这里的居民得上帝庇佑，大多健康长寿，教区里的孩童也是成群结队。

塞耳彭教区居民情况，1783 年 10 月 4 日统计：

房屋或家庭数量 /	136
街道上的居民数量 /	313
教区其他地区的居民数 /	363

居民总共 676 位，每栋房屋将近居住着 5 位居民
教区牧师老吉尔伯特·怀特（1727—1728 年间去世）在世时，统计的居民人数约为 500 人。

60 年间的平均受洗人数

年份	性别	人数	总人数
1720—1729	男性 女性	69 60	129
1730—1739	男性 女性	82 71	153
1740—1749	男性 女性	92 66	158
1750—1759	男性 女性	76 81	157
1760—1769	男性 女性	91 89	180
1770—1779	男性 女性	105 98	203
总受洗人数	男性 女性	515 465	980

1720—1779 年（含首尾年份）的 60 年内，总受洗人数为 980 人。

60 年内的平均丧葬人数

年份	性别	人数	总人数
1720—1729	男性 女性	48 51	99
1730—1739	男性 女性	48 58	106
1740—1749	男性 女性	46 38	84
1750—1759	男性 女性	49 51	100
1760—1769	男性 女性	69 65	134
1770—1779	男性 女性	55 62	117
总丧葬人数	男性 女性	315 325	640

1720—1779 年（含首尾年份）的 60 年内，总丧葬人数为 640 人。

总受洗人数比总丧葬人数多出 1/3。男性受洗人数比女性多出 1/10。

女性丧葬人数比男性多出 1/30。

在本教区出生、喂养的孩子有 50% 活到了 40 岁以上。

其中有 13 对双胞胎，好几个很早就夭折了，所以降低了存活率。

男性与女性的存活率持平。

塞耳彭教区，从 1761 年 1 月 2 日至 1780 年 12 月 25 日的受洗、丧葬与结婚人数表

	受洗人数			丧葬人数			结婚对数
	男性	女性	总人数	男性	女性	总人数	
1761	8	10	18	2	4	6	3
1762	7	8	15	10	14	24	6
1763	8	10	18	3	4	7	5
1764	11	9	20	10	8	18	6
1765	12	6	18	9	7	16	6
1766	9	13	22	10	6	16	4
1767	14	5	19	6	5	11	2
1768	7	6	13	2	5	7	6
1769	9	14	23	6	5	11	2
1770	10	13	23	4	7	11	3
1771	10	6	16	3	4	7	4
1772	11	10	21	6	10	16	3
1773	8	5	13	7	5	12	3
1774	6	13	19	2	8	10	1
1775	20	7	27	13	8	21	6
1776	11	10	21	4	6	10	6
1777	8	13	21	7	3	10	4
1778	7	13	20	3	4	7	5
1779	14	8	22	5	6	11	5
1780	8	9	17	11	4	15	3
总人数	198	188	386	123	123	246	83

在这 20 年里，男性的出生人数比女性多 10 人。

男性与女性的丧葬人数持平。

出生人数比死亡人数多 140 人。

1 也作"浪"。英美长度单位，1 弗隆长为 220 码或 1/8 英里，约等于 201.168 米。——译注

2 一位有智慧的绅士向我保证（他根据自己 40 多年的经验而言），只有经过一个相当长时期的测量，才能确定一个地方的平均降雨量。他这样说道："如果我只测量头四年的降雨量，即从 1740—1743 年，我会说伦敦的年平均降雨量是 16.5 英寸；从 1740—1750 年，年平均降雨量是 18.5 英寸；1763 年之前的是 20.25 英寸；1763 年之后的是 25.5 英寸；1770—1780 年则为 26 英寸。但是如果只测量 1773 年、1774 年和 1775 年，伦敦的年平均降雨量就为 32 英寸。" ——作者注

3 1 英担合 112 磅，即 50.8 千克。——译注

4 以下两处的感叹号，应是指当期降雨特别少或特别多。——译注

5 正式名称为公谊会，兴起于 17 世纪中期的英国及其美洲殖民地，创立者为乔治·福克斯。——译注

In Wolmer Forest

沃尔默围场

第六封信 ╱ 沃尔默围场盛况

　　沃尔默围场大约有 3/5 位于本教区境内，如果对它的描述不够详尽，我对塞耳彭的记述就不算完整。这块围场盛产各种奇特的动植物，对于我这个猎手兼博物学者来说，从中能得到许多乐趣。

　　沃尔默皇家围场长约 7 英里，宽约 2.5 英里，近乎南北走向。由南而东，毗邻的教区依次为苏塞克斯郡内的格雷特姆、利斯、罗盖特和特罗顿，以及域外的博拉姆肖特、哈德利及金斯利。这块皇家围场长满石楠和蕨类植物，其间也有丘陵和山谷点缀，但没有一棵树。有些山谷中的水道淤塞，因此形成了多片沼泽。从前，沼泽地底埋着很多树。普洛特博士[1] 曾笃定地说："南部各郡中的沼泽地里从未埋藏过倒掉的树。"但他错了，因为我亲眼见过荒野边的一些村子使用一种像是橡木的黑色硬木。村民明确告诉我，这些木料是用烤肉叉之类的器具从沼泽里挖出来的，不过后来泥炭被挖光，沼泽地被翻了个底儿朝天，就再也没有发现过倒木。除了橡木，我还见过一些颜色更浅、质地更软的

42

化石木，当地人称之为冷杉。但仔细检查及火烧后，我发现这些化石木里没有类似树脂的东西，所以推断更可能是柳树或桤树之类的水生树种。

扇尾沙锥，鹬科沙锥属

这块人迹罕至的围场是鸟类的乐土。各种野禽不仅冬天常来作客，夏天也在这里繁衍后代。比如凤头麦鸡、沙锥鸟[2]和绿头鸭，近些年我还发现了水鸭。回暖时，围场边缘的荒野上会有很多刚孵化出的幼鹬。1740年、1741年以及之后几年的夏季，气候干燥，山鹬的数量激增，疯狂的捕猎者也因此蜂拥而至，一天之内可以猎杀20甚至30对。

　　以前围场里有种名贵的野禽，叫作希斯鸡，也叫黑琴鸡、松鸡[3]，现在已经绝迹了。听老人们说，在飞射[4]流行前，这种野禽到处都是。我记得自己还是小孩时，父亲的餐桌上不时有它。35年前，最后一群希斯鸡遭到了捕杀。最近十年来，它只出现过一次：几只比格猎犬[5]追逐一只野兔时，一只孤零零的雌黑琴鸡受惊飞出。捕猎者大喊："一只母野鸡！"不过，在场的一位先生肯定地告诉我，那是雌黑琴鸡，他在英格兰北部见过这种野禽。

黑琴鸡，松鸡科黑琴鸡属

黑琴鸡并非塞耳彭动物群中缺失的唯一物种，本地生物链中另有美丽的一环，如今也一去不返。那就是马鹿。本世纪初，这里的马鹿约有 500 头，场面非常壮观。围场的看守人名叫亚当斯，一百多年来，他的曾祖父（曾参与 1635 年开展的勘查行动）、祖父、父亲以及他本人，相继担任沃尔默围场的看守人。他十分肯定地告诉我，据他父亲说，有一年，安妮女王[6] 沿着朴次茅斯大道一路出行游览。到达围场附近的利波克镇时，女王陛下并不觉得这块围场寒酸，于是离开大道，在一处特意平整过的山坡上休憩。这个山坡在沃尔默塘以东约半英里处，至今仍被称为"女王坡"。当时，围场看守人把整个大约 500 头马鹿，沿着山谷赶到女王面前，供她观赏。女王看得津津有味，心满意足。能让伟大的女王欢喜，可见当时的景象何等壮观！不过，亚当斯的父亲补充道，由于沃尔瑟姆盗猎者[7] 大肆盗猎，或者，用他自己的话说，那些人一"伸出黑手"，鹿群就锐减至约 50 头，而且还在不停减少。直到已故的坎伯兰公爵[8] 时代，也就是三十多年前，公爵派出一名猎人和六名骑兵侍卫，捕捉了围场里所有的马鹿，用马车将它们运往温莎。那些骑兵侍卫着饰有金色带子的深红色上衣，还带着一群猎犬。雄鹿在一个夏天里被抓得一只不剩。捕猎的场面非常精彩，村民们都在围观。第二年冬天，他们又捉走了所有的雌鹿。此后多年中，村民仍在说起并惊叹当时的围捕场面。我亲眼见过一名骑兵侍卫自鹿群中驱赶出一头雄鹿，身手令人叹服，远胜"阿斯特里骑术学校[9]"的技法。骏马追逐雄鹿，尽管马的速度远胜于鹿，但奔逐场面之精彩完全意出望外。猎物从鹿群中分离出来后，猎手们会看着表，任它逃窜二十分钟时间（他们称之为"行规"），之后才会吹响号角，放出猎犬，壮观的围捕场面正式上演。

---

1 罗伯特·普洛特（Robert Plot，1640—1696 年），英国博物学家，牛津大学首位化学教授，也是阿什莫林博物馆首任馆长。在"致戴恩斯·巴林顿阁下的书信"的第三十八封信中，也提到了他。——译注
2 为鹬科沙锥属、姬鹬属和亚南极沙锥属 26 种鸟类的统称。——编注
3 希斯鸡、黑松鸡、松鸡是黑琴鸡的不同俗名。——编注
4 主要针对飞禽和野鸡进行的狩猎。——译注
5 世界著名的小猎兔犬，起源于英国。——译注
6 安妮女王（Queen Anne，1665—1714 年），大不列颠王国女王、爱尔兰女王（1702—1714 年在位），英国斯图亚特王朝最后一个国王。——译注
7 经常穿着黑衣，用黑布蒙面或把面部抹黑以防被人认出（也有研究者指出穿黑衣或以黑布蒙面源于一种古老

的狩猎传统）。这些盗猎者与普通偷猎者的区别在于，其活动大多是威胁性、报复性和破坏性的。也译作"黑面人"。——译注

8　坎伯兰公爵（Duke of Cumberland，1721—1765 年），英国将领和统帅，英王乔治二世幼子，有"弗兰德恶棍"和"坎伯兰屠夫"之称号。——译注

9　阿斯特里骑术学校（Mr.Astley's riding-school），指"现代马戏之父"菲利普·阿斯特里创立的马戏表演方式，以精湛的马术骑乘技巧来取悦观众。——编注

View of Selborne

塞耳彭村的景色

第七封信 / 盗猎往事

大规模的鹿群虽对当地的庄稼造成了很大伤害，但对民风的损害更为严重。好猎是大部分人男人的天性，哪怕有法律，盗猎的诱惑还是难以抗拒，也难以禁止。本世纪初以来，盗猎马鹿便让村民们狂热。年轻人要想证明自己的勇猛和英雄气概，就必须成为一名猎人——人们喜欢这样称呼自己。最后，沃尔瑟姆盗猎者们的罪行遭到政府的审判，严酷而血腥的《黑规法》[1]由此颁布。该法令包括的重罪之多，堪称史无前例。因此，有人提议该给狩猎区重新补充猎物时，已故的温彻斯特主教当即断然拒绝："我们造的孽，已够多的了。"此态度配得上主教这一神圣职位。

过去的盗猎马鹿者有几个仍然活着。前不久，他们还在闲话当年。比如，蹲守着怀孕的母鹿，等新生的小鹿一落地，便立刻用小刀削去小鹿的蹄子，以防它逃跑，等小鹿长得足够肥大后，才把它宰掉；夜里，在芜菁地里错把村里人当成鹿，给了他一枪子儿；关于猎犬丧命的故事更是令人意想不到，几个家伙怀疑有只幼崽被母鹿藏在某个蕨草丛里，于是带着一条杂种猎犬去搜寻，结果受惊的母鹿如脱缰野马腾空而起，收紧的四蹄奋力一蹶，刚好将狗脖子折成了两半。

导致村民们不务正业、沉迷打猎的另一诱因是漫山遍野的野兔。但狡兔三窟，公爵派来的那些人很难捕到它们，所以在他们捉走所有马鹿后，村民便获准全歼这些野兔。

这些被人当作猎物的动物们都消失后，对村民来说，这片围场和荒原也是极有用的：泥炭和草皮可以取火，燃料可烧制石灰，炭灰可作牧草的肥料，养鹅或牛羊的花费因此很低，甚至不费分毫。

我从一份伦敦塔[2]的老记录上看到，格雷特姆教区的农场得到批准，在适宜的季节，可以在围场内放牧牲畜，"但羊除外"。[3]据我推断，羊除外的原因是：它们一啃起草来就会没完没了，把上好的草料一扫而光，造成鹿群的食物短缺，影响生长。

威廉与玛丽[4]法令第二十三章的第四条和第五条规定："在圣烛节到施洗约翰节[5]期间，在任一荒原焚烧石楠、欧石楠和荆豆或蕨类者，可处鞭刑，并送教养所监禁。"但在沃尔默围场，每年三四月间，根据季节的干旱程度，总有人燃起熊熊烈火焚烧石楠。大火经常从一块无主地头开始烧起，然后蹿上树篱，有时还会蔓延到灌木丛和树林，造成巨大损失。烧荒之人辩解，只有把老石楠等荒草烧掉，才会长出新的，牲畜才有新鲜嫩草可吃。但长有老株荆豆之地，火势会顺其根茎蔓延到地里，于是方圆数百英亩都成了焦土，只剩滚滚浓烟和满目疮痍。地面一圈圈的炭灰余烬犹如火山灰，土壤的养分也被焚烧殆尽，多年寸草不生。焚荒季节多刮东北风或东风，村民时常饱受浓烟惊扰。有一次我的印象很深刻：一位住在安多弗镇的先生[6]前来探望我，走了25英里的路，爬上安多弗镇和温切斯特之间的山岗，看见浓烟，惊惶之下以为是奥尔斯福德失火了。可走到奥尔斯福德后，却发现那里并未有火情，他又担心起下一个村子，就这样，他一路提心吊胆、忧心忡忡，直到最后抵达我家。

沃尔默围场的两处高坡上各有一座用橡树枝搭建的凉亭，一为"沃尔登小屋"，一为"硫黄石小屋"。每年的圣巴纳巴斯节[7]都会有专人负责翻修——换下的旧料就作为工钱。本教区的"黑沼"农场负责为"沃尔登小屋"供柱子和树枝，格雷特姆教区的那几个农场则轮流负责为"硫黄石小屋"供柱子和树枝。根据要求，所有木材的砍伐和运送都需在指定地点进行。这风俗想必由来已久，是以一提。

Wolmer Pond

沃尔默塘

---

1 又称《布莱克法案》，1723 年颁布实施，19 世纪逐步废除。——译注

2 始建于 11 世纪威廉一世时期，曾作为堡垒、军械库、国库、铸币厂、宫殿、刑场、公共档案办公室、天文台、避难所和监狱使用，1988 年被列为世界文化遗产。——译注

3 为了获得这一特权，农场的主人每年需向国王上交 7 浦式耳的燕麦。——作者注

4 指威廉三世 (William III, 1650—1702 年) 与玛丽二世 (Mary II, 1662—1694 年)，这对夫妻在 1689—1694 年共同统治英国。——译注

5 圣烛节 (Candlemas) 在每年的 2 月 2 日，施洗约翰节 (Midsummer) 在每年的 6 月 24 日。——译注

6 此人是怀特的兄弟，安多弗镇的教士亨利·怀特。——福斯特注

7 圣巴纳巴斯节 (the feast of St.Barnabas)，每年 6 月 11 日。——译注

Oakhanger Pond

橡树林村的池塘

第八封信 ／ 村里那些湖泊

　　根据现在的界线，围场边缘分布着三个湖泊。其中两个在橡树林村，平常无奇，不值一提。另一个叫作宾斯塘或比恩斯塘的，却值得博物学家或狩猎者留意。此湖北端的柳树和丛薹草密密匝匝，是野鸭、水鸭、沙锥鸟等野禽繁衍生息的天然庇护所。冬天，狐狸时常出没于这片幽静之地，雉鸡偶尔也来做客。湖畔的沼泽里更生长着许多奇妙植物（参见"致戴恩斯·巴林顿阁下的书信"的第四十一封信）。

　　此刻我面前摊开着绘于1635年（即查理一世十一年）的沃尔默围场和霍尔特围场的勘界图，能看出前者宽广。我对沃尔默围场另一端的情况知道的不多，略去不谈。单说近塞耳彭的这边，过去就横越宾斯林，延伸到沃德勒罕园地的沟渠边——园地里矗立着奇特的约翰王山和"洛奇山"，最后直抵哈特利·莫德维的边缘，被称为莫德维门的地方。此外，沃尔默围场还包括短石楠地、橡树林和橡木林——这片广大的区域过去曾是皇家领地，现在成了私人财产。

需要说明的是，这卷羊皮长卷从未提及"边界"一词。除了勘界图，羊皮纸上还载有对林木价值的粗略估计。过去，霍尔特的林木价值相当可观。此外，羊皮纸上还记载了两片围场当时所有的管理人员，无论职位高低，包括他们的基本薪酬和津贴福利。和现在一样，那时的沃尔默围场里也几乎没有树木。

沃尔默围场如今的地界内分布着三个大湖：霍格默、克兰默和沃尔默塘。湖里有鲤鱼、丁鲅、鳗鱼和鲈鱼，但因养分不足，鱼的数量不多；湖底也只有沙石。

另有一点，尽管不是这些湖泊独有的景象，我却不能不谈。一到夏天，无论公牛、奶牛、牛犊，还是小母牛，都会在本能的驱使下，一直泡在水里。这样可不受蚊虫袭扰，且凉意阵阵。牛群从早上 10 点入水，湖水或齐牛肚，或仅没至下半截腿，它们在水中慢慢反刍，怡然自得，直到下午 4 点才回到岸上进食。长时间泡在水中，遗留的大量牛粪会让昆虫孳生。虫子多了，鱼儿也就能吃饱。要是没有这档子事儿，鱼儿也许就会吃了上顿没下顿。大自然真是个伟大的经济学家，竟能将一种动物的消遣产出，转变为另一种动物的食物来源！对自然界的细微观察见长的汤

姆逊[1]自然不会放过如此妙事，他在《夏日》一诗中这样写道：

"牛羊成群；
……芳草如茵，
或卧而反刍，
或立而戏水，
或屈身噏水。"

我想，沃尔默塘之所以被称为"塘"，是因为它在这片区域内独大。它周长 2646 码，几近一英里半。西北岸和对岸长约 704 码，西南岸宽约 456 码。这个数据是我请人测量的，足够精确。所以，就算除开东北角上不规则的狭长水湾，湖的总面积也有约 66 英亩。

冬季，在这片没有捕鸟人的广阔水域，整日都有成群结队的野鸭、水鸭、赤颈鸭等飞禽。它们在此休憩，梳理羽毛，游水，直到夕阳西下，才去小溪和草地里觅食（它们都在夜间活动），第二天清晨又回到湖上。如果湖里多上一两道水湾，再在周围种上茂密的树丛（目前此处还是光秃秃的），倒会成为一个诱捕飞禽的好所在。

野鸭，鸭科鸭属

然而, 沃尔默塘之所以有名, 并不因为水域大, 湖水清, 聚居了各种野鸟, 也不因为这里牛羊成群, 风景如画, 而是因为大约 40 年前, 有人在湖底发现了大量古钱币。当然, 这个发现应该算是考古的范畴, 我就此打住, 留待日后, 专门探讨这里的历史时再细说。

金斯利的老教堂

1　詹姆斯·汤姆逊 (James Thomson, 1700—1748 年), 英国诗人和剧作家。他的诗体精妙, 诗中充满了热爱大自然风光的真挚感情。主要作品有《四季》等。——译注

In Alice Hold Forest

艾丽斯·霍尔特围场

第九封信 ／ 漫话霍尔特围场

关于沃尔默围场,我还要进一步补充说明,请别见怪。它还有片姊妹围场,叫艾尔斯·霍尔特,据旧载,又名艾丽斯·霍尔特,属皇室划拨,受让人拥有多年的使用权。

据记录人回忆,受让人先是伊曼纽尔·斯克鲁普·豪准将及其夫人露珀塔——鲁珀特亲王和玛格利特·休斯的私生女;接着是出身于彼得伯勒家族、迎娶了彭布罗克伯爵遗孀的莫当特先生;再后来是亨利·比尔森·莱格夫妇;如今则是他们的儿子斯陶威勋爵。

豪将军的夫人高寿,在丈夫离世后又活了很多年。她去世后,留下了许多奇妙的小机械装置,都出自其父之手。她的亲王父亲是杰出的机械师和艺术家,还是一名战士。最近,萨里郡法纳姆的著名狩猎画家埃尔默先生收藏了亲王所制的一只设计复杂的钟。两块围场间隔着一片狭窄的圈地,但土质差别很大。霍尔特土壤肥沃，长满绿草和高大的橡树。沃尔默围场却贫瘠多沙。整个霍尔特围场都属于宾斯特德教区，从北到南长约 2 英里，从东至西的距离也大致如此。受让人的豪宅在围场中央，周围是葱茏的树林和绿地，另外还有一处小宅子，叫作"鹅绿草屋"。围场紧邻金斯利、佛林斯罕、法纳姆和本特利教区，这些教区都有围场的使用权。

有一点特别有趣：霍尔特一直以来都盛产黇鹿，但这些黇鹿却从未在沃尔默出现，要知道，两地之间仅有一道普通的篱笆相隔。同样，沃尔默的马鹿也从未光顾过霍尔特的灌木丛或林地。

尽管看林人想方设法保护鹿群，对盗猎者采取严厉的惩罚措施（盗猎者一旦被发现，往往会遭受鞭刑），但如今，夜猎者还是让霍尔特的鹿群规模锐减。罚款也好，坐牢也罢，都无法阻止这些人。看来狩猎是人类的天性，难以禁绝。

View in Selborne Street

塞耳彭村街景，图中可见塞耳彭村的纹章和邮局

豪将军曾在这片围场里放养过一些日耳曼野猪和母猪，用以威慑乡邻。他甚至还放养过一头野牛或水牛。这些放养的动物最终却成了村民的出气筒，全部被捕杀。

今年春天（即1784年），霍尔特围场进行了大规模砍伐，其中包括约1000棵橡树。据说受让人斯陶威勋爵拥有围场的五分之一，宣称树梢和树枝也属于他，但宾斯特德、佛林斯罕、本特利和金斯利教区的穷人们却坚称那些枝梢应属于他们，于是一哄而上，抢空了树枝。有个男人带领一队人马来抢夺，最后分得的战利品竟有40捆之多。勋爵大人最后把这些哄抢树枝的人中的45个告上了法庭。这些大树在树皮还未开始生长的封冻期（二、三月间）即被砍掉。过去，霍尔特围场距水路码头，即泰晤士河边的切特西镇约有18英里，现在因为韦河已通航至萨里郡的戈德尔明镇，这个距离缩短了一半。

Gilbert White's house

怀特的房舍

第十封信 ／ 我观察到的几种鸟

1767 年 8 月 4 日

我自小就对自然界着迷，但不幸的是，我从未遇到过一位有自然博物学专长的邻居，由于缺少这样一位可以交流的同好，以至于到目前，我所取得的进步实在是有限。

说到冬季在怀特岛或国内其他地方冬眠的家燕[1]，我从未听到过有任何值得留意之处。但有个好奇心非常重的牧师曾信誓旦旦地对我说，他十多岁时，有年初春几个工人拆掉了一座教堂塔楼的城垛，在废墟中发现了两三只雨燕[2]。这些雨燕看起来已经死了，但被放到火炉边后，又活了过来。他说他非常希望能养活这些雨燕，就把它们装进了一个纸袋，将纸袋挂在厨房的炉火边，然而，雨燕们都被活活闷死了。

有位聪明人也曾告诉我，他在苏塞克斯的布赖特埃姆斯通上学时，一个风暴频繁的冬天，海边悬崖上的一大块白垩岩坍落，很多人在石堆中发现了家燕。我问他是否亲眼所见，得到的却是"不"，不禁有些失望。不过他保证真有其他人见过。

今年7月11日，一窝小家燕离巢初飞，而小毛脚燕的羽翼还没长全，不能出窝。这两种燕子年内还会再次产卵。根据我去年的动物志，晚至9月18日，幼燕还在纷纷出窝。这些晚出窝时间的幼燕应当在这里过冬，不会南飞吧？但并非如此，去年直到9月29日，一些小毛脚燕都还待在窝里，但到了10月15日就都不见了。

雨燕与家燕、毛脚燕的生活习性完全相同，但奇怪的是，前者总在8月中旬以前就飞走，后两种则会待到10月中旬。有一年，我甚至在11月7日还见到过许多毛脚燕，它们和白眉歌鸫一同离开。这种冬鸟和夏鸟齐飞的场景真是一大奇观！

现在有一种小黄鸟，如果不是林鹨的一种，那八成就是柳莺[3]，大热天里仍在树梢鸣叫，发出"唑唑"的颤音。雷的书中称它为Stoparola（本地还没给它命名），您的《动物学》中叫作鹟[4]。这种鸟有个似乎还从没被人观察到的特点：它捕食时通常站在木桩或木杆的顶部，腾空扑向蚊虫，不会落到地上，得手后立即飞回原处，又重复这一过程。

林柳莺，莺科柳莺属

据我观察，这里的柳莺绝不仅仅只有一种。德勒姆[5]先生告诉我，他在雷的《哲学书简》中发现了三种。不过，这些非常普遍的鸟至今仍没有英文名字。

斯蒂林弗利特先生[6]对黑顶林莺是否属于候鸟表示怀疑，不过我倒觉得没什么必要。因为 4 月南风吹起时，它们就成群结队地回来了，冬季却不见踪影。此外，它们的叫声真可算得上"英国好声音"。

每到夏天，就会有许多沙锥鸟迁徙到教区边缘的沼泽地带繁衍后代。雄鸟们展翅高翔，赏心悦目，啼鸣之声也十分动听。

Water Vole

水鼠，鼠科水鼠属

我在伦敦时跟您提到的那些老鼠[7]，到现在也未捉到一只。上次送我老鼠的人说，一到丰收季节，老鼠多的是。到时候我会尽力多抓一些，争取搞清楚是否还未对这种老鼠进行物种分类。

我怀疑水鼠应该有两种。雷认为水鼠的后爪带蹼，林奈也同意这一说法。但我在小溪边上发现过一只，并没有蹼足，尽管也擅长游泳和潜水。这种情况恰与林奈在《自然系统》（*System of Nature*）一书中对两栖鼠类的描述相吻合，"它们可以在沟壑中游泳和潜水"。如果能捉到一只有蹼足的水鼠，我会非常开心。林奈说起他的两栖鼠类时，似乎有些疑惑，怀疑它是否有别于他所说的陆地鼠。如果真如雷所说，"田鼠头大身子短"，那么无论大小、构造，还是生活习性，陆地鼠与水鼠都大不同。[8]至于在伦敦谈到的隼，我会为您带去威尔士。这只隼对我来说是新奇事物，对您来说大概就不稀罕了，还请您谅解我的唐突。这只隼虽不完整，"但阁下定能得到些信息"。

它从前常去沼泽地捕食绿头鸭和沙锥鸟，在刚捕捉到一只秃鼻乌鸦，正将鸦肉撕成碎块时被射杀。我发现它既不属于英国的任何鹰类，也不同于陈列在"春园[9]"里的奇异鸟类标本。我是在谷仓尽头的墙上见到它的。谷仓就像是村里人的博物馆，这只隼就被钉在那里。我所在的教区，山多而且陡峭，密林丛生，鸟也就很多。

1 当时很多人相信家燕会在英国冬眠，并且是在湖塘底的淤泥之中，本书中不止一次如此提及。这当然是错误的。——艾伦注

2 雨燕与家燕是不同的鸟类，前者属于雨燕目雨燕科，后者为雀形目燕科，但在怀特的时代，这两种鸟被归为同一种类。——艾伦注

3 这种鸟应该是林柳莺。——编注

4 翔食雀为雀形目各种能跃飞空中捕捉昆虫的鸟类总称，尤指旧大陆的鹟科和新大陆的霸鹟科鸟类。——编注

5 威廉·德勒姆（William Derham，1657—1735年），牧师，作家。后文也常提到此人。——译注

6 爱德华·斯蒂林弗利特（Edward Stillingfleet，1635—1699年），英国神学家及学者。——译注

7 即收获鼠。——艾伦注

8 怀特发现的水田鼠应该是水鼠，没有蹼足。——艾伦注

9 伦敦一个重要的公园，位于泰晤士河南岸，1785年改名为沃克斯豪尔公园。——译注

第十一封信 ／ 再谈观察到的几种鸟

塞耳彭，1767年9月9日

关于阁下对那只隼的看法，我会耐心等待。至于它的体重和身长等数据，我真希望自己当时能记录下来。我的印象里，它大约重2磅8盎司，翼展达38英寸。蜡膜和脚掌都是黄色，眼睑周围则为亮黄色。因为已经死去数日，眼珠凹陷，我无法观察到瞳孔和虹膜的颜色。

在这一带，我见过的最不寻常的鸟，是几年前的夏天飞来的一对戴胜。它们常常出没于一块紧挨着我菜园的种植花木的地里，一待就是好几个星期。它们喜欢抬头挺胸，昂首阔步，一边走，一边觅食，每天都会"散步"多次，看样子像是打算在我的地盘上产卵了。没想到的是，几个无所事事的小男孩不容它们在此逍遥自在，过来一阵闹腾，把它们给吓跑了。

戴胜，戴胜科戴胜属

几年前的一个冬天，三只锡嘴雀飞到我的地里，其中一只被我用枪打死了。从那以后，我不时就会在冬天见到一两只这种鸟。

去年，有人在这附近射死了一只红交嘴雀。

这里的小溪都是涓涓细流，只有到了村子尽头，水位才略有上升，因此鱼的种类不多，无外乎是些俗称大头鱼或"米勒的拇指鱼"的杜父鱼、鳟鱼、鳗鱼、七鳃鳗和刺鱼。

村子离海有 20 英里，与一条大河之间的距离也差不多同样远，所以海鸟很罕见。至于野禽，在沙锥鸟产卵的那片沼泽地里，有几群野鸭抱窝。等到严寒时节，围场的湖泊中还会有大群赤颈鸭和水鸭出没。

我已经很熟悉一只驯养的灰林鸮了。它的生活习性与老鹰很像，嘴常常会吐出一团团小球状的鼠皮或鸟羽，吃饱之后，又会像狗一样，把剩下的食物藏起来。

仓鸮，草鸮科草鸮属

小仓鸮不易饲养，需要持续为它们供新鲜鼠肉。小灰林鸮则喂什么吃什么，无论是蜗牛、老鼠、猫崽、狗崽、喜鹊，还是其他动物的腐肉或内脏，都来者不拒。

此时，毛脚燕仍在产卵，而雏燕羽翼未丰。我大约在8月21日最后一次见到雨燕，它应该是掉队了。

最近，红尾鸲[1]、鸫、灰白喉林莺和柳莺仍不时出现，黑顶林莺却不见了踪影。

有件事我忘了提。有一年，一个阳光和煦的清晨，我在牛津大学基督教会学院的院子里见到一只毛脚燕飞来飞去，最后在矮护墙上安家落户。那天已经是11月20日。

目前，我知道的蝙蝠只有两种，即常见的普通蝙蝠和普通长耳蝠。

去年夏天，一只驯化的蝙蝠带给我很多乐趣——它会从人的手上掠取苍蝇。给任何食物，它都会伸展双翼，护着嘴边的食物，缩着头在空中盘旋，像鸟一样准备进食。这只蝙蝠虽然对苍蝇没有兴趣，但会熟练地切断它们的翅膀，这一幕看得我兴趣盎然。它似乎最爱昆虫，但也不拒绝生肉。传说蝙蝠会顺着烟囱潜进屋里，偷吃熏肉，看来并非杜撰。观察这只四足神兽给了我很多乐趣，我多次看到它轻松地从地面上飞起，可见说蝙蝠一旦落在平地上就再也飞

不起来简直就是无稽之谈。这家伙跑起来的速度比我想象的还要快，样子却实在古怪滑稽。

蝙蝠和燕子一样，也会在飞行中饮水，会在掠过池塘和溪流时轻啜水面。它们喜欢在水面上盘旋，不仅因为可以饮水，而且水面上还有大量昆虫可食。多年前的一个温暖夏夜，我乘船从伦敦的里士满去桑伯里，一路上蝙蝠多不胜数，成百上千只布满泰晤士河的夜空，让我大饱眼福。

怀特

Long-eared bat

长耳蝠，蝙蝠科大耳蝠属

1 过去被认为是鸫科鸟类，现在被划分到了鹟科，包括红尾鸲属鸟类以及溪鸲属、水鸲属、歌鸲属的部分鸟类。——编注

收获鼠及鼠窝

第十二封信 ╱ 最近的观察所得

1767 年 11 月 4 日

阁下:

得知那只隼属于罕有品种[1]，真让我喜不自胜。但我得承认，要是您也不认识我送去的这只鸟，我会更加乐不可支。不过那样一来，我觉得任务就艰巨了。

上次信中提到的那种老鼠[2]，我已经得到两只标本：一只幼鼠和一只怀孕的母鼠，我把它们都保存在白兰地酒中了[3]。从毛色、体形、大小和筑窝方式来看，我确定这是一种还未进行过物种分类的品种。比起雷所说的"中等体型的家鼠"，它们更瘦小，毛色更接近松鼠或榛睡鼠。肚腹呈白色，身体两侧各有一条笔直的线，将腹部和背部区分开来。这种老鼠并不会进屋，之所以会在草垛和谷仓里出现，是被人同一捆捆柴草一起搬进去的。丰收时节，它们随处可见，会在地上的玉米秸秆堆中筑窝，有时也会将窝筑在蓟草丛里。它们的窝呈圆形，以干草或麦叶结成，一窝产崽多达八只。

今年秋天，我就弄到了一个这样的老鼠窝。由麦叶编成，约板球大小，浑圆精致，简直巧夺天工。鼠窝的口子封闭得很巧妙，令人无法察觉到。窝里有八只还没睁眼的赤条条的小鼠崽，但鼠窝很紧实，放在桌上滚动，它们也不会受到惊扰。不过，母鼠要怎样才能把奶头喂进小鼠崽的嘴里呢？也许鼠妈妈会在窝壁的别处开口，喂完之后再封好吧。但它不大可能跟幼鼠同枕共眠了，因为孩子们每天都在长个头。这个绝妙的摇篮是幼鼠们的乐园，谁承想，动物的本能竟能造就出如此精美的杰作！这个绝妙的摇篮是在麦里的一株蓟的枝头上发现的。

一位素来好鸟的绅士写信来，说去年1月他的仆人在一个恶寒天射落了一只鸟，他认为我一定认不出。今年夏天，我去拜访他，一路上还在想会见到什么。当我拿起那只鸟，一眼见到五根短飞羽的羽端上有五个独特的深红色圆点时，便立刻断定它是一只雄性太平鸟，或者德国丝尾鸟。我想，无论如何，它都不能被称为英国鸟。不过，雷在《哲学书简》中提到过，1685年冬天，英国境内出现过成群结队的这种以山楂为食的鸟。

太平鸟，太平鸟科太平鸟属

说起山楂，我不禁想到，这种被诸多翼族当作口中之食的野果，目前全面歉收。晚春的天气恶劣，较为柔嫩和稀有的树木上结的果子全掉光了，而那些更为耐寒和常见的树木上结的果子，大多也难逃厄运。

最近，我在附近看到一种鸟，混迹于椋鸫中，以红豆杉上的浆果为食。这些特点恰好符合对环颈鸫的描述。我曾雇人去捉一只想制作标本，但未能如愿（参见"致托马斯·彭南特先生的书信"的第二十封）。

我有个疑问。如果在春天把金丝雀产的卵放在与之同科的鸟的窝里，如红额金翅雀、绿金翅的窝里，如此孵出的金丝雀能否适应这里的气候呢？冬季来临前，或许它们会变得硬朗结实，可以随心所欲地迁徙了。

大约十年前，我每年都会在汉普顿宫附近的桑伯里盘桓数周。桑伯里是泰晤士河流域最迷人的村庄之一。秋天，各种燕子翔集于此，那场景让我沉醉。让我印象至深的是燕子一旦聚集，便会离开烟囱和屋舍，每晚都栖宿于河心小岛上的柳林中。现在看来，燕子一到秋季就齐聚水泽之地，似乎在一定程度上证实了北方人的某种观点（尽管听起来很奇怪）——它们会在水下冬眠。一位对此深信不疑的瑞典博物学家[4]在其《植物历法》中谈道："燕子会在9月初下水。"语气之肯定，就像谈论家禽会在日落前回窝栖息一般。

伦敦一位观察力敏锐的绅士给我来信说，去年10月23日，他在自治市[5]看见一只毛脚燕从窝里进进出出。而去年的10月29日，我在牛津旅游时，也看到四五只家燕在郡医院的上方盘旋，最终在医院楼顶安营扎寨。

如今已是深秋，这些身处内地的可怜小鸟（或许出生还未满几周），真的会踏上飞往赤道附近的戈雷岛或者塞内加尔的漫长旅程吗？

因此，我完全赞同您的观点：冬季，或许大多数燕子都会向南迁徙，但有些会留下，藏在我们身边的某个角落越冬。[6]至于那些在春天里成群结队飞来此地的短翼软喙鸟[7]，我却颇为疑惑。今年我对它们进行了严密观察，发现在米迦勒节[8]前，它们数量极多，但之后便杳无踪影。它们不可能躲开众多好奇的眼睛，堂而皇之地混迹于人类世界。如果说冬季这些鸟都藏起来了，可也并没有人发现它们在冬眠；如果说它们真的向南迁徙过冬，那可真是困难重重！如此柔弱且不擅飞翔的鸟（夏天时它们只是往来于篱笆间，几乎从不长距离飞翔），为了享受非洲的温暖舒适，竟能飞越万水千山！

The Wakes

威克斯宅，怀特的房舍

---

1 据考证，怀特送的这只隼属于游隼的一个变种，但他未能认出，不失为一种遗憾。在怀特的时代，游隼的活动区域比今天更为广阔。——福斯特注

2 即收获鼠，怀特为英国第一个发现与描述收获鼠的人。——艾伦注

3 甲醛在当时还没有得到广泛的应用，用白兰地酒保存标本是一种简便有效的方法。 ——编注

4 指林奈的学生亚历山大·马拉奇亚斯·伯杰 (Alexander Malachias Berge, 1737—1804 年)，与林奈合著《植物历法》。——译注

5 也称自治城镇或自治市镇，是由英国君主特许的一类社区，主要分布在英格兰与北爱尔兰境内。——译注

6 现在证明，这个观点是错误的。——艾伦注

7 怀特指的是前文所述的林柳莺、翔食雀、林鹨等鸟。——编注

8 米迦勒节 (Michaelmas)，纪念天使长米迦勒的节日，每年的 9 月 29 日。——译注

第十三封信 ／ 这个月霜雪猛烈

塞耳彭，1768 年 1 月 22 日

阁下：

　　您在之前的一封回信中说到，很高兴收到我从最南端之郡发出的信。现在，我将回报您的赞美。也期望在北方的您能在信中谈谈所见风物，我对那些真是十分好奇。

　　多年来，我发现每当快到圣诞节，田间地头就会出现一群群苍头燕雀。我以前认为，仅一隅之地，绝不可能孵化出这么多的苍头燕雀。近距离观察后，我惊奇地发现它们似乎都是雌性！我把疑问抛给几位聪明的邻居，他们煞费苦心地研究一番，最后断定这些苍头燕雀的确大多都是雌鸟——雌雄比例至少是 50 比 1。这一不同寻常的发现，让我想起了林奈的话："冬季来临前，所有雌性的苍头燕雀都会经荷兰迁徙到意大利。"现在，我希望某位北方的好奇人士能告诉我，他所在的地方冬季是否有大量的燕雀，主要是雌鸟还是雄鸟？有了这些情报，或许就能判断出我们这里的雌鸟是来自本岛的另一端，还是欧洲大陆。

苍头燕雀，雀科燕雀属

冬季，我们这里还会出现大量的赤胸朱顶雀，它们的数量如此众多，应该也不会来自一个地区。随着春意渐浓，这些鸟会在阳光普照的日子里，聚集在树上唱歌，仿佛在宣告它们即将离开"冬令营"，返回夏日的栖息地。据我所知，燕子和田鸫在启程前，确会群聚而鸣。

赤胸朱顶雀，燕雀科金翅雀属

白颊鸟[1]冬季不会离开我们村子，这点您大可相信。1767 年 1 月，霜寒袭人，我在安多弗附近的山岗上见到灌木丛中有好几十只白颊鸟。我们这里林木环绕，这种鸟极其罕见。

白鹡鸰和黄鹡鸰整个冬季都会待在这里。鹡鸰则会结队前往南部海岸，因此经常遭到人们的捕杀。

白鹡鸰，鹡鸰科鹡鸰属

斯蒂林弗利特[2]先生在他的《自然史散论》一书中写道："穗鹀即使不离开英格兰，也肯定会迁徙到别处。因为一到收获季节，它们就没了踪影，之前还随处可见呢。"这很好地解释了为何每到那个时节，总能在刘易斯镇附近的南部丘陵[3]捕捉到大量穗鹀，当地人视之为美味佳肴。据可靠消息，那里有牧羊人专设陷阱捕捉穗鹀，一季就能赚到不少钱。穗鹀是独居的鸟，人们虽然能在那片区域捉到不少，但我每次最多也只能见到两三只（我对该地相当熟悉）。大体看来，它们应该是候鸟，秋天一到便飞向苏塞克斯的海岸。但我敢肯定，它们并没有全部撤走。一年到头，我在许多郡都见过零星的"掉队者"，尤其是在狩猎地和采石场。

穗鹀，鹟科鹀属

虽然眼下我在海军部队中并无相识，但有个朋友在最近的一场战事中做过海军的随军牧师。我已写信给他，请他查一下随军笔记，看看在进出英吉利海峡时，是否有鸟在索具上安家。哈塞尔奎斯特[4]对此的描述很特别：从英吉利海峡北上直至黎凡特的途中，常有短翼小鸟到船上停靠，暴风雨前夕尤其。

您对西班牙的推测很有可能是正确的。安达卢西亚的冬季如此温暖，离我们而去的软喙鸟，十有八九在那时是去了这个有足够多昆虫为食的地方。[5]

身体健康、有闲又不缺钱的年轻人，应该到西班牙秋游，还应当在那儿住上一年，好好研究一下这个大国的风物。威洛比先生[6]就有这样一次游历，但他似乎不喜那儿彪悍粗犷的民风，因此兴致寥寥，浅尝即止。

如今，我在桑伯里一个朋友也没有，无从得知栖息在泰晤士河的河心小岛上燕子们的近况，而那些我疑心是环颈鸫的鸟儿，也打探不到关于它们的更多消息了。

有关那些小老鼠，我还有话要说。尽管它们把哺育幼鼠的窝搭在玉米地里矗立的稻草秸秆上，但我还是发现，每到冬天，它们便会在地上挖出深洞，用草铺成温暖的床。它们主要的娱乐场所似乎是玉米谷垛，想来是在丰收时节被带到那里的。我的一个邻居最近在安置燕麦垛时，发现垛下聚集了近百只老鼠，它们大多都被逮个正着。其中的一些我还亲眼见过。我对它们进行了测量，发现从鼻子到尾根仅有2.25英寸长，而尾巴就足有2英寸。我捉了两只放在天平上，它们的重量仅相当于半便士的铜板，约为1/3盎司。所以我猜测，它们应该算是本岛最小的四足动物了。我发现，一只成年的中型家鼠可重达1盎司，是上面提到的那种老鼠的6倍多，从鼻子到尾根长4.25英寸，尾巴也是这个长度。

这个月，我们这里经历了严霜猛雪。有一天，我的温度计显示，室温竟已低至-14.5摄氏度。娇嫩的常青树因此受损极重。万幸的是未起风，地面有厚厚的积雪覆盖，不然大多数草木就要遭受灭顶之灾了。我有理由相信，其中有几天的气温，恐怕是1739—1740年以来最低的。

怀特

1 白颊鸟，原文记述的学名为 Emberiza miliaria，疑似雀形目鹀科鹀属、蓝鹀属、凤头鹀属、黍属、雪鹀属部分鸟类的俗称。——编注

2 本杰明·斯蒂林弗利特（Benjamin Stillingfleet，1702—1771 年），英国植物学家、作家，著有《自然史散论》等。——译注

3 亦译作"南唐斯丘陵"，英格兰南部一片非常著名的丘陵地带。——译注

4 弗雷德里克·哈塞尔奎斯特（Fredrik Hasselqvist，1722—1752 年），瑞典旅行家和博物学家。——译注

5 怀特对西班牙南部的风土知识，来自他的兄弟约翰，后者是英国驻直布罗陀军队的牧师。——福斯特注

6 弗朗西斯·威洛比（Francis Willughby，1635—1672 年），英国鸟类学家和鱼类学家。——译注

Selborne &
Nore Hill

塞耳彭村、垂林与诺尔山

第十四封信 ／ 黇鹿的"呼吸孔"

塞耳彭，1768 年 3 月 12 日

阁下：

　　如果有哪位充满好奇心的绅士得到一只黇鹿的头，将它解剖，就会在鼻孔两侧发现两个气门，或称"呼吸孔"，类似人类头上的泪点。鹿口渴时会像某些马一样，头深深扎进水中，喝个痛快。长时间埋头畅饮，为了方便呼吸，便会张开位于两只眼睛内眼角处、与鼻子相通的呼吸孔 [1]。这一大自然的非凡杰作，值得我们认真关注。据我所知，还没有任何博物学家注意到这点。虽然嘴和鼻孔都被堵住了，但这些动物不会窒息。这些动物若是猎捕的对象，头部的这一奇特构造便能大派用场，可以保证它们在奔跑时能自由呼吸。毫无疑问，它们狂奔时，这两个额外的鼻孔一定是开放的。据雷观察，在马耳他，主人会切开工作量巨大的驴子。它们的鼻孔天生又细又长，在炎热的气候下赶路或干活，无法吸入足够的空气。我们知道，马夫和赛马场的绅士们都认为，捕猎和比赛所用的马，鼻孔大是必要的，也是优势。

希腊诗人奥庇安[2]似乎也认为雄鹿有四个气门，你看下面的诗句：

"四个鼻孔，四条呼吸道。"[3]

——《论狩猎》第二卷，1.181

那些成天引经据典的作家们，竟然谎称亚里士多德[4]说过"山羊用耳朵呼吸"之类的话。其实，亚里士多德的意思恰恰相反："阿尔克迈翁[5]断言山羊用耳朵呼吸，完全是在掩盖真相。"（《动物志》，第一卷，第十一章）

The church from the N.W.

从西北边看教堂

1 这是怀特的误解。他所说的"呼吸孔"，并没有呼吸的功能，而是一种腺体器官。——艾伦注
2 奥庇安（Oppian），3世纪的希腊诗人。——译注
3 原文为希腊文"Quadrifidae nares,quadruplices ad respirationem canales"。——译注
4 亚里士多德（Aristotle，前384—前322年），古希腊百科全书式的科学家、哲学家、教育家。《动物志》是他在生物学方面的奠基性著作。——译注
5 阿尔克迈翁（Alcmaeon），公元前5世纪的古希腊解剖学家、医学家，他发现眼部的后方与大脑相连，由此断定大脑就是思维的发源地。——译注

第十五封信 ／ 石鹩开始在夜里鸣叫

塞耳彭，1768 年 3 月 30 日

阁下：

　　村里一些见多识广的人发现，我们这里除了鼬鼠、白鼬、雪貂和林鼬，还有一种伶鼬类动物。这种红色小兽被称为"细条鼬"，比田鼠[1] 大不了多少，但身子要长得多。这一传闻的可信度不高，还需要进行深入调查。

雪鹀，雀科雪鹀属

附近有位绅士，他家里的鸟窝中住了两只乳白色的秃鼻乌鸦。它还没学会飞行，就被一个二愣子马夫发现，给扔到地上摔死了。主人很是惋惜，因为他本打算好好呵护这两只尚在窝里的珍稀小鸟。我在一座谷仓里亲眼见过这种鸟，它们被钉在墙上当作标本。让我吃惊的是，它们的喙部、腿部、脚掌和爪子竟然都是乳白色。今年冬天，一个牧羊人在我房子后面的山岗上看见了几只白色的鸟，以为是百灵。这些鸟难道不是雪鹀，即《不列颠动物志》[2]里记载的"雪花"吗？毫无疑问！

几年前，我见过一只养在笼中的雄性红腹灰雀。从田里捉来时，毛色斑斓，但大约一年后便逐渐黯淡，之后逐年愈趋灰暗，仅四年时间，就完全变成黑炭一般。这只鸟的主食是麻籽。如此看来，食物对动物毛色的影响还真是不小！那么家养动物大多毛皮斑驳，应该跟食物杂有关。

红腹灰雀，燕雀科灰雀属

多年前我就注意到，每到天寒地冻时节，在有篱笆的旱坡上，常有斑叶阿诺母的根露出。不单是我自己，我还邀请过旁人一同仔细观察，我们发现，这些根应该是某种鸫鸟刨出来的。另外，斑叶阿诺母的根的味道真是火辣辣。

我们这里成群的雌性苍头燕雀还未飞走。但乌鸫和各类鸫鸟因为1月的严寒而数量大减。

2月中旬的一天，我在我家高大的篱笆丛里发现了一只小鸟。它让我好奇：羽毛是常见于柳禽类的黄绿色，因此我想它是只软喙鸟。但不是山雀，也不像金冠戴菊[3]那么长、那么大，看上去最像大型柳莺。有时它会倒悬枝头，但从不在同一个地方久留。我冲它开了一枪，但它总是左蹦右跳，未能命中。

有些作家认为石鸻是种罕见的鸟，我表示怀疑。这种鸟在汉普郡和苏塞克斯郡的原野很常见。我认为，整个夏天它们都在那里繁衍后代，直至深秋。它们如今在夜里就已经开始鸣叫了。我想不论出于何种理由，它们都不应该被雷称作"在水上盘旋的鸟"。因为在我们这里，至少在白天，它们只在干燥开阔且离水很远的高地和牧羊场活动。至于夜间，我就无法断言了。另外，这些鸟的主食是蚯蚓之类的蠕虫，但也不会抗拒蟾蜍和青蛙。[4] 我可以给您看几件我新做的精致的老鼠标本。林奈也许会将这一品种的老鼠称作"小鼠"。

1 原文为"Field mouse"，虽然可直译为"田鼠"，但指的是鼠科姬鼠属的约13种鼠类（后文中的田鼠也是如此），而非通常意义上的田鼠（Vole），后者属于仓鼠科田鼠属。——编注
2 《不列颠动物志》，怀特的通信对象彭南特的著作。——译注
3 原文为"Golden crowned wren"，直译"金冠鹪鹩"。在怀特时代，欧洲人把好几种戴菊鸟也冠之以鹪鹩之名，此处所指的鸟类，疑似为金冠戴菊。——译注
4 怀特认为石鸻不喜欢涉水是错误的，尽管在繁殖季节它们更喜欢旱地，但在冬季，石鸻总会在湿地出没。——艾伦注

第十六封信 ／ 本教区夏候鸟清单

塞耳彭，1768 年 4 月 18 日

阁下：

　　下面我谈谈有关石鸻的事：石鸻通常每次产卵两枚，从不超过三枚。它们不筑窝，卵就产在田间的空地上，因此常在开垦休耕地时被村民们踩破。石鸻的幼鸟如山鹬，一出生便立刻从壳边跑开，由雌鸟护送到燧石地中。石头之间的缝隙就是它们最佳的藏身之所。这种鸟的羽毛颜色跟带着灰色斑点的燧石非常相似，即使观察者目光敏锐，如果看不到幼鸟的眼睛，就可能发现不了它。石鸻的卵又小又圆，灰白，间或有暗红色斑点。要说给您捉一只石鸻，我可能心有余而力不足，但我随时可以带您去看个够。每天晚上，你都能听见它们在村子周围发出的噪声，这声音能传到 1 英里之外。它们的腿肿得就跟那些痛风患者的腿一样，因此也被称作"肿腿鸻"，这名字真是既形象又生动。丰收季节后，我曾在波音达猎犬 [1] 的指引下，在芜菁地里射下过不少这种鸟。

石鸻，石鸻科石鸻属

我确信，柳莺有三种，其中的两种我已非常了解，第三种却一直不太清楚。我熟悉的那两种鸟的鸣叫声差异极大，这是我在其他鸟中从未见过的。其中一种叫声欢畅悦耳，另一种却喧嚣刺耳。前者体型更大，身长比后者多3/4英寸，体重为2打兰²半，而后者仅重2打兰。因此，"抒情甜歌星"比"摇滚大嗓门"重了1/5。我的日记中记载，"摇滚大嗓门"是夏季最早开唱的候鸟，3月中旬开始发出啼鸣，由春唱到夏，直到8月底。不过，歪脖鸟³有时也会抢在它的前面。这两种鸟中，体型较大者的腿呈肉色，体型较小者则腿作黑色。

　　上周六，黑斑蝗莺便开始在我的地里"咝咝"而鸣。这个小家伙的声音仿佛在我耳边，其实却有百码之遥；但它若真的近在耳畔，动静也不会比远在百码之外大多少，真是有趣极了。若不是我对昆虫有些了解，知道此时蝗虫还未孵化，决不会相信是蝗莺在灌木丛中鸣叫。你如果告诉村里人这是鸟叫声，定会招来他们的嘲笑。蝗莺狡猾极了，常常潜伏在最茂密的灌木丛中，隐藏好后，即便离人仅一码远，也会得意地放声高唱。为了捉住它，我只得请人绕到它时常出没的篱笆的另一端，但还没等走到距它百码内，它便像老鼠一般，穿过荆棘丛的底部逃走了。蝗莺从不大摇大摆地出现在人前，唯有黎明无人打搅时，才会停在树梢上，扇动翅膀，引吭高歌。雷先生本人不了解这种鸟，却接受了约翰逊先生对它的描述，约翰逊先生又将它与柳莺混为一谈了。其实这两种鸟差别明显，可参看雷的《哲学书简》第108页。

黑斑蝗莺，莺科蝗莺属

常在我的葡萄树上孵卵的鹟，目前还没见踪影。红尾鸲已开始歌唱，音调短促，不够动听，会持续到 6 月中旬。柳莺（较小的那种）简直是园子里的破坏大王——豌豆、樱桃和醋栗等全被毁得一塌糊涂。而且这种鸟跟人混得很熟，拿枪吓都吓不走。

本教区夏候鸟清单（根据出现的先后顺序排列）

小型柳莺（Smallest willow-wren）	*Motacilla trochilus*
蚁鴷（Wryneck）	*Jynx torquilla*
家燕（House-swallow）	*Hirundo rustica*
毛脚燕（Martin）	*Hirundo urbica*
崖沙燕（Sand-martin）	*Hirundo riparia*
大杜鹃（Cuckoo）	*Cuculus canorus*
夜莺（Nightingale）	*Motacilla luscinia*[4]
黑顶林莺（Blackcap）	*Motacilla atricapilla*[5]
灰白喉林莺（whitethroat）	*Motacilla sylvia*[6]
中型柳莺（Middle willow-wren）	*Motacilla trochilus*
雨燕（Swift）	*Hirundo apus*[7]
石鸻（Stone curlew）？[8]	*Charadrius oedicnemus*？
欧斑鸠（Turtle-dove）？	*Turtur aldrovandi*[9]？
黑斑蝗莺（Grasshopper-lark）	*Alauda trivialis*[10]
长脚秧鸡（Landrail）	*Rallus crex*[11]
大型柳莺（Largest willow-wren）	*Motacilla trochilus*
红尾鸲（Redstart）	*Motacilla phaenicurus*[12]
夜鹰，又名欧夜鹰（Goat-sucker, or fern-owl）	*Caprimulgus europaeus*
鹟（Fly-catcher）	*Muscicapa grisola*

周围的村民经常提到一种鸟，它会用喙将枯树枝或木栅栏啄击得"嘎嘎"响。我们称为"嘎嘎鸟"。我得到过一只被枪击落的，发现它其实就是普通鸭。雷先生说，有种斑点较少的啄木鸟也能弄出这么大的声响，或许一弗隆外都能听见。[13]

眼下正是唯一能观察短翼夏候鸟的时候，它们非常好动，树木一旦萌生出新叶，就难以看清。而且，幼鸟一旦开始出巢，观察时就更加容易混淆，真叫人种类难分，雌雄莫辨。

沙锥鸟在繁殖季常出没于沼泽地带，叫声时高时低。下落时，总发出嗡嗡声。难道它们和火鸡一样，都是用腹部发声吗？还有人认为，应该是翅膀振动发出的声音。

今早我看见了一只金冠戴菊，冠部闪闪发光，锃亮如黄金。这种鸟经常如山雀般，背部朝下倒悬枝头。

怀特

---

1 指示猎犬的一种，原产地英国，起源于 17 世纪。——译注
2 1 打兰合 1.7718 克。——译注
3 即蚁䴕，学名 Jynx torquilla，啄木鸟的一种，啄木时常歪着脖子。——译注

4 此处为怀特记录的夜莺的学名。在现今的分类法中，Motacilla 为鹟莺科鹟莺属，Luscinia 为鸫科歌鸲属，疑似此鸟的正确学名为 Luscinia megarhynchos。——编注
5 此处为怀特记录的黑顶林莺的学名，被分类在鹟莺科鹟莺属下。按现今的分类标准，黑顶林莺的正确学名为 Sylvia atricapilla，为莺亚科林莺属。——编注
6 此处为怀特记录的灰白喉林莺的学名，被分类在鹟莺科鹟莺属下。按现今的分类标准，灰白喉林莺的正确学名为 Sylvia communis，为莺亚科林莺属。——编注
7 此处为怀特记录的雨燕的学名，为燕科燕属鸟类。在现今的分类法中，雨燕为雨燕目雨燕科雨燕属鸟类，学名为 Apus。——编注
8 石鸻和欧斑鸠的问号，为作者所标，意思是对这两种鸟在分类上还存有疑虑。但一年之后，即 1769 年，在给另一位通信者巴宾顿的信中，关于这两种鸟命名上的疑问似乎消失了。——福斯特注
9 此处为怀特记录的欧斑鸠的学名，疑似正确学名为 Streptopelia turtur。——编注
10 此处为怀特记录的黑斑蝗莺的学名，为鹟莺科鹨属的林鹨，但从信中的描述看，此鸟的正确学名应该是 Locustella naevia。——编注
11 此处为怀特记录的长脚秧鸡的学名，分类为鹤形目秧鸡科长脚秧鸡属，其正确学名为 Crex crex。——编注
12 此处为怀特记录的红尾鸲的学名，被分类在鹟莺科鹟莺属下，在现今的分类法中，为鸫科红尾鸲属 Phoenicurus。——编注
13 学名为 Sitta europaea，雀形目䴓科䴓属。可能因为它能在树干向上或向下攀行，啄食树皮下的昆虫，被误认为是啄木鸟的一种。——编注

The Wakes

塞从花园看威克斯宅

第十七封信 ／ 蟾蜍趣事

塞耳彭，1768 年 6 月 18 日

阁下：

我在上周三收到了您于 6 月 10 日的来信，非常感谢。您热情地研究爬行类动物和鱼类，又多了收获，真让人高兴。爬行类动物种类不多，我不太熟悉，因此想要了解有关它们的博物学。目前人们并不太了解这一纲的动物如何繁殖，但应和有性植物系统里的隐花植物[1]的繁殖方式有点类似。而某些鱼类的繁殖，如鳗鱼也是如此。

目前也不太清楚蟾蜍是如何繁殖后代的，有作者说它们是胎生，但雷还是将其归为了卵生动物，但他没有提到它们的生育方式。蟾蜍也许跟蝰蛇一样，也是先在腹内产卵，待孵化之后再排出体外。

83

几乎所有人都知道，青蛙会交尾（至少看起来如此）。春天，我们会看见一只蛙趴在另一只蛙背上，一动不动，有时候长达整整一月。但蟾蜍是否也这样，我未看过，也未读到过类似情况的记载。蟾蜍是否有毒目前也尚无定论。但对某些动物来说，它们的确是无毒的。据我所知，鸭子、鹭[2]、猫头鹰[3]、石鸻和蛇吃了蟾蜍都不会死。此外，我还记得一件事，尽管不是我亲眼见到的，但当时有很多人都看见了：村里有一位"吹牛大王"曾生吞过一只蟾蜍，村民们看得目瞪口呆，当然，这家伙后来赶紧喝了油。

据可靠消息，有几位女士（您也许会说她们的兴趣独特）喜欢上了一只蟾蜍，会在夏天里喂它。一年年，那只蟾蜍越长越大，身上还长了蛆，再后来蛆长成了麻蝇。晚上蟾蜍会爬出花园台阶下的洞穴。女士们就把它放到桌子上喂食。终于，它有天刚探出头时，就被一只家养的渡鸦盯上了。渡鸦那尖硬的鸟嘴对着蟾蜍的眼睛，狠狠地来了一口。蟾蜍受了伤，一天比一天没精神，不久便死掉了。

Dorton Cottage
里斯的多顿农舍

阁下博览群书，当然不用我提醒：雷在其《上帝在造物中的智慧》一书中（第365页），写过一段德勒姆先生对青蛙迁离出生的池塘的精彩描述。在这段文字中，德勒姆先生明确地推翻了"青蛙随雨而降"[4]的愚蠢说法：蛙会因为想要享受雨天的凉爽和潮湿，所以特意推迟迁离池塘，下大雨时才会动身。青蛙眼下还是蝌蚪形态，但几周后，村里的公路、小道和田野上就会遍布这些不过我指甲盖大小的迁移者。斯瓦默丹[5] 详尽记录了雄蛙在什么情况下，通过何种方法让雌蛙的卵受精。看着这些有几分不堪入目的小生命的四肢，让人不得不由衷赞叹上帝造物的精巧绝伦！青蛙还在水生形态时，只有一条鱼一样的尾巴，并没有腿。一旦腿长了出来，尾巴即被废弃掉，青蛙便开始弃水上岸了。

梅里特[6] 主张树蛙是一种英国特有的爬行动物，但我坚信这一说法错得离谱，实际上它们在德国和瑞士都有很多。[7]

要知道，雷所说的水栖蝾螈又名水螈或水蜥，经常咬钓鱼人的饵，所以常被钩住。过去我一直理所当然地认为，水栖蝾螈都是在水中生活。但皇家学会会员约翰·埃利斯[8] 先生（人称"珊瑚埃利斯"）在 1766 年 6 月 5 日致皇家学会的一封信中，谈起"泥鳗蜥"——一种来自南卡罗来纳州的两栖两足动物时，断言水螈或水蜥只是陆蜥的幼体，就像蝌蚪是青蛙的幼体一样。[9] 为了不让人怀疑我误解他的意思，干脆直接写他的原话吧。在谈及泥鳗蜥的"鳃盖"时，他写道："我亲自养过一段时间的泥鳗蜥，它们长满绒毛的鳃盖，与前不久我观察过的英国蜥蜴（又名水蜥，也可称蝾螈）的幼体或水生形态的很相似，作用都是盖住鳃和在游动时充当

鳍。它们改变形态，成为陆上生物后，便会褪掉这些鳃盖以及鳍和尾巴。"[10]

林奈在他的《自然体系》一书中，也不止一次提到过埃利斯先生的这一观点。

国内有毒的蛇类爬行动物，仅有蝰蛇一种，真是天佑万民啊！您是为了造福世人而著书，因此可别忘了提到普通色拉油是治疗蝰蛇咬伤的特效偏方。至于蛇蜥，也称玻璃蜥蜴（因向它轻轻一击它就会断为两截而得名），经过认真观察，我可以确定是完全无毒的。附近的一位农夫（非常感激他常常带给我好情报）在 5 月 27 日左右打死了一条雌蝰蛇。剖开蛇身，里面有 11 枚大小如乌鸦卵的蛇蛋。不过，这些蛇蛋都还没成熟，不具备幼蛇的雏形。蝰蛇虽是卵生动物，但也可称为胎生。因为雌蛇会在腹中孵化幼蛇，再产出。每年夏天，蛇[11] 都会在我的瓜田里产下一串串的卵，我的仆人使出种种办法来阻挠它们，结果都没用。根据我的经验，这些卵要到次年春天才会孵化出幼蛇。一些见多识广的村民说，他们亲眼见过，遇到危险的雌蝰蛇会张开嘴让无助的幼蛇躲进喉咙，就像母负鼠危急时会将幼崽藏进腹部的育儿袋。不过，伦敦的蝰蛇捕手们却坚持对巴林顿先生说，这种说法完全不对。我相信蛇类一年只进食一次。更确切地说，只在一个季节进食。村民们经常

谈起一种水蛇，虽然没有根据，我也很肯定它是存在的。因为寻常的蛇 (coluber natrix)[12] 都爱戏水，也许是为了捕食青蛙或别的食物吧。

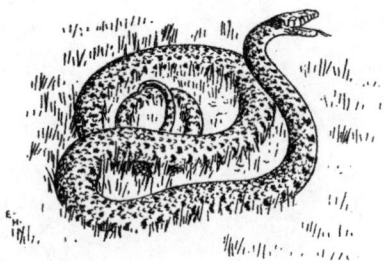

Common snake

蛇，爬行纲蛇目

阁下是如何分清那 12 种爬行类动物的，我还真弄不懂，除非它们真是不同的物种。说得更确切些，是雷列举的五种不同种类的蜥蜴。我一直没有机会确定这些种类，但清楚地记得，曾在萨里郡法纳姆附近一片洒满阳光的沙丘上，见到过一些漂亮的绿蜥蜴。雷说他在爱尔兰也见到过。

1 指不产生种子（无花朵）而以孢子繁殖的植物。——编注

2 为鹰科几十种食肉猛禽的俗称，包括鸢属、蜂鹰属、鹭鹰属等。——编注

3 猫头鹰为鸮形目鸟类的统称。——编注

4 雨后往往会出现大量青蛙，过去欧洲人由此认为青蛙是随着雨从天而降的。——福斯特注

5 扬•斯瓦默丹 (Jan Swammerdam，1637—1680 年)，荷兰生物学家及显微镜学家。1658 年，他在人类医学史上首次观察到红细胞。——译注

6 克里斯托弗•梅里特 (Christopher Merret，1614—1695 年)，英国皇家学会会员、医生、科学家、博物学家，是对英国范围内的鸟和蝴蝶进行分类整理记录的第一人。——译注

7 正式学名为 *Hyla arborea*（无斑雨蛙），欧洲中部和南部均有分布。——福斯特注

8 约翰•埃利斯 (John Ellis，约 1710—1776 年)，英国皇家学会会员、博物学家，专事研究珊瑚，1755 年发表《珊瑚自然史专论》。——译注

9 在怀特生活的年代，动物学家们尚未把爬行和两栖动物区分开来。——福斯特注

10 蝾螈是两栖类动物，并非蜥蜴的幼虫。不过，水栖蝾螈的幼虫的确与蝌蚪很相似，有鳃。——艾伦注

11 此处指普通的蛇，非蝰蛇。——艾伦注

12 即水游蛇，正式学名为 *Natrix natrix*，游蛇科水游蛇属。——编注

The Hanger from Dorton

从多顿看垂林

第十八封信 ／ 近观泥鳅

塞耳彭, 1768 年 7 月 27 日

阁下:

您于 6 月 28 日的来信真挚恳切、无话不谈, 收到信时, 我正在一位绅士家中做客, 您提出的许多问题, 当时我既无书本可查阅, 也无暇坐下来回复。因为我希望尽己所能, 给出最为翔实的答复。

我已经派人把村里的小溪彻底查看了一遍, 但没能找到九刺鱼, 三刺鱼倒是有不少。今天早上, 我用小陶罐装满湿苔藓, 连同几条刺鱼(有雄有雌, 雌鱼肚子里有卵, 因此较大)、一些七鳃鳗以及杜父鱼, 一起放到了篮子里, 不过米诺鱼我一条也没捉到。今晚 8 点, 这个篮子会被送往弗利特街[1]。我希望梅泽尔[2]明早收到的时候, 鱼儿们还是活蹦乱跳的。至于雕刻师应该注意哪些细节, 我在信中也给出了一些建议。

有一次外出，我发现离安姆博瑞斯伯里镇挺近，便派了一个仆人去那里买来几条泥鳅，用作活标本。他将泥鳅装在一个玻璃瓶中，回来后它们还生龙活虎的。这些泥鳅都来自一条为浇灌草坪而挖的沟渠中。我对这些身长 2～4 英寸不等的泥鳅的描述如下："外观上通体透明，背上夹杂着不规则的小黑点，小黑点的分布稍稍超出体侧线下面一点；背鳍和尾鳍上也有同样的小黑点；两眼处各有一条向下延伸至鼻子的黑线；肚子是银白色；上颌比下颌突出，其上有六条触须，两边各三条；胸鳍很大，腹鳍则小得多；肛门后的尾鳍小，而包含八根脊骨的背鳍大，连接尾鳍的尾部异常宽大，且完全没有变窄，应算是这一品种的独特之处了；此外，尾鳍宽阔，末端方正。拥有如此宽大且肌肉强健的尾部，显然是一种生猛敏捷的鱼。"

那次出行的目的地离亨格福德镇也不远，因此我没忘记打听"蟾蜍治癌症"这一神奇偏方。我发现，包括贵族和教士在内的一些智者达人，都对报纸或书上的说法深信不疑。同我一起吃过饭的某位教士，似乎就信以为真，并对我讲述了一位女士如何觅得此偏方的故事。仅从几个细节我便可以认定，这个故事并不可信。故事中的她"由于饱受癌症折磨，去了一个

信徒众多的教堂。正准备在长椅上落座时，一位素未谋面的牧师跟她搭讪，先是对她的不幸遭遇表示同情，接着就告诉她，如果按照他所说的方法食用活蟾蜍，她的病就能痊愈"。这位不知名的绅士对每天成千上万深受癌症折磨、日渐衰弱的民众无动于衷，却只对这位女病患另眼相看，这是为什么呢？他为何不用这无价的秘方为自己赚上一大笔？至少可以通过出版书籍等方式，将这一秘方公之于众，造福人类，可他却为何没这样做呢？一言以蔽之，这位以"治癌神医"自居的妇人（在我看来如此），不过是在故弄玄虚，愚弄乡人罢了。

就我所知，水蜥至少看上去是没有鳃的，所以会不时浮出水面，呼吸新鲜空气。[3] 我曾剖开过一只大肚子水蜥，发现腹中全是卵。但即便如此，也无法确定它们并非陆蜥的幼体，因为昆虫的幼虫体内也满是卵。这些卵一旦发育到最后阶段，就会被排出体外。我用桶盛满水，在其中养了一只水蜥，可它总是顺着桶壁爬出去四处乱走。每年夏天，人们都能看见许多水蜥爬出自己出生的池塘，登上干燥的河岸。水蜥种类繁多，颜色不一，有些在尾部和背部长有鳍，有些则没有。

The Church from the Sun 1776

从南边看教堂（1776 年）

---

1 亦译"舰队街"，英国伦敦一条著名的滨河路，《泰晤士报》《每日邮报》的总办事处均设于此。——译注

2 彼得·梅泽尔（Peter Mazel，1761—1797 年），英国插图画家，为彭南特的《不列颠动物志》做过多幅铜版插图。——译注

3 怀特此处未写明他观察的蝾螈是否成年，成年蝾螈的确无鳃（怀特是对的），但未成年蝾螈是有鳃的（约翰·埃利斯是对的）。——艾伦注

第十九封信 ／ 柳莺有三种

塞耳彭，1768 年 8 月 17 日

阁下：

现在我可以肯定地说，我已经能分辨出三种特点鲜明的柳莺了，它们的叫声总是不同的。[1] 同时，我不得不承认我对您所说的柳云雀一无所知。在 4 月 18 日写给您的信中，我武断地说自己了解您说的那种柳云雀，只是不曾见过。但当我捉到一只后，发现无论从哪个方面看，它都是一只名副其实的柳莺。只不过体型比另外两种柳莺大，整个黄绿色的上半身更加鲜亮，肚腹更加洁白而已。现在，这三种鸟的标本就摆在我面前，我可以清楚地看到它们大小各异，最小的那只腿是黑色，另外两只的腿是肉色。颜色最黄的那只个头要大得多，翻羽和副翼羽的尖端呈白色，另外两种则不是。最后一种只在高大的山毛榉树梢上出没，发出类似蝗虫的"沙沙声"，不时颤动羽翅。现在，我毫不怀疑它就是雷所说的"柳莺"。他说，这种鸟"叫声如蚕斯振翅"。然而，这位伟大的鸟类学家不承想到，柳莺有三种。

In Selborne Street

塞耳彭村街道上的一扇天窗

---

1 从这封信和后文"致巴林顿的第一封信"的内容看，这三种鸟分别是叽咋柳莺，即前文所述的小型柳莺，为黑腿，叫声喧嚣刺耳；欧柳莺，即中型柳莺，肉色腿，叫声欢畅悦耳；林柳莺，即大型柳莺，肉色腿，叫声如蚕斯振翅。——福斯特注

第二十封信 / 最近发现的三种鸟

塞耳彭，1768 年 10 月 8 日

我发现，动物界就像植物界，真是万物齐备，只要认真查访，总能发现很多物种。有几种据说只见于北方的鸟，南方似乎也能常常看到。今年夏天，我在村子附近发现了三种鸟，有些作家说，它们只见于北方各郡。5 月 14 日，我得到的第一种鸟学名为矶鹬[1]，是只雄鸟，常在村子附近的池塘边出没。它有个同伴，一定是打算在水边繁衍后代。此外，池塘主人回忆，前几年的夏天，他在池塘边也见到过一些同样的鸟。

矶鹬，鹬科鹬属

我在 5 月 21 日得到了第二只鸟，是只雄性红背屠夫，学名红背伯劳，嗉囊里满是甲虫的腿和翅膀。击落它的邻居说，要不是灰白喉林莺和其他小鸟的聒噪声将他的注意力吸引到了这只鸟所在的那片灌木丛，他肯定注意不到它。

红背伯劳，伯劳科伯劳属

第三种鸟比较稀有，是某种环颈鸫，我上周才得到几只。

这周，一位来自伦敦、在我们村里待了一年的绅士，带了支枪出去找乐子。他告诉我们，他在一片长着浆果的老旧红豆杉篱笆上，发现了几只很像乌鸫的鸟。它们的脖子上有着一圈白色花纹。附近的一位农夫也看到了。由于我当时没有弄到标本，所以并没上心。在 1767 年 11 月 4 日写给您的信中，我也提到过这一情况（因为不是亲眼所见，阁下对我所说的也未在意）。不过，之前提到的那位农夫，却在上周见到了一大群这样的鸟，总共有二三十只。他击落了其中的两只雄鸟和两只雌鸟。据他回忆，去年春天，天使报喜节 [2] 前后，他也见过这种鸟，当时它们似乎正启程北归。但我所说的这些鸫鸟，应该不是从英格兰北部来的，而是欧洲更靠北的地方。它们或许会在寒冷的霜冻开始前离开那里，待得来年开春，严寒消逝，再折返产卵。如果情况属实，冬季过境迁徙的鸟类便又多了一种，还没有哪位作家提及此事。若这些鸟真是来自英格兰北部，那我们算是发现了一种在本国境内迁徙的候鸟，且此前还没有人注意到这一点。它们是否会飞离本岛前往南方，目前并不知道，但很可能就是如此，否则在南方各郡待了那么长时间却未被发现，简直不可思议。[3] 这种鸫鸟体型比乌鸫大，以山楂果为食，但去年秋天（那时没有山楂果）也吃过红豆杉果。春天，它取食常春藤的果子，这种果子每年仅在三、四月间成熟一季。

阁下最近一直在研究爬行类动物，有件事我得告诉您。最近，家人去我那口深 63 英尺的井中打水，连同井水一起打上来了一条大黑蜥蜴，它肚皮黄色，带有尾鳍，身上长满疣子。这么深的井，蜥蜴之前是怎么下去的？单凭自己，又要如何出来？这些我就说不清了。

您不辞辛苦地认真查看雄鹿的头，我真是非常感激。您目前的发现似乎已经大大证实了我的怀疑。我希望某先生[4]也能找到支持我判断的依据。这样的话，我想，我们就可以将这一自然界的杰作当作体现上帝造物智慧的一个最新例证了。[5]

关于石鸻的来历身世，我目前还未梳理完毕。因此，我请了一位苏塞克斯郡的绅士（这种鸟在秋季会成群结队聚集在他家周围）好好观察一下，确定它们何时远走高飞（如果真会离开的话），何时返回。不久前我还跟这位绅士在一起，见到了几只的石鸻。

1 矶鹬的正式学名为 *Tringa hypoleucos*，为鹬科鹬属鸟类。——编注
2 天使报喜节 (Lady-day)，每年的 3 月 25 日。——译注
3 环颈鸫是怀特最早记录的一种候鸟。后来人们确认，这种候鸟的越冬地是在法国南部、伊比利亚半岛以及西北非。——福斯特注
4 某先生不知为谁，怀特经常就同一个问题请教多个人。——编注
5 怀特本段的意思是指对雄鹿鼻孔两侧"呼吸孔"的解剖，参见"致托马斯·彭南特先生的书信"的第十四封。——编注

第二十一封信 ／ 寒鸦在地下筑窝

塞耳彭，1768 年 11 月 28 日

阁下：

说到石䳭，我打算尽快给住奇切斯特附近的那位朋友写信。这种鸟似乎在他家附近十分常见，我会提醒他加倍留意它们从何时开始聚集，是否会在寒冬将尽前飞离。一旦知悉上述情况，我就算是彻底弄清石䳭的一生了。希望这一结果能让您满意，因为我相信已十分接近事实。这位绅士有一个大农场，而且从早到晚都待在野外，说到探查鸟的动静，他可真是不二人选。此外，我已说服他买了《博物学者日志》[1]（他对此书非常满意）。我相信，他每日的观察和记述一定非常准确。在我们这里司空见惯的鸟，据您观察竟从未飞临过您处，还真是不可思议！

最近我在前信提及的那位绅士家做客时，他给我讲了件轶事，现向您转述，想来是再恰当不过了。与他家后院小路相邻的养兔场里，每年都有许多寒鸦[2]在地下的兔子洞里筑窝。绅士和他的兄弟们小时候常常去掏那些鸟窝。他们会先在洞口听动静，如果听见幼鸟的声音，就会把前端分叉的棍子伸进去，连转带拖地把鸟窝拉出来。据我所知，有些水禽，比如海鹦，就是这样孵卵。但我没有想过，寒鸦会在平地下的洞中筑窝。

还有一个地方，看似不可能，实际上却有寒鸦在那里繁育后代，就是巨石阵[3]。在这片令人叹为观止的古迹上，寒鸦将窝搭在立柱和拱基之间的缝隙里。那些立柱高得惊人，因为有不少淘气的牧童老在附近转悠，鸟窝必须搭得够高，才能使这些捣蛋鬼们无法得手。

寒鸦，鸦科鸦属

上周六，即 11 月 26 日，我的一位邻居在一处绿树遮掩的山谷中发现了一只毛脚燕。阳光和煦，这只鸟轻快灵动地飞翔，追逐着小虫。看来冬季它们并非全都离开本岛，真是让我开心极了。[4]

阁下对蟾蜍治病这一说法态度谨慎，我认为非常正确。因为无论人们对此得出何种结论，欺骗和被骗都是人类的癖好。因此，任何传闻，尤其是刊印出版物上的传闻，若是不假思索便轻易相信并传播，都是不妥的。关于环颈鸫迁徙的新发现能得到您的赞许，我深感快慰。我们不约而同地怀疑它们是做客本地的外国鸟，真是英雄所见略同。希望阁下千万别忘了调查那些环颈鸫，看看它们是否会在秋季离开您的那片岩石区。最让我不解的是，它们待在我们身边的日子如此短暂，大概再过三周就会远走高飞了。我很想知道，它们是否会与去年一样，在春季返回时造访本地。届时，我一定会好好留意。

关于鱼类学，我想进行更深入的了解。如果我有幸住在海边或大河边，对自然与生俱来的热爱一定会使我熟稔水中的物产。然而，我居住的地方几乎全属内陆，还遍布丘陵。因此，我对鱼类的所知，不过是此间溪流与湖泊中出产的那几种凡品罢了。

怀特

White's stool

吉尔伯特·怀特的凳子

---

1 即怀特的另一本著作《博物学者日志》。——编注

2 现正式学名为 *Corvus monedula*。——编注

3 欧洲著名的史前时代文化神庙遗址，也是英国最出名的标志之一，位于索尔兹伯里平原。——编注

4 如前文所述，怀特的观点显然错误（参见"致托马斯·彭南特先生的书信"的第十二封）。——艾伦注

林肯郡的克莱西府

第二十二封信 ／ 奇妙的夜鹰

塞耳彭，1769 年 1 月 2 日

阁下：

对于寒鸦惯于在地下的兔子洞里筑窝，您已给出了部分解释：整个塞耳彭几乎没有高塔。诺福克郡或许是个例外，但汉普郡和苏塞克斯郡的教堂，几乎跟国内其他郡的一样简陋。我们这里年薪仅两三百镑的教士不少，他们的礼拜堂非常简陋，比鸽舍好不了多少。我第一次见到北安普敦郡、剑桥郡、亨廷顿郡和林肯郡的沼泽时，就被视线内无数高塔的尖顶惊呆了。我向来痴迷好风景，因此只有哀叹家乡无此景致了！要知道，在任何一处优雅风景中，塔都不可或缺。

您提到的被人驯养的蟾蜍勾起了我的好奇心。有位古代作家，虽不是博物学者，却有句名言："所有走兽、飞禽、蛇类以及海中的生物，凡可以被驯服的，都已经被人类成功驯服了。"

我很高兴听到有人在德文郡为阁下捉到一只绿蜥蜴，因为这证实了我的发现：多年前，在萨里郡法纳姆附近那片洒满阳光的沙丘上，我也见过这种绿蜥蜴。我很熟悉德文郡的南哈姆斯区，可以想见，环境独特的南方各地，正是各种色彩艳丽的动物的乐土。

由于冬季时您所在山区的环颈鸫不曾离去，那么我们的怀疑——米迦勒节前后飞临本地的鸟并非来自英国本土，而是来自欧洲更靠北的区域——就更为合理了。同时，阁下若能费心探究一下它们究竟来自何处，以及为何停留得如此短暂，应该非常值得。

顺便提一下，您在描述自己将两种鹭弄混时写到了克莱西府的鹭巢，我此前从未见过，觉得真是有趣极了。一棵树上竟有 80 个鹭巢，这样的景观绝无仅有，就算路程再远，我也定当前去欣赏。恳请阁下在回信中一定要告诉我克莱西府在何处，临近哪座小镇。[1] 我常常认为，人们并未充分勘察那片占地广阔的沼泽。如果有五六位绅士带上几条好身手的水猎犬[2]，在那片沼泽地中细细地搜索一个星期，定能发现更多物种。我研究得最多的鸟类是夜鹰，它可真是奇妙无比的物种。就我所知，虽然它有时会在飞行中啼叫，但总的来说，仅在立于枝头时，它才会发出刺耳的噪声。鸣叫时它的下颌会颤个不停，我经常一看

就是半个小时，尤其是在夏天。夜鹰通常会栖息在光秃秃的树枝上，头垂得比尾巴还低，正如阁下的绘图师在《不列颠动物志》中所绘的那样[3]。日暮时分，它便会准时开始引吭高歌。我已不止一次听到它的叫声跟朴次茅斯的降旗炮同时响起。只要不刮风下雨，那炮声便会传到我们这里。在我看来，它的叫声跟猫叫类似，是部分气管发力造成器官振动的结果。接下来我要跟您讲一件事，这是千真万确的：我和左邻右舍常在坡上的茅舍饮茶，有一次恰好飞来一只夜鹰，它刚在茅舍屋顶上落定，便放声大叫，叫声持续了好一阵子。这样一个小家伙，一旦引吭而鸣，竟能让整座茅屋震颤，我们感到吃惊不已! 夜鹰的叫声有时也会很尖促，还会这样重复叫上四五声。据我观察，雄鸟在树枝间追逐雌鸟、寻欢求爱时，便会发出这样的叫声。

如果阁下得到的这只蝙蝠是新品种，那也不足为奇。因为在我们的一个邻国，人们已经发现了五种蝙蝠。我提到的那个绝妙品种，肯定没有记录。这种蝙蝠我今年夏天仅见过一只，也没有机会抓住它。

您对印度草[4]的描述非常有趣。我不擅钓鱼，但问问那些钓鱼专家，他们钓具的那一部分由什么制成，他们都会回答"蚕的肠子"。

虽然我不敢自诩为昆虫学专家，但也并非对

它一无所知,偶尔我还是能为阁下提供一些这方面的信息。

我们两地的大雨几乎同时停了。自此之后,这里的天气一直晴爽宜人。观测雨量已有 30 多年经验的巴克先生[5] 在最近的一封信中说,今年的降雨量在他观测的年份中位居第二,仅次于 1763 年 7 月至 1764 年 1 月那七个月的降雨量。

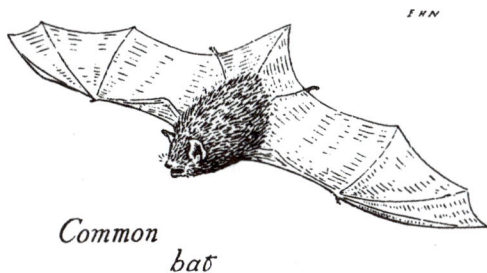

普通蝙蝠,蝙蝠科蝙蝠属

---

1 1791 年,克莱西府毁于一场大火,树上的鹭四散而飞。怀特提到的把鹭弄混一事,见于彭南特《不列颠动物志》第 2 卷。彭南特在书中认为有冠和无冠的鹭是不同的两种,后来他自己发现不对,其实它们是同一种,只不过是一雄一雌罢了。——福斯特注

2 也作"水斯潘尼狗",擅长涉水,能为主人带回用箭或枪射落于水中的水禽。——译注

3 指 1766 年的对开版。——福斯特注

4 正式学名为天蓝麦氏草,又名紫沼茅,是一种禾本科的开花植物。英国渔民常用它来绑鱼钩。——译注

5 托马斯·巴克 (Thomas Barker, 1722—1809 年),英国气象学家,也是拉特兰郡的一位乡绅。从 1736 年至 1798 年,他对他所在的林登村进行了长达 60 多年的气象观测和记录。——译注

At Selborne

塞耳彭村北端，阿尔顿路与牛顿路交叉口

第二十三封信 ／ 我见过的鸟类迁徙

塞耳彭，1769 年 2 月 28 日

阁下：

说根西蜥蜴和我们这里的绿蜥蜴是同一种，有可能。[1] 据我所知，几年前，有人就曾在牛津大学彭布罗克学院的花园里放生过许多根西蜥蜴。那些蜥蜴在那儿生活了很长一段时间，看起来似乎过得十分开心，但未在那里繁育后代。这说明什么，我不敢妄言。

再次感谢您为我讲述克莱西府的情况。1746 年 6 月，我在斯波尔丁待了一个星期，却没人告诉我附近有如此奇景，想来真是不无遗憾。阁下下次来信，务请告诉我那是一棵什么树，竟能容纳下如此数量众多的鹭巢。此外，也请告诉我这些鹭巢到底是遍布整片树林，还是仅限于某几棵树上。

我们对夜鹰的看法不谋而合，对此我深感快慰。我想极力证明的一点就是：这种鸟不论是栖落枝头还是展翅飞翔，都会啁啾不停。因此，它的叫声是通过器官的颤动主动发出的，并非因风阻于嘴喉之间的凹陷处而产生。[2]

说起我亲眼见过的鸟类大迁徙，那就是在去年的米迦勒节了。那天，我一大早就外出。起初，大雾弥漫，我朝海岸方向走了七八英里后，太阳倏然现身，顿时满目晴朗。那时，我们正走在一大片公有的石楠地里，随着雾气渐渐消散，我看见一大群家燕聚在低矮的灌木丛上，似乎已在那里栖宿了一整夜。天气一转晴好，它们便立刻振翅而起，轻盈地朝南方的大海飞去。此后，我再未见过任何鸟群，只有偶尔见到过一只离群的鸟。

有人说，家燕去时跟来时一样，都是三三两两的，我不敢苟同。因为那一大群家燕似乎是同时离开的，只有离群的几只才会久久徘徊不去。而且，我有充足的理由相信，这些家燕从未离开本岛。[3] 它们似乎会隐伏起来，待到某个温暖的日子，才重新见之于众。正如失踪数周的蝙蝠会在某一个温暖的夜晚陆续出现。一位德高望重的绅士曾向我保证，一个暖和的正午（不是在12月的最后一周，就是在1月的第一周），他跟几个朋友走在墨顿[4]的院墙下时，看见在学院一扇窗的线脚处有三四只家燕挤在一起。我经常说，在牛津看见家燕的时间比其他地方都要晚。这是由于此处建筑密集，湖泊广众，还是什么别的原因呢？

去年秋天，每每早晨起床后，我就能看见家燕和毛脚燕聚集在周围村舍的烟囱和茅草屋顶上。此情此景真是让我欢喜让我忧。喜的是，遵循着强烈的迁徙本能，或者说是伟大造物主镌刻和潜藏在其心中的印记，这些可怜的小生灵竟如此热情地准时到达；忧的是，无论我们如何费尽心力，仍然无法确定它们到底迁归何处；再想到它们中的一些压根儿就不曾离去，这就让我们更在意了。

这些挥之不去的回忆让我浮想联翩。如此上好的素材自然可成一文。下次若有幸记之信中，我必当呈之阁下，以供您享片刻之乐。

---

1 怀特在"致托马斯·彭南特先生的书信"的第十七封和第二十二封信中提到的绿蜥蜴应该是繁殖期间改变了颜色的雄沙蜥蜴。格恩西的蜥蜴才是真正的绿蜥蜴。——福斯特注
2 夜鹰栖落于枝头时主动发出的鸣叫声，意在求偶。——艾伦注
3 英国的冬天并没有燕子，只有晚秋或者早春时，偶尔会有迷路的燕子出现。——艾伦注
4 指牛津大学的墨顿学院。——译注

The Lythe

长石地

第二十四封信 ／ 看到一群环颈鸫

塞耳彭, 1769 年 5 月 29 日

阁下：

　　因为我见过大云斑鳃金龟的各种标本，所以对它很熟悉，但我却从未在野外发现过它。班克斯先生[1]告诉我，他觉得或许在海边能够找到这种金龟子。[2]

　　春秋两季，能在牧羊山坡看到北上或南下的环颈鸫。4 月 13 日，我专门去了一趟，真的看到一群环颈鸫，这叫我开心。我们击落了两只，一雄一雌，它们身子饱满，模样漂亮。雌鸟体内的卵才刚刚成形，还真是晚育呢。而至于那些整年都待在我们身边的鸫鸟，此时幼鸟羽翼已丰满多日。这对环颈鸫的嗉囊里没有什么清晰可辨的食物，只有一些看起来像消化殆尽的蔬菜叶之类的东西。秋季，它们以山楂和红豆杉的浆果为食，春季则是常春藤果子。我把其中一只做成了一道菜，发现它肉质鲜嫩多汁，风味绝佳。春季，环颈鸫莅临本地后仅会停留数日；但若在米迦勒节来到此地，就会待上两周，这还真是奇怪。经过三春两秋的观察，我发现这种鸟总是准时归来。有些作家认为环颈鸫绝不会出现在南方诸郡，现在这些鸟则为他们展示了一条新的迁徙路线。

环颈鸫，鸫科鸫属

最近，我的一位邻居送给我一只新种柳禽，起初我还以为它就是您所说的柳云雀，但仔细观察后，发现它更像您在林肯郡的里夫斯比击落的那种鸟。关于得到的这只鸟，我的描述如下："它的体型比黑斑蝗莺小；头部、背部和翅膀下的羽毛呈暗褐色，没有黑斑蝗莺身上那种暗黑色斑点；双眼上方各有一道奶白色的纹路；下颌和喉部白色，腹部以下为黄白色；尾部黄褐色，尾羽尖细；鸟喙黑而尖，腿部颜色暗黑；后爪既长且弯。"击落这只鸟的人说，它的叫声像极了芦雀，所以他真以为这是只芦雀，但这个说法还有待深入考察。[3] 我猜测这是另一个品种的蝗莺，在雷的《哲学书简》的第108页中，德勒姆博士也提出过这一观点。他还送给过我一只蝗莺。

您关于美洲独有动物的问题——它们是从什么地方、通过什么方式去那里的——我同样困惑，也常常感到惊异。如果去有关此话题的著述中查找，怕是难有所获。爱耍小聪明的人，可以轻而易举地提出看似有理的论据，以支持他们力挺的理论观点。但不幸的是，每个人的假设都跟别人的一样好，因为这些假设都是基于各自的猜测而已。近来研究此类话题的作家所提出的论点都与先人的观点相同。我记得这些假设无非是：一块大陆从非洲西海岸和南欧剥离出来，被搬运到了现在的美洲，然后连接美洲和非欧两洲的大西洋地峡也被切断。不过，这一假设得依靠一种超级机器才能实现，能完成这一壮举的恐怕就只有神了！"拿不出证据的事，我不信。"

致托马斯·彭南特先生
博物学家的夏夜漫步
"毫无疑问，它们中有神的智慧。"
——维吉尔[4]《农事诗》

金乌西坠洒柔光，
蜉蝣悠哉小池塘；
鸦鸟轻掠绿茵地，
怯兔趋前觅食忙；
会当只身下幽谷，
杜鹃游荡诉衷肠；
构鹪求偶鸣正欢，
鹌鹑婉转吐感伤；
燕子飞掠平原夜，
行色匆匆为儿郎；
雨燕急急振羽翼，
百尺高塔任回翔；
雀鸟纷纷乐如斯，
大雨寒霜何处藏？

春风十里百花放，
命里何日返故乡？
遍寻不得添失意，
天意冥冥嘱归航！
暮色渐浓掩人面，
且坐树荫长凳上；
夜幕含混朦胧眼，
万物退隐景色藏；
嗡嗡欲睡金龟子，
促织⁵合鸣放声唱；
蝙蝠捕食穿林间，
遥见洪涛水汪汪；
崖上夜鹰初睡醒，
天色沉暗声悠长；
百灵颤翅高天驻，
踪影难觅正引吭；
造化绝妙醉心神，
美景一幅纾愁肠；
奇思妙想苦亦甜，
血脉偾张酡面庞！
仙音雅气入乡景，
牝牛吐息羊铃响；
风送清芬新刈地，
林间农舍炊烟长；
夜露泠泠遣人回，

可爱萤虫情火亮！
夜幕半垂掩天际，
仿若少艾灯煌煌；
爱之流星此为引，
与君共赴温柔乡。

怀特

---

1 约瑟夫·班克斯爵士 (Sir Joseph Banks, 1743—1820年)，英国博物学家、植物学家，曾任英国皇家学会会长，大力资助自然科学的发展，还跟随库克船长进行过远航，怀特和彭南特都见过他。——译注

2 这种金龟子的学名为西方五月鳃金龟，俗称五月金龟，确实常见于肯顿郡的海边。——福斯特注

3 这只所谓的新种柳禽学名为蒲苇莺，俗称水蒲苇莺。——福斯特注

4 维吉尔 (Virgil，前70—前19年)，古罗马伟大的史诗诗人，代表作《牧歌》《农事诗》《埃涅阿斯纪》。——译注

5 即蟋蟀，本处蟋蟀的学名为 Gryllus campestris。——编注

第二十五封信 ／ 找到一颗石鸻卵

塞耳彭，1769 年 8 月 30 日

阁下：

得知您很满意我对鸻鸟迁徙情况的描述，我真是欣喜。您问我是如何得知秋季里它们在向南迁徙，这个问题真是一针见血。若非研究博物学应秉持公正、公开的态度，我真该像狡猾的注释者遇到经典著作中晦涩难懂的段落一样，故意视而不见。但为人就该诚实，所以我不得不惭愧地承认：我是通过类比推断出这一结论的。所有的候鸟，都会在秋天从北方飞来，在我们这里度过暖冬，待严寒消退，再行北返。因此，我推断环颈鸻也当如此，正如与它同科的田鸻一样。而且，据说环颈鸻经常出没于寒冷的高山间。不过，我有充分的理由认为，从那以后，它们就会开启西行之旅，飞来我们这里。因为我听过一个权威可靠的说法，称它们会在达特姆尔高原[1]繁殖。它们离开那片蛮荒之地时，正是光临本地之际。直到次年季春时节，才会折返。

我在阁下的柳禽与我的柳禽身上下了不少功夫。我的那只眼睛上方有白色纹路，尾部呈茶色，不论生前还是死后，我都仔细观察了，还取得了几个其他的标本。我深信（相信不久以后您也会确信无疑），它定是雷所说的小芦雀。不知出于何种原因，《不列颠动物志》里竟然完全忽略了这种鸟。原因之一，可能是雷将它归在了近雀属，这真是令人费解。毫无疑问，这种鸟应该归入他的单色尾燕蛤属，跟您定义的细嘴小鸟属于同一类。林奈则最有可能会将它归入鹟莺属，他的《瑞典动物志》中的柳鹟莺与这鸟儿最接近。这种鸟并不罕见，草木遮掩之下的池塘和小河边、沼泽的芦苇丛和莎草丛中，都可以看见它们。有些地方的乡下人索性称之为"莎草鸟"。整个繁殖期，它都会模仿麻雀、家燕和云雀的腔调，日夜不停地鸣唱，声音急促，怪腔怪调。我的标本与您描述的那只击落于里夫斯比的沼泽柳禽[2]最像。雷先生对它的描述再好不过："喙大，腿长，与体型极不相称。"（参见 1769 年 5 月 29 日的那封信[3]）

我为您找到一颗石鸻的卵，捡自一片光秃秃的休耕地。本来有两颗，但发现者在看见它们之前，不小心踩碎了一颗。

去年我给您写信谈到爬行动物，但愿有

件事没有忘记告诉您,那就是蛇有一项自卫本领——释放臭气。我知道有位绅士养了条很温顺的蛇,在心情大好和未受到惊吓时,跟其他宠物一样可爱。可一旦有陌生人或猫狗靠近,蛇就会立刻"咝咝"作响,放出臭气,弄得满屋恶臭难当。正如雷的《四足动物纲要》中名为 Squnck 或 Stonck 的蛇,平素良善乖巧,但被狗或人逼急时,就会喷出臭不可闻的毒气和粪便,真可怕。

有位绅士最近送了我一只制作精巧的标本,按雷的说法是一种白肩而有灰斑的伯劳[4]。在您出版的《不列颠动物志》的前两卷中,还未收录过这种鸟。但您根据爱德华[5]的插图所做的描述,是非常详尽准确的。

---

1 位于德文郡南部,整个高原主要由花岗岩构成,存在大量野生动物。——译注

2 即芦苇莺。——艾伦注

3 即"致托马斯·彭南特先生的书信"的第二十四封。——编注

4 今学名为 *Lanius pomeranus*。——艾伦注(编者补注:在现今的分类中,伯劳属下没有对应此学名的鸟类,疑似是学名为 *Lanius senator* 的林䳭伯劳。)

5 乔治·爱德华(George Edwards,1694—1773 年),英国博物学家、鸟类学家,被称为"英国鸟类学之父",以创作动物画,尤其是鸟类标本画而闻名,其作品很多被大英博物馆收藏。——译注

第二十六封信 ／ 邻居翻出一只水鼠

塞耳彭, 1769 年 12 月 8 日

阁下：

来信收悉，得知您已从苏格兰归来，我甚为欣慰。您在苏格兰盘桓多日，自是将那个辽阔王国的大自然馈赠——不论小岛还是高地的珍奇物种——好好查勘了一番。于一方游历，往往毁于匆忙，人们不愿拿出时间来关注他们应该关注的景物，不会像哲学家[1]一样认真地探寻大自然的万千造化之美，而是醉心于确定返程日期，然后把自己当作邮件包裹，不停地被人从一处送往另一处。毫无疑问，您这次游历，必定有许多发现，为日后《不列颠动物志》的再版积累了充分的素材。以前应该从未有人这样仔细地勘察过大不列颠王国的这一地区，您这次历经千辛万苦，必当了无遗憾。

有件事我一直感到奇怪，田鸫虽与乌鸫等鸫鸟同科，却从不在英国产卵，寒冷偏僻的苏格兰高地不算什么好所在，它们却满足于栖息彼地，这更是奇上加奇了。既然阁下发现有终年留守苏格兰的环颈鸫，那么我们就有理由推断：每年秋季在我们这里短暂逗留的候鸟，应该并非来自那里。

还应该提一下那些候鸟。这个秋天，它们与往年一样，在 9 月 30 日前后准时出现在我面前。不过这一次的鸟群较以往规模更大，停留时间也更长。如果它们像同科其他鸟类一样，与我们共度整个冬天，次年开春再远走高飞，我也不会感到吃惊，因为它们本就与其他来此越冬的候鸟差别不大。但是，当我每次在米迦勒节观察它们两周，又在 4 月中旬观察约一周后，都会非常好奇，希望知道这些旅行家从何而来，又将去往何处。因为看起来，我们这里的山丘，似乎只是它们的旅舍或餐馆罢了。

云雀，百灵科云雀属

您提到的大燕雀[2]，听上去非常有趣。翅膀如此短的鸟儿，竟会迷上飞越北方洋面的危险之旅，倒也奇怪！冬天，一些村民常对我说，他们在附近的山岗上偶尔会看到两三只白色的云雀。但认真想想，它们应该就是我们正在谈论的这种鸟中掉队的几只。南飞路途迢迢，一不小心离群掉队，也是有可能的。

阁下信中谈到苏格兰山间的白色野兔层出不穷，而且品种稀有，这让我开心。不列颠的四足动物种类太少了，一旦发现新物种，就是一个巨大的收获。

BUBO MAXIMUS. Sibb

雕鸮，鸱鸮科雕鸮属

雕鸮很是神气，如能证明它们产自本地，那真是为本地动物界添上了浓墨重彩的一笔。另外，此处灰雁繁殖地的所在，我还从未听说过。

灰雁，鸭科雁属

我已经证明您的那只沼泽柳莺就是雷在书中所说的小芦雀[3]，我认为您可能也会对此表示赞同。为了确认这一点，我费尽周折，已经找到了一些完美的标本，因此这个结论没有疑问，请您放心。可惜的是，由于保存不当，它们都已经腐烂了。等您的大作再版时，相信您一定会将以上内容添加到书中合适的位置。这些新增图解，定能让您的著作更完善。

我知道布封[4]描述过水鮒鳝，但我仍然很高兴得知您在林肯郡也发现了它，原因跟之前谈到的白色野兔一样。

最近，我的一位邻居在耕作一块远离水源的干燥白垩土时，翻出了一只水鼠。它怪异地蜷伏在由草和树叶编织而成的越冬巢里。洞穴的一头，整齐地储藏着超过 1 加仑的土豆，是它冬天里的食物。让我困惑的是，水鼠这种动物为何会到离水如此远的地方来搭建冬令营？是因为碰巧在这里发现了土豆，还是说在寒冬腊月离水而居是它的习性？

我并不喜欢用类比推理来研究博物学，这种方法行不通，但是在下面这个例子中，我还是不禁认为，这种方法或许有助于解释我先前提到过的一道难题——雨燕的离开时间总是比其他的同科鸟类早数周。不仅本地的雨燕，安达卢西亚的雨燕也如此，它们也在 8 月初便开始撤离。早在初夏，大蝙蝠[5]（顺便说一下，目前在英格兰，它还是一种没有文献记载的动物，我也一直没能捉到）便开始撤离和迁徙了。它们在高空捕食，正因如此，我才一直无法捉到。雨燕也同样如此，和别的燕子比起来，它们捕食时飞得更高，极少在接近地面或水面处掠食飞虫。因此，我断定这些燕科鸟类和大蝙蝠以高飞的蚊子、金龟子或蛾类为食，而这些食物的寿命都不长，所以那些异乡客在此地停留如此短暂，皆因食物匮乏。

据我的日记记载，杓鹬一直聒噪到 10 月31 日，此后便销声匿迹了。而直到 11 月 3 日，家燕还偶尔一现。

The Wakes

艾伦时代的威克斯宅

---

1 哲学与自然科学在 18 世纪以前尚未完全分离，博物学家们常常也被称为哲学家。——编注

2 即前文所提的雪鹀。——编注

3 参见"致托马斯·彭南特先生的书信"的第二十五封。——编注

4 布封（Buffon, 1707—1788 年），又译"布丰"，法国博物学家、作家，代表作包括《自然史》三十六卷、《马》《松鼠》《天鹅》等。——译注

5 小蝙蝠几乎一年到头都会出现，而大蝙蝠在 4 月底之前和 7 月之后，我都没有见过。6 月的时候大蝙蝠最常见，但数量不多，在我们这里比较罕见。——作者注（编者补注：怀特所言的大蝙蝠为山蝠，学名为 *Nyctalus noctula*，的确很罕见，小蝙蝠则是一种很常见的伏翼属动物，学名为 *Pipistrellus*。）

Hedgehog

刺猬，猬科猬属

第二十七封信 ／ 我的一窝小刺猬

塞耳彭，1770 年 2 月 22 日

阁下：

　　我的园子和田地里满是刺猬。它们吃草地上车前草的根茎，吃相十分奇特：先用比下颚长的上颚在土里拱掘植物的根，再从下往上吃掉根部，叶子部分则一口不动。单就这一点来说，它们还挺有用的，能消灭掉一种惹人讨厌的野草。不过，它们钻出这么多小洞，使得步道多少有些难看。从排泄在草坪上的粪便看，它们吃下的甲虫数量不少。去年 6 月，我得到了一窝小刺猬，有四五只，约莫只有五六天大。我发现，它们和小狗崽一样，刚生下来时无法视物，到我手里的时候，应该还是两眼一抹黑。刚出生时，它们身上的刺无疑是柔软且易于弯曲的，否则母刺猬在分娩时可就要受大罪了。但这些刺很快就会变硬，因为这几个小崽子背部和身体两侧的刺已经硬了，触碰它们时若不小心，便会被扎出血来。小刺猬的刺非常白。此外,它们还有一对低垂的小耳朵,我在老刺猬身上可看不出来。这般大小时,它们能拉下皮肤盖住脸,但无法像成年刺猬一样,在防御时把身体缩成一团。我想原因应该是能使它们蜷成一团的肌肉还未发育完全,不够柔韧。冬天,刺猬会用树叶和苔藓做一个又大又温暖的越冬巢,把自己藏在里面。我还从未发现刺猬像其他一些四足动物那样贮藏过冬的食粮。

我发现了一件田鸫的趣事,相当奇特。虽然这种鸟白天在树上栖息,通常自山楂树篱中取食,也会选择在参天大树上筑巢(参见《瑞典动物志》),但我们这里的田鸫是歇宿在地面的。天黑之前,可以看到它们成群结队地飞来,在围场的石楠丛中安顿。此外,在黄昏时拉网捕捉云雀的人常常在麦茬地里捉到田鸫。而那些夜间用短棍捕云雀的人,虽能在树篱中捉到不少白眉歌鸫,却从未捉到过一只田鸫。田鸫夜间的栖息方式不但与同科鸟类完全不同,也与它们白天的行为大相径庭,这种怪异的现象目前我还无法解释。

田鸫,鸫科鸫属

关于驼鹿,我多少能跟阁下谈上一谈。但总的来说,我鲜少涉猎外国动物。我的这么一丁点儿浅见,仅限于家乡一隅。

哈德利教区一景

第二十八封信 ／ 近距离观察雌驼鹿

塞耳彭, 1770 年 3 月

1768 年的米迦勒节那天, 我在古德伍德看到了一头属于里士满公爵的雌驼鹿。令我万分失望的是, 它苟延残喘了一段时间, 却在我赶到的前一天早晨断了气。不过, 人们还没给它剥皮, 所以我开始认真端详起这头罕见的四足动物。它的尸体被扔在一间破旧的温室里, 被人用绳子绕过腹部和下颏, 悬吊成站立的姿势。虽然刚死没多久, 却已经开始腐烂, 臭不可闻。和我见过的其他种类的鹿相比, 最大的不同就在于它的两条腿长得出奇, 以至于身体就像某些高脚类的鸟一样向前倾斜。我用量马的方式量了一下这头驼鹿, 发现它从地面到肩部隆起处的高度刚好 5 英尺 4 英寸, 即 16 掌宽[1], 绝大多数马都没有这样大的个头。不过, 它的腿虽然长, 脖子却非常短, 不超过 12 英寸。因此, 在平地上吃草时, 它须得费尽力气, 两腿一前一后地岔开, 把头埋在中间吃。它的耳朵大, 向下垂, 跟脖子一样长。头部的长度约有 20 英寸, 形似驴头。鼻孔粗大，上唇极其厚实，我前所未见。旅行家们说，这种厚唇在北美洲可是美味佳肴。有人推测这种动物主要靠吃树上的叶子和水生植物为生，看起来倒是非常合理。它的长腿和厚唇一定适合这种生存方式。我在某处读到过，驼鹿很爱吃睡莲。根据测量，它的前腿到肩后的腹部长 3 英尺 8 英寸：前后腿之所以那么长，主要是胫骨长得出奇。我急于摆脱尸体散发出的恶臭，忘了仔细测量胫骨关节。灰黑色的短尾似乎只有 1 英寸长，鬃毛却长约 4 英寸。前蹄笔直而匀称，后蹄平整而外翻。去年春天，这驼鹿只有两岁，那时很可能还没开始长个子。如此看来，一头成年的雄驼鹿该是怎样的庞然大物啊！我听说有些雄驼鹿的身长甚至有 10.5 英尺！原本还有另一头雌驼鹿与这个可怜的家伙为伴，但这个同伴在去年春天就死掉了。园中还有头年轻的雄马鹿，人们本指望它们能繁育后代，可惜两者的身高悬殊，阻碍了佳缘。我原想仔细检查一下它的牙齿、舌头、嘴唇和蹄子等处，但臭气实在难闻，我的好奇心也由此烟消云散。护园人告诉我，去年冬季的霜寒天，似乎是这只动物过得最开心的时候。管理人员还给我看了一头雄驼鹿的角，鹿角宽大呈掌状，前端没有鹿茸，只是边缘处有些突起物。这头死驼鹿的贵族主人打算把它的遗骸做成一副骨架标本。

我谈到的这头雌驼鹿跟您见过的那头是否一样？您依然认为美洲驼鹿和欧洲驼鹿是同一种生物吗？静候佳音。

怀特 敬上

---

1 即整个手掌的宽度，引申为长度计量单位，主要用于测量马的体高。1 掌宽 =4 英寸 =0.1016 米。——译注

Priory Farm

修道院农场

第二十九封信 ／ 两只家燕冒雪而来

塞耳彭，1770 年 5 月 12 日

阁下：

上个月，我们这里霜冻、大雪、冰雹和暴风雨等严寒、极端天气接连不断，夏鸟有规律的迁徙被彻底打乱了。有些鸟的出现时间（至少没听到它们的叫声）比往常晚了数周，比如黑顶林莺和灰白喉林莺。有些鸟直到此时都未闻其声，比如黑斑蝗莺和最大的柳莺。鹬也没有踪影：虽然它从来都是最晚来的，但也该露面了。然而，在这风雪肆虐的天气里，两只家燕却早在 4 月 11 日便顶霜冒雪来了。不过，它们很快就离开了，多日不知所踪。直至 5 月，比家燕晚到的毛脚燕才姗姗来迟。

人们发现，有些"一夫一妻制"的鸟，交配期一过便会各奔东西。它们独身是主动选择还是出于固有习性，很难解释。每当有家麻雀驱逐我的毛脚燕，意欲"鸠占鹊巢"时，我就会射落其中一只。而剩下的那只，不论雌雄，很快便会另觅新欢。一连数次，每每如此。我知道有对雪鸮时常骚扰一处鸽房，对于幼鸽来说，这不啻为灭顶之灾。有人很快射杀了其中一只，但另一只旋即找到了新伴侣，继续祸害幼鸽。直到一段时间后，这对"新人"双双毙命，动乱方休。

我还记得一件事。有个猎手痴迷于狩猎。交配期一过，每对来到他地里的山鹑中雄的那只便会被他射杀。他认为，雄鸟间的"争风吃醋"会妨害山鹑的繁殖。他总说，虽然他让同一只雌鸟当了好几次"寡妇"，但发现它总能另结新欢，"新郎官"也并不会带它远走高飞。

还有，一个喜欢下套的猎场老手常对我说，庄稼刚刚收割完时，他常能捕到一群群的山鹑，全是雄鸟，他戏称它们为"老单身汉"。

灰山鹑，雉科山鹑属

家猫普遍都有一个习性，很值得我们注意，那就是爱鱼如命，鱼似乎是它们最喜欢的食物。然而，大自然赋予它们这一嗜好，却似乎并未帮助它们得偿所愿，除非有外力相助。因为在所有的四足动物中，猫是最不喜欢亲近水的。对于水，它们能避则避，绝不愿湿了爪子，遑论跳入水中了。

会捕鱼的四足动物都是两栖的，比如天生善于潜水、给水族们带来浩劫的水獭。我们这里的溪流都比较浅，我本没指望会有这样的动物，所以当有人给我带来一只雄水獭时，我真是喜出望外。这只水獭重达 21 磅，是在小修道院下方的溪流岸边射到的，那条小溪正是在此地将塞耳彭教区和哈特利林地一分为二。

第三十封信 ╱ 参观鸟类藏品

塞耳彭，1770 年 8 月 1 日

阁下：

我认为，法国人谈论博物学总是特别冗长繁复。林奈对于昆虫的感言也适用于其他任何一科动植物："这纷繁的世界，就是艺术的灾难。"

对于斯科波利的新作，阁下有何评价？我很欣赏他的《昆虫学》[1]，所以很想读读这本书。

上封信中，有件事我忘了提：为了求偶，发情期的北美洲雄性驼鹿，会从湖里或河里的一座小岛游到另一座。我的朋友，即那位随军牧师，就曾见过一头在求偶途中的雄驼鹿被杀死在圣劳伦斯河中。他告诉我，那家伙真是个庞然大物，但具体尺寸他未丈量。

上次去伦敦，我们的朋友巴林顿先生热情地带我见识了许多稀奇古怪的东西。当时您写给他的信中正好谈到兽角，于是他带我参观了大量奇妙的兽角标本。我记得，威尔顿的彭布罗克勋爵家里有一个存放兽角的房间，总共存有三十多对不同种类的。不过最近这段时间，我还没有造访过那里。

巴林顿先生向我展示了许多来自世界各地、令人叹为观止的鸟类藏品，有标本，也有活物。我认真观察了一番那些活着的鸟，发现每一种远道而来的鸟，比如来自南美洲和几内亚海岸等地，几乎都是交嘴雀属和燕雀属的厚喙鸟，而鹟鸰属和鸫属的鸟，却未见一只。细想之下，我发现原因显而易见。硬喙鸟以易于带上船的种子为食，而软喙鸟以蠕虫、昆虫之类的新鲜生肉为食，后者显然无法适应漫长枯燥的海洋之旅。囿于食物种类有限，这些奇特的藏品仍然美中不足，一些最为优雅活泼的品种还是无缘得见。

怀特

---

1 1763 年出版。——译注

At the end of the village

塞耳彭村尽头，通往安普肖特村的路

第三十一封信 ／ 今年环颈鸫来得早

塞耳彭，1770 年 9 月 14 日

阁下：

　　我已得知，您再次在环颈鸫出生的峭壁见到了它们，并且认定它们终年都生活在那片寒冷的区域。那么，我们这里每年 9 月准时出现，次年 4 月又再次露面（似乎是返程）的环颈鸫，是从哪里来的呢？今年，它们来得比往年更早，本月 4 日，它们惯常出没的山坡上便已有好几只了。

　　一位目光敏锐的德文郡绅士告诉我，达特姆尔高原的某些地区也是这种鸟的栖息地和生育场。但到了 9 月底或 10 月初，它们便会离开，次年 3 月底才会返回。

另一位消息灵通人士向我保证，环颈鸫会在德比郡山顶各处大量繁殖，当地人称其为"突岩鸫"。它们在 10 月、11 月离开，来年开春返回。对于我研究的"新移民"，这个信息似乎给了我一些新的启发。

斯科波利新作（我刚到手）的优点在于确定了蒂罗尔[1]和卡尔尼奥拉[2]的很多种鸟类。我认为，专研一门一类之人，不论来自何处，都有足够充分的理由质疑博物学爱好者的结论。一个人断然无法穷究自然万物，所以这些专研者在其研究领域内的发现应该比一般的博物学作者更准确，错误更少。如此日积月累，或许便能为编写一部准确、通用的博物学著作打下基础。斯科波利对鸟类生活习性的观察，并非如我希望的那般细致和专注。正因如此，他得出了一些错误的结论，比如毛脚燕"从不在巢外喂食幼鸟"[3]，但根据我今年夏天的再三观察，他是错误的，毛脚燕会在飞行的同时喂食幼鸟。当然，毛脚燕的这一习性的确不如家燕常见。它的这种喂食动作完成得非常迅速，若是注意力不够集中，观察者很难发觉。此外，他还有些结论（我马上会说到）也不大可信，比如他说丘鹬"躲避敌人时会叼着雏鸟"[4]。平心而论，我无法断言这一说法完全错误，因为

没有亲眼见过。我只能说，丘鹬的喙长而笨拙，在有翼一族中，它们应该是最不擅运用此类爱之技艺的。[5]

怀特

---

1 奥地利西部的一个州，位于阿尔卑斯山脉的"心脏"地带，是欧洲最受欢迎的冬夏皆宜的旅游胜地。——译注
2 位于斯洛文尼亚西部。——译注
3 原文为拉丁语"pullos extra nidum non nutrit"。——编注
4 原文为拉丁语"pullos rostra portat fugiens ab- hoste"。——编注
5 某种程度上说怀特是对的，丘鹬遭遇敌人时的确会携带走幼鸟，但不是用喙，而是用腿。——福斯特注

The Wishing stone

许愿石

第三十二封信／我兄弟的冬燕

塞耳彭，1770 年 10 月 29 日

阁下：

　　查阅完林奈和布里松[1]等人的著作，所获寥寥，我开始怀疑我兄弟那只冬燕似乎就是斯科波利新发现的岩燕。斯科波利的描述如下："上半身灰色，下半身浅白色。尾羽内侧边上，有椭圆形白斑。足黑，无毛。鸟喙为黑色，翅羽颜色比背羽深，尾羽与翅羽同色。鸟尾参差，并非叉状。"[2] 这段描述与我怀疑的那只冬燕的特征几乎完全吻合。不过，他接着又说这种鸟"体型大小如毛脚燕"[3]，以及"林奈对崖沙燕的定义，对它也适用"[4]。这种说法未免有些自相矛盾。至少，他给人的感觉是在凭记忆比较这两种鸟。

因为我也比较过这两种鸟，外形、大小和羽毛颜色等各方面都全然不同。不过，既然阁下即将得到这种鸟的标本，我将洗耳恭听您对此事的判断。

姑且不论我兄弟发现这种未经著录的鸟是否先人一步，但他应是第一个发现这些鸟是在直布罗陀和巴巴里[5]温暖而隐蔽的海岸越冬的人。

斯科波利关于种属的分类与记录，清晰准确，客观合理，富于表现力，颇得林奈神韵。这便是我初读斯科波利的《自然年鉴》时的点滴浅见。

仅凭记忆比较两种动物是自然科学的大忌。斯科波利在这点上不够谨慎，难免出错。正如阁下公正的评价，他观察当地鸟类的细致程度并未如我们所望。不过，他的拉丁语通俗易懂，优雅生动，远胜克雷默[6]。

得知我对驼鹿的描述与您的如出一辙，真乃荣幸之至。

怀特

---

1 马蒂兰·雅克·布里松（Mathurin Jacques Brisson, 1723—1806 年），法国动物学家、博物学家及自然哲学家。——译注

2 原文为拉丁语 "Supra murina, subtus albida; rectrices maculâ ovali albâ in latere interno; pedes nudi, nigri; rostrum nigrum; remiges obscuriores quam plumae dorsales; rectrices remigibus concolores; caudâ emarginatâ, nec forcipatâ"。——译注

3 原文为拉丁语 "definitio hirundinis ripariae Linnaei huic quoque convenïit"。——译注

4 原文为拉丁语 "definitio hirundinis ripariae Linnaei huic quoque convenit"。——译注

5 16—19 世纪初欧洲人对北非地中海沿岸区域的称谓。——译注

6 威廉·海因里希·克雷默（Wilhelm Heinrich Kramer, ?—1765 年），德国博物学家、昆虫学家。——编注

第三十三封信 ／ 朋友描述的石鸻

塞耳彭，1770 年 11 月 26 日

阁下：

　　来自直布罗陀的鸟类标本中有一些短翼的英国夏候鸟，我们曾对它们的迁徙做过大量调查，能见到这些鸟类的标本，我真是高兴万分。如果这些见于安达卢西亚的鸟确实往返于安达卢西亚和巴巴里之间，那就可以断定：那些飞来此处的鸟应该会返回欧洲大陆，在较温暖的地区越冬。毫无疑问，很多直布罗陀的软喙鸟只在春秋两季才会在当地出现，而在夏季，为了繁衍后代，它们会成双成对地飞往北方，直到年关将近，才三五成群拖儿带女地撤回南方。因此，直布罗陀的岩石区算得上是百鸟齐聚的大会所，也是观察鸟类的好去处。它们正是从那里启程出发，飞往欧洲或非洲大陆。我想，春秋两季能在欧洲大陆的边缘地带见到这种小巧而短翼的夏候鸟，绝对称得上是大发现，也是说明这些鸟类迁徙习性的最佳证据。

　　我认为，斯科波利似乎在蒂罗尔发现了高山雨燕，即直布罗陀大雨燕，可他自己浑然不觉。他所谓的阿尔皮纳燕，不就是他之前曾见到的那种鸟吗？他说那种雨燕"除了胸前白羽范围更大之外，其他各处都与前者很相似"[1]。我想这种鸟应该并非新品种。他说高山雨燕"在阿尔比斯山巅筑窝"[2]，应该也是真的（参阅《自然年鉴》）。

　　我的那位苏塞克斯郡的朋友，虽然不是博物学家，却擅长观察，判断力很强。我曾向他讨教关于石鸻的习性，他的描述如下："查阅《博物学者日志》中 4 月的记载，发现首次提及石鸻的时间是在 17 日和 18 日，我认为已经相当晚了。它们与我们共度春夏两季，待到初秋才聚在一起，以备远行。我觉得它们应该是种候鸟，兴许会飞往南方气候干燥的山区，如西班牙，那里多牧场。在我们这里度夏时，它们通常都待在类似的地方。以上推断算是我的斗胆一猜，因为我遇见过的人中，谁都不曾在冬天的英格兰见过这种鸟。我想，它们应该不大喜欢近水，以常见于牧羊场和山岗上的各种蠕虫为食。在休耕地里产卵，地里都是覆满青苔的灰色燧石，其色与幼鸟的颜色非常相近，便于幼鸟藏身。石鸻不筑窝，而是把卵产在裸露的地

面，每次产卵也不过两颗。有理由相信，幼鸟一经孵化出壳，很快便能跑动。此外，老鸟也不会喂养幼鸟，只会在幼鸟的进食时间（大多在夜里）领着它们去有食物的地方。"我的朋友如是说。

如您所见，这种鸟不仅习性和大鸨极其相似，外观、体型以及脚爪也与大鸨有几分雷同。

我在很久之前就开始请一位亲戚在安达卢西亚寻找这种鸟。如今他写信给我，说 9 月 3 日这天，他才首次在市场上见到一只，但它已经死了。

石鸻飞行时，会像苍鹭一样，双腿向后方伸得笔直。

怀特

---

1 原文为拉丁语 "sed pectus album ; Paulo major priore"。——译注

2 原文为拉丁语 "nidificat in excelsis Alpium rupibus"。——译注

Basingstoke Grammar School

怀特就读过的贝辛斯托克文法学校

第三十四封信 ／ 恼人的昆虫

塞耳彭，1771 年 3 月 30 日

阁下：

我们这里有一种昆虫，白垩地里特别多，夏末时它会叮咬人（特别是妇孺），使人皮肤上长满疙瘩，奇痒无比。这种虫子我们称为"秋收虫"，非常小，肉眼难以辨认，全身鲜亮绯红，属于粉螨属[1]。菜园里的菜豆或任何一种豆荚上都能见到它们，盛夏时节尤为盛。有人肯定地告诉我，白垩土山岗上的养兔人就饱受它们的肆虐。有时候，多得不计其数的虫子把养兔人的大网都染成了红色，甚至把人咬得发高烧。还有一种又长又亮的小飞虫，它会钻进烟囱，把卵产在正在晾晒的熏肉上，让家庭主妇们苦不堪言。那些卵孵化出的蝇蛆被称为"跳虫"，喜欢藏在腌猪腿肉或者最精瘦的猪肉部位大快朵颐，把熏肉啃得只剩下骨头。我怀疑这种飞虫就是林奈所说的寄生蝇的一种[2]，一到夏天，农场厨房的熏肉架上、壁炉台边和天花板上，处处都是它们的身影。

那种破坏菜园里的芜菁和其他作物的昆虫（新生幼苗时常整块整块地被其毁掉），还有待进一步探究。这里的乡民称其为"芜菁叶蜂"或"黑海豚"，但我知道它属于鞘翅目的一种，即"跳甲虫[3]，跳跃亚目、后腿长毛的粗厚钩虫属"。盛夏时节，这种虫子数量多得惊人，一走进田间或菜园，你便能听见它们在芜菁或卷心菜叶上欢快跳跃的声音，听来真是如哗哗雨声。

有一种狂蝇属的昆虫，我们本地的农家孩童无不熟识，却被林奈和一些当代作家所忽略。那就是老莫菲特[4]所说的弯尾虫[5]，德勒姆在他所著的《自然神学》的第250页也提到过这种虫。它可以在飞行中灵巧地将卵产在草地上的马的腿或腹部两侧的一根鬃毛上。不过，德勒姆说这种狂蝇属的昆虫是他之后提到的奇妙的星尾蛆[6]的母体，显然是大谬。因为当代昆虫学家发现，星尾蛆这一奇

特生物是避役蝇的卵孵化出的。可参阅若弗鲁瓦[7]的著作第17卷第4图。

如果有一本书能详述田间、菜园和屋里的所有害虫，并提供各种除虫法，民众一定会视之为实用而重要的著作。这类知识历来散见于各处，还有待收集整理。此书若成，可谓功德无量。了解这些动物的特性、生存环境和繁殖情况，即了解它们的生活习性，是我们找到防虫避害办法的必由之路。

若依在下浅见，最能让人对昆虫学产生兴趣的就是那些基于林奈分类法的精美昆虫图版了。我敢保证，如果能有更充分和直观的图版，而不只有单纯的文字，那么乐于研究昆虫的人肯定还会更多。

---

1 现名秋收恙螨，为绒螨目恙螨科恙螨属昆虫。——福斯特注
2 现名酪蝇，为双翅目酪蝇科的一种小蝇，喜欢在多油质的乳酪、肉等物质或腐败动物残体中繁殖。——福斯特注
3 现今学名为 *Altica oleracea*，是鞘翅目叶甲科昆虫。——福斯特注

4 即托马斯·莫菲特 (Thomas Muffet, 或 Moffet, 1553—1604 年)，英国博物学家、医生。他关注对昆虫,特别是蜘蛛的药用研究，并强调医学的实践。——译注

5 即马胃蝇，其幼虫附着在马腿或马腹上，经常被马舔进肚子，被排泄出后又在地上化成蛆。——福斯特注

6 蜻蜓水虿的幼虫。——福斯特注

7 艾蒂安·路易斯·若弗鲁瓦 (Étienne Louis Geoffroy, 1725—1810 年)，法国昆虫学家和药学家，主要从事甲虫类昆虫的研究。——译注

Peacock

孔雀，雉科孔雀属

第三十五封信 ／ 邻居家的雄孔雀

塞耳彭, 1771 年

阁下:

　　我有次碰巧去参观了邻居的雄孔雀，观察到这些美丽鸟类的羽屏并非它们的尾巴。这些长长的羽毛，不是从它们的尾臀生长出来的，而是背部。雄孔雀的尾臀上有一簇短短的灰色硬羽毛，约 6 英寸长，那才是它真正的尾巴，作用是支撑羽屏（羽屏展开后又长又重）。雄孔雀开屏时，从前面只能看见它的头和脖子。如果这些长长的羽毛生在臀部就不是现在这个样子了，它看起来就会像昂首阔步的雄火鸡。通过用力抖动肌肉，这些鸟儿长羽毛的羽茎像舞剑者手中的长剑一般，咔嗒作响，随后便迈着有力的步伐，转身去追赶雌孔雀了。

　　需要告知阁下的是，最近我得到了一块不同寻常的海绵状结石，取自一头肥牛的胃。这块结石形状浑圆，约有一个塞维利亚酸橙大小。我原以为，这类东西通常都是扁平状的。

Great bat

山蝠，蝙蝠科山蝠属

第三十六封信 ／ 捉到一只大蝙蝠

1771 年 9 月

阁下：

那种喜好在高空中捕食的大蝙蝠[1]，今年夏天我只见到两只。我称它们为高飞蝙蝠。我捉到了其中一只，发现它是公的，便认定另外一只是母的，因为它们总是结对而行。一两天后的傍晚，我又捉到了另一只，但失望地发现它也是公的。考虑到这种蝙蝠在本地极为鲜见，我不禁开始怀疑它们是否为同一个品种，或者说并非已知的蝙蝠种类，可以一公配多母，就像绵羊和其他一些四足动物。不过，要想弄清这一疑问，还需要深入观察更多标本，辨清雌雄。

我目前所了解的是，这两只公蝙蝠的生殖器颇大，堪比公猪[2]。翼展长 14.5 英寸，鼻端到尾梢长 4.5 英寸；头部硕大，鼻孔为双叶，肩部宽阔，强健有力，整个身体丰满圆润；皮毛柔滑无比，呈鲜亮的栗色；嗉囊内满是食物，但早已浸解得不成样子；肝、肾、心很大，肠子裹满脂肪。每只足有 1 盎司又 1 打兰重。耳朵内的构造有些特殊，对此我还不够了解，只能求教于富有好奇心的解剖学家了。此外，这种动物散发出的气味恶臭难当，令人作呕。

---

1 参见"致托马斯·彭南特先生的书信"的第二十六封。——编注
2 这两只蝙蝠的学名为 *Nyctalus noctula*（山蝠）。——福斯特注

第三十七封信 ／ 观察一只夜鹰

塞耳彭，1771 年

阁下：

7 月 12 日，我得到一个绝佳机会，将一只夜鹰好好地观察了一番，当时它正绕着一棵满是蕨草金龟子的大橡树飞来飞去。这只夜鹰的翅膀力道十足，转体与转弯的本领之强，犹在家燕之上。最令我高兴的是，我清楚地看到它多次一边扇动翅膀一边伸出爪子，接着头一低，便把什么送进了嘴里。如果说夜鹰用爪子捕食，现在我就有最充分的证据了，证明它至少是对付金龟子时如此。夜鹰的中趾呈奇特的锯齿状，作用也就不言而喻了。

大多数家燕和毛脚燕都已离我们而去，看来今年走得比往年早。9 月 22 日，它们聚集在邻居家的胡桃树上，似乎已在那里歇了一宿。黎明时分，雾气未散，无数燕子一齐起身高飞。轻烟薄雾中，振羽声急急切切，虽远可闻。自此以后，便再无燕群出现，唯有零星的孤燕了。

有些雨燕耽搁到了 8 月 22 日才起身，这倒很罕见！因为往年它们在 8 月的第一周就飞走了。

8 月 24 日，有三四只环颈鸫这一季首次出现在我的地里。这些访客的秋春两季迁徙可真是守时！

第三十八封信 ／ 刚出巢的毛脚燕

塞耳彭, 1773 年 3 月 15 日

阁下：

翻阅去年秋天的日记，我发现我们这里的毛脚燕似乎相当晚育，走得也晚。因为我 10 月 1 日还看到燕窝里有羽翼初丰的雏燕。10 月 21 日，邻居家的一窝雏燕才开始首飞，老燕则在极其机敏地捉着昆虫。翌日一早，这窝燕子便离开家，绕着村子飞来飞去。那天以后，燕子们影踪全无。直到 11 月 3 日，我才见到二三十只毛脚燕在垂林附近以及我的田地上方嬉戏了一整天。这些小鸟弱不禁风，其中一些雏燕出巢不过 12 天，真的会在木叶萧萧之际，迁徙到北回归线的另一端吗？下一处教堂、废墟、白垩崖、峭壁丛林，或者下一片沙洲、湖泊或池塘（如北方的一位博物学家所说），完全就是现成的栖身之所，不是更可能成为它们的越冬巢吗？

眼下，我们每周都在期盼跟随春天的脚步迁徙而来的环颈鸫。身边一些值得信赖的人向我保证，1770 年的圣诞节，有人在本郡南边的贝雷林地看到了环颈鸫。因此，我们或许可以得出结论：如果它们来自本岛北部，而非北欧，那就会只限于在国内迁徙，而不会南飞至欧洲大陆。但不论这些环颈鸫来自何处，从对人或枪漠然不惧这一点就可以看出，它们对这块常来之地一直都不太熟悉。海员们跟我说，在阿森松岛[1]和其他类似的荒凉之地，鸟对人类几乎一无所知，甚至敢大刺刺地落在人的肩头，在鸟眼里，一名水手还不如一头正在吃草的山羊可怕。苏塞克斯郡刘易斯的一位年轻人言之凿凿地告诉我，大约 7 年前，该镇到处都是环颈鸫，一下午他就捕杀了 16 只之多。他还说，从那以后，每年秋天都还会有一些环颈鸫在那里出没。不过，在那次"大屠杀"前，他发现当地并没有人见过环颈鸫。我本人也在苏塞克斯见过，它们三五成群，在从奇切斯特到刘易斯的白垩山岗上安营扎寨。只要有灌木和树丛，就能见到它们，尤其是在 1770 年的秋天。

怀特

---

1 英国位于南大西洋的海外领地，全境包括一座主岛以及若干附属礁岩。——译注

第三十九封信 ／ 观察几种鸟类所得

塞耳彭，1773 年 11 月 9 日

阁下：

既然您希望我将种种观察所得叙于信中，所以我不揣冒昧，记述如下。阁下可视其正误，考虑是否收录于您拟重版的《不列颠动物志》之中。

距离塞耳彭 6 英里处有个佛林斯罕湖。大约一年前，一只鹗被击中，落入湖中。当时它正蹲在犁柄上吞一条鱼。鹗常会一个猛子扎进水里，出其不意地捕食猎物。

去年冬天，有人在斯特德公园击落了一只体型很大的灰白色伯劳。塞耳彭也有人射到了一只红背伯劳。这种鸟在本郡可是稀客。

乌鸦则是终年出双入对，形影不离。

康沃尔的红嘴山鸦也有很多，它们的产卵地在比奇角和苏塞克斯海岸的各处峭壁。

常见的野鸽，也称"欧鸽"，是英格兰南部的一种候鸟，到 11 月底就很少见了。它们是最晚现身的冬候鸟。塞耳彭的山毛榉林还没被大规模破坏前，欧鸽数不胜数。清晨，它们外出觅食，队列绵延 1 英里。一开春，便离我们而去。鸥鸽会在何处产卵呢？

汉普郡和苏塞克斯郡的人将槲鸫称作"风暴鸡"，因为新春伊始，风雨交加，槲鸫便开始啼鸣，拉开新年的帷幕。我们这儿的槲鸫很多都会在果园中筑窝。

有一位绅士对我保证，说他在达特姆尔高原捉到了一窝环颈鸫，这些鸟爱在溪岸边筑窝。

林鹨，鹡鸰科鹨属

林鹨不仅在栖落枝头时会鸣叫，在空中展翅嬉戏时也会；俯冲之际更会唱个不停，站在地上有时也会来上一嗓子。

阿当松[1]的证据完全不能说明欧洲的家燕会在冬季迁徙至塞内加尔。从言词看来，他不像是一位鸟类学家，也许他对鸟类的见识只限于那一隅吧。据我所知，那些家燕都是在欧哈拉总督官邸的屋檐下筑窝。他若是真的了解欧洲的燕子，为何没有提及其他种类呢？

家燕会在飞行中一头扎进水里，以此方式洗身。通常这种鸟出现的时间比毛脚燕早一周左右，比雨燕早大约 10～12 天。

1772 年，直到 10 月 23 日，毛脚燕的巢中仍有幼鸟。

雨燕出现的时间大约比家燕晚 10～12 天，也就是说，它们大约出现在 4 月 24 日至 26 日。

草原石䳭，鸫科石䳭属

草原石䳭和黑喉石䳭[2]，一年四季都不离我们左右。有些穗䳭会跟我们一起度过整个冬天。

各种鹡鸰也会陪我们过冬。红腹灰雀若以麻籽喂食，往往会通体变黑。

整个冬天，我们这里都有大量的雌性苍头燕雀，雄性却难见一只。

您说雄沙锥鸟在繁殖季节的叫声"咩咩"似羊，而我说它们的叫声像击鼓声（也许说"嗡嗡"声更为合适），我猜我们说的是一回事。它们振翅嬉戏时嘴里必会发出如笛声般的尖叫，这一点毫无疑问。至于那"咩咩"或"嗡嗡"的声音，究竟是从腹部发出，还是由扇动翅膀引起的，我无法断言。不过，这种鸟每每发出这种声音时，都在猛扇着翅膀向下俯冲。

凤头麦鸡，鸻科麦鸡属

凤头麦鸡产完卵后便会聚在一起，一同离开沼泽和湿地，移居到山岗和牧羊坡上。

两年前的春天，有人在距奥尔斯福德（那里有片大湖）几英里的一条小路上发现了一只活的小海雀。它虽然没有受伤，但扑腾了半天也飞不起来，被人养了几天还是死了。

小海雀，海雀科

去年 7 月初，我看见有人在沃尔默围场的池塘里捉到了几只小水鸭和小野鸭。

书上称雨燕"饮食露水"，其实应该是"它在飞行中饮水"才对。因为燕科鸟类都会在掠过池塘或河流时啜饮水面，正如维吉尔笔下的蜜蜂，"在飞行中啜水"[3]。或许正是因为这种饮水习惯，这一物种才显得与众不同。

关于莎草鸟，我可以高兴地说，这种鸟几乎通夜鸣唱，啼声虽急，倒也颇为入耳。它还可以模仿其他鸟的叫声，如麻雀、家燕和云雀等。夜深人静时，若是往莎草鸟栖身的灌木丛中扔块石头或土块，它便会立刻放开歌喉。也就是说，虽然它会不时打个盹儿，可一旦醒来，就会继续开演唱会。

1 米歇尔·阿当松（Michel Adanson，1727—1806 年），法国植物学家、博物学家、探险家。曾在塞内加尔工作四年，其间搜集了大量的植物标本。——译注
2 草原石鸥是一种仅见于夏季的候鸟，但当时人们将其误认为是黑喉石鸥的幼鸟或雌鸟。——福斯特注
3 原文为拉丁语"flumina summa libant"。——译注

第四十封信 ／ 塞耳彭的鸟类数量

塞耳彭, 1774 年 9 月 2 日

阁下:

　　收到您的来信前,我一直在兴致勃勃地观察、比较雌雄家燕的尾巴。赶在幼燕出窝前做这事儿,今后就不用担心分不清雌雄了。此外,家燕总是出双入对地忙着搭窝,以至于我总会弄混性别,就算是待在烟囱上的孤燕,也让我雌雄莫辨。据我观察,不论雌雄,家燕的尾部都有呈叉状的长羽,区别在于,雄燕的尾羽比雌燕更长。

　　刚离窝的小夜莺无依无靠,老夜莺的叫声就显得悲怨哀婉、凄厉刺耳。若有人经过,它们会沿着树篱跟随其后,发出噼噼啪啪的尖利叫声,颇有威吓警告的意味。

　　盛夏时节,蝗雀会整夜啾啾不止。

　　天鹅两岁全身转白,三岁生儿育女。

大天鹅,鸭科天鹅属

142

鼬鼠捕食鼹鼠，这一点显而易见，因为它们有时会被鼹鼠夹误伤。

雀鹰有时会借老鸦巢产卵，红隼则会选择在教堂和废墟上繁育后代。

红隼，隼科隼属

据估计，伊利岛上有两种鳗鱼。有时能在它的肚子里发现细丝，可能是其幼体。[1] 鳗鱼如何繁殖，目前还未知。

白尾鹞在地上产卵，似乎从不在树上筑窝。

白尾鹞，鹰科鹞属

红尾鸲的尾羽摇动时左右摆动，就像狗在乞怜。鹡鸰摇起尾来则是上下甩动，如同困乏的马在摆尾。

林岩鹨在繁殖期会甩摆它们的翅膀，卖弄风情。霜晨甫至，叫声尽显凄厉怨恚。

许多鸟在仲夏时节会变得沉默，直到9月才重展歌喉，其中不乏鸫鸟、林百灵、柳莺之类。因此，春夏秋三季中，8月最为沉寂。百鸟于秋季重展歌喉，是因为秋季的气候跟春季相仿么？

林奈根据地理位置来划分植物，如棕榈生于热带，草生于温带，苔藓和地衣生于极圈。动物无疑也能如此分门别类。

春天，家麻雀在屋檐下筑巢，待天气转热后，又会把巢重新搭在李树和苹果树上，以求清凉。这种鸟有时也会在秃鼻乌鸦的窝里或是窝下的树杈间筑巢。

有位邻居在堆草垛时发现他的狗一捉到小红鼠就吃，对普通老鼠却无甚兴趣。而他的猫只吃普通老鼠，对红鼠则不理不睬。

欧亚鸲，鹟科欧亚鸲属

欧亚鸲的歌声贯穿春夏秋三季。之所以获赠"秋日歌手"之名,是因为它的歌声在春夏两季都被百鸟齐鸣声所淹没,到了秋天才清晰可闻。大多数的"秋日歌手"似乎都是当年出生的雄性幼鸟,虽颇得人偏爱,可破坏起菜园里的夏季蔬果来,却毫不客气。[2]

2月初便急着开嗓,声作双调,听来怪异如拉锯声的山雀是沼泽山雀。大山雀也于此时开唱,声作三调,听来欢快愉悦。

沼泽山雀,山雀科山雀属

鹪鹩整个冬天都会鸣唱不停，霜冻天除外。今年，汉普郡和德文郡两地的毛脚燕来得极晚，这一现象说明它们会在这里隐居，还是仍会远飞？

大多数鸟饮水时皆一啜便起，唯有鸽子如四足动物般，长饮不止。

虽然我在之前的信中说灰乌鸦不会在达特姆尔高原产卵，但看来是我弄错了。[3]

蕨草金龟子会在 7 月时开始满天飞，到 7 月底便销声匿迹。这段时间，夜鹰常以它们为主食。蕨草金龟子多见于白垩土山岗和一些沙地上，黏土地里则不多。

雷丁镇"黑熊客栈"的花园里有条小溪（或算是水渠），从马厩下流入路对面的田里。溪中有许多鲤鱼游来游去，过往游客常常撒下面包屑，看鱼儿们争食，十分有趣。一俟天气转寒，鱼儿们便立刻失了影踪，原来是躲藏到马厩下面去了，以待来年春归时重出江湖。这些鱼是否会冬眠？否则以什么为食呢？

灰白喉林莺的叫声单调重复，尖厉刺耳。它们常常一边叫，一边还姿态怪异地扇动翅膀。看起来，此鸟似乎颇为好斗，鸣叫时羽冠耸立，摆出一副挑衅的架势。但在繁殖期，它们的性子又羞怯了，常常单只在荒凉的小路和公有田地里出没，甚至连灌木茂密的苏塞克斯

岗的最高处也难觅其踪。到了七、八月间，它们会把幼鸟带进菜园和果园，给夏季蔬果带来一场浩劫。

灰白喉林莺，莺科林莺属

黑顶林莺的叫声圆润甜美，深沉嘹亮，带有狂野气质，但不够连贯稳定。不过，它们一旦静下来潜心歌唱，低沉曼妙的旋律便会流淌而出，曲调百转千回，极尽温婉柔媚。鸟中歌者能与之分庭抗礼的，恐怕唯有歌鸲了。

黑顶林莺多流连于果园和菜园，婉转啼鸣时，喉头会扩张到惊人的地步。

黑顶林莺，莺科林莺属

148

红尾鸲的歌声与灰白喉林莺有些类似，但也算得上有一副好嗓子，有些红尾鸲还能发出音调更丰富的声响。雄性红尾鸲时常安静地栖在村中大树的树梢上，不论晨昏，总唱个不停；它们偏爱群居，常在果园内和房屋周围筑窝。在我们这里，雄鸟常停落在一根高大的五朔节花柱[4]的风向标上。若论这里的夏鸟，鹟最沉默、最常见，也最晚露面。它们会在墙上的葡萄藤或香叶蔷薇丛中筑窝，或是将窝筑在墙洞里，甚至会筑在门柱附近的横梁或木板尽头，尽管整日都有人经过。这种鸟很少叫唤，只有幼鸟遭到猫威胁，或遇上其他危险，才会低声鸣啼。它们每年产卵一次，走得也早。

　　仅在塞耳彭教区，全年能见到的鸟类品种数就超过瑞典全域的一半。这里的鸟类多达120余种，而瑞典的鸟类总共才221种。我再强调一点，这个数字已将近整个大不列颠鸟类总数的一半了。[5]

　　搁笔回顾，我发现这封长信风格奇特，有些自作主张，也有些说教意味。想到阁下希望看到的正是这样着意评论的逸闻轶事，便这样写了，若让您觉得有些教条，还望见谅。

1　当时的人并不知道，这些肚子里的细丝并非其幼体，而是寄生虫。——福斯特注

2　这种鸟也吃常春藤、忍冬和欧洲卫矛的浆果。——作者注

3　怀特在前信中提到产卵于达特姆尔高原的鸟类为环颈鸫，参见"致托马斯·彭南特先生的书信"的第二十五封、第三十一封。此处可能有误，存疑。——编注

4　五朔节是欧洲传统民间节日，用以祭祀树神、谷物神、庆祝农业收获及春天的来临，为每年的5月1日。节日这天，人们通常会在家门前插上一根青树枝或栽一棵树，并用花冠、花束装饰起来，这便是五朔节花柱。人们会绕着花柱转圈，载歌载舞。——译注

5　瑞典有221种鸟类，而英伦三岛有252种。——作者注（福斯特补注：这些数目完全取决于对类别的划分方式。编者补注：按照现在的分类方式，据英国鸟类协会统计，英国鸟类共有572种。）

149

The Butcher's shop

肉店

第四十一封信 [1] ／ 软喙鸟的冬季食物

　　弄清那些和我们一起越冬的软喙鸟在寒冬以何为食，是一次饶有兴味的探索。身体孱弱似乎也不是鸟群远离寒冬的唯一原因。因为强健的蚁䴕（这点与耐寒的啄木鸟极其相似）也会迁徙，而娇弱的金冠戴菊，看似最需庇护，却不惧此处酷寒至极的霜冻天，不会像大多数冬鸟那样，一到气候恶劣的季节便躲进屋子或村庄里，却总是在田野和树林间翻飞。这就是它们为什么会常遭不测，为什么数量比我们所知的其他鸟类都要少的原因。

　　毫无疑问，陪我们一起共度冬日的那些软喙鸟，主要都以虫蛹为食。天气恶劣时，各种各样的鹡鸰都会栖息在泉源附近，在从不结冰的浅溪中捡食石蛾属等昆虫的蛹。

林岩鹨在寒冬常常在水槽和沟渠处取面包屑和其他垃圾为食。如果天气暖和，它们则会采食蠕虫。蠕虫终年不绝，在任何一个温暖的冬夜，只要点上蜡烛去草坪上走一遭，就能找到它们。欧亚鸲和鹪鹩冬季常出没于外屋、马厩和谷仓，捕食在此蛰伏过冬的蜘蛛和飞虫。不过，冬季软喙鸟的主食还是多不胜数的鳞翅目昆虫的蛹。这些蛹牢牢地附着在树枝、树干、菜园的围栏与房舍的墙壁上，岩石或垃圾的缝隙里，甚至地上也有。

林岩鹨，岩鹨科岩鹨属

所有种类的山雀都和我们一同过冬。它们有我所称的"中喙"，硬度介于硬喙和软喙之间，即林奈所定义的燕雀属与鹀鸰属之间。只有一种山雀一直都待在树林和田野里，即便是数九严寒，也不会躲进暖和的房舍中，那就是娇小如金冠戴菊的长尾山雀。俗称"修女"的蓝山雀、煤山雀、黑头大山雀和沼泽山雀却常飞进屋里，酷寒时节尤其。糟糕的天气常常迫使大山雀缩在屋内，我在大雪天里曾见过它们倒悬（看得我无比欣喜，也钦佩不已）在茅草屋的屋檐下，往外抽取稻草，翻找藏身其中的蝇虫。它们数量众多，常把茅草屋顶弄得破烂不堪，一片狼藉。

煤山雀，山雀科山雀属

俗称"修女"的蓝山雀是屋舍的常客，而且一点不挑食。除了昆虫，也喜欢吃肉，因此常在垃圾堆上捡食骨头。它们还钟情于板油，常常光顾肉店。我小时候就听说过，有人用涂了牛油或板油的老鼠夹，一个早晨就捉到了20只蓝山雀。此外，它们偶尔还会将掉在地上的苹果啄出几个洞，以及饱餐一顿向日葵的葵花籽。天寒地冻时，蓝山雀、沼泽山雀和大山雀都会到干草堆旁，偷走一些大麦和燕麦秆。

蓝山雀，山雀科蓝山雀属

至于穗鹀和草原石鹀冬天到底吃什么，要弄清楚可不那么容易，因为它们都待在野石楠地和养兔场里，野石楠地里尤其多。

那里有许多采石场，八成是鳞翅目昆虫的蛹为它们提供了越冬之需，那里真可谓是食物丰沛的荒野大餐桌。

怀特

1　本封信是 1770 年 1 月 15 日怀特致戴恩斯·巴林顿原信的一部分。作者之所以将它插在这里，是因为其内容与"致托马斯·彭南特先生的书信"的第三十九封和第四十封有密切联系。——福斯特注

第四十二封信 ／ 苏格兰地图的缺陷

塞耳彭，1774 年 3 月 9 日

阁下：

    如果有人想要从事动物区系研究，家底也还殷实，我真希望他能去爱尔兰王国考察一番。那是一片新的领域，博物学家对它知之甚少。他的这段旅程还应该有植物学家作伴，因为那里的山林几乎都未经详尽的考察。该岛气候温和，南部各郡可能有一些大不列颠境内难得一见的植物。喜好思考者，能从爱尔兰的艺术、农业等方面的现代化进程中得出许多客观公正的评价，早在我们有所耳闻之前，该国在这两个领域就已取得许多成果。即便是当地的风俗、迷信以及粗鄙的生活方式，也能激发他进行更多有益的思考。他还应带上一位富有才干的画师，因为一路上必定会经过许多高大宏伟的城堡府邸、壮阔优美的湖泊瀑布，以及雄奇巍峨的山岭。如能以绘画生动地描绘和再现如此鲜为人知而又引人入胜的美景，定会大受欢迎。

    我没有见过现代的苏格兰地图，无法妄言它们是否精确、细致。但我知道，就算是最好的苏格兰老地图，也是多有舛误疏漏。

The Zig-zag

弯弯曲曲的街道

所有我见过的苏格兰地图中最明显的缺陷就是没有用彩色的线条或线段精准地界定苏格兰高地的范围。有的地图甚至连通往这个多山的浪漫国度的所有大道都没有明确标示。韦德将军[1]开辟的行军大道是极其伟大的罗马式工程，绝对值得认真标示。我的老地图——莫尔[2]地图标出了威廉堡[3]，但其他历史悠久的要塞却没有一一标示。对那些连成一线的要塞，地图上不应有半点疏漏。[4]

　　著名的"之字形道路"通往考里亚里奇，堪称九曲十八弯，当然也不能忽略。莫尔虽然标出了诸如汉密尔顿和拉姆兰里格一类的豪宅，但新的勘测图无疑应将发生过重大事件，或拥有名画等名贵藏品的宅邸或城堡标示出来。布雷多尔本勋爵的宅院别具一格，也是不容错过的。

　　靠近格拉斯哥的艾灵顿伯爵的府邸也值得标示。这位贵族的松树园气势恢宏，占地广阔。

怀特

1　乔治·韦德（George Wade，1673—1748年），18世纪英国军事家、陆军元帅，曾在1724年奉调前往苏格兰等地解散民族武装，并兴建了碎石道路和桥梁系统。——编注
2　赫尔曼·莫尔（Herman Moll，约1654—1732年），英国制图师、雕刻家和出版商。——编注
3　位于苏格兰高地郡的南部，也是苏格兰一个主要的旅游中心。——译注
4　威廉堡修建于威廉与玛丽统治时期，其他连为一线的要塞则是汉诺威王朝初期建筑的，目的是防御斯图加特家族的暴乱。——福斯特注

第四十三封信 ／ 鹃头蜂鹰小记二则

1780 年夏天，一对鹃头蜂鹰用细树枝做骨架，以枯死的山毛榉树叶裹边，在塞耳彭垂林中一棵细长的山毛榉上搭了一个又大又扁的窝。6 月中旬，一个调皮的少年爬到树上，忍着头晕目眩，捞走了窝里唯一的鸟蛋。这颗蛋已经孵了一些时日，其中已有幼鸟的雏形。和普通秃鹰的蛋相比，这颗蛋不仅个头小，也不够圆。蛋的两头有一些小红点，中间有一大圈殷红如血。被射杀的雌鹰，完全符合雷先生对这一品种的描述：黑色的蜡膜、粗短的腿以及长长的尾巴。展翅翱翔时，它和普通秃鹰的区别非常明显：外观虽像鹰，但头小，翅膀不够尖锐，尾部也较长。这只蜂鹰的嗉囊里还有几条青蛙腿和许多无壳的灰蜗牛。虹膜呈亮黄色，眼睛看起来非常漂亮。

鹃头蜂鹰，鹰科蜂鹰属

同年夏天，7月10日前后，同一片垂林的一棵矮山毛榉上，一对雀鹰在树上的老鸦巢里孵了卵。这窝幼鹰为数不少，随着年纪渐长，它们的勇猛和贪婪也增长不少。村里所有的雌性禽类都为自己那嗷嗷待哺的雏鸡或幼鸭深感担忧。有个小子爬到树上，无奈地发现这些幼鹰羽翼已丰，统统逃得远远的，结果是一只也没捉着。不过，他发现雀鹰持家有道，"仓廪"颇丰。他从窝里掏出了一只乌鸫幼鸟、一只松鸦和一只毛脚燕。三只鸟的毛全被拔得精光，有的半边身子都被吃掉了。之前几天，人们见过那对老雀鹰在大肆蹂躏那些刚学会飞的家燕和毛脚燕。因为刚出巢，这些小燕子力量有限，对翅膀的运用也欠自如，根本无法像老燕子那样躲避敌人。

雀鹰，鹰科鹰属

158

塞耳彭村东北角风光

第四十四封信 ／ 塞耳彭的野鸽群

塞耳彭，1780 年 11 月 30 日

阁下：

每次与您通信，我都非常愉快。

关于野林鸽，即雷所称的 OEnas 或 Vinago，我同您的看法几乎一致，认为将它视为普通家鸽的始祖毫无道理。估计提出这一观点的人是被别名 OEnas 所误导，这一别名通常用来形容欧鸽。

要不是欧鸽冬季的生活习性与夏季迥异，要将其驯化为家鸽几乎绝无可能。我们很难看到栖息在枝头或出没于林间的家鸽，欧鸽如果每年 11 月到次年 2 月这段时间待在我们身边，就总会和环颈斑鸠一起过着同样的野生生活，流连于灌木丛和树林中，主要以橡树果实为食，并喜欢在最高的山毛榉上栖身。要是能知道欧鸽是如何筑窝的，我的疑问便会豁然而解。

我猜，它们应是如环颈斑鸠一般，将窝搭在树上。阁下谈到，去年春天有人从苏塞克斯郡寄给您一只欧鸽，并在信中说这类鸟常在那里繁殖。但寄信人为何没有具体说明它的窝是搭在岩石、悬崖，还是树上？如果他并不善于观察鸟类，我就不免要对此表示怀疑。因为我们这里的人就总是将欧鸽和环颈斑鸠混为一谈。

欧鸽，鸠鸽科鸽属

就我而言，您提出家鸽的祖先是蓝色小原鸽的说法，我完全赞同，原因有许多。首先，野生欧鸽比普通家鸽明显大得多，这就与通常的驯化规则不符，被驯化的物种，往往都比其先祖大。[1] 其次，欧鸽两翅的飞羽上有两块明显的黑斑。这一鲜明的物种特征，不应在驯化后完全消失，而应常见于它们的后代。最确凿的证据，是您在谈及卡那封郡罗杰·莫斯廷爵士的家鸽时所举的例子：纵然食物丰盛、照料周全，人们也无法诱使欧鸽住进家鸽的窝棚，一到繁殖期，欧鸽便会飞往奥姆斯海德的各处堡垒，将卵妥善地安顿在人迹难至的大海岬的洞穴里和绝壁上。[2]

"你可以赶跑自然……不过她会卷土重来。"[3]

我曾向一位如今已 78 岁的老猎人请教。他说五六十年前，山毛榉林的面积比现在大得多，斑尾林鸽的数量也多得惊人，他常常一天就能捕杀二十来只。有一次，他不仅击落了七八只在他头顶上方盘旋的斑尾林鸽，还顺带击落了一只身材修长的野禽。他还说，斑尾林鸽群里常常混杂着几只小蓝鸽，他称之"岩鸽儿"，此前我还从未听说过这事。这些多得难以计数的候鸟，主要以山毛榉坚果和类橡子为食，尤爱在残株上找大麦吃。近年来，芜菁的种植数量大大增加，成了它们在苦寒时节的主食。它们会在芜菁的根部啄出一个个小洞，使得庄稼收成锐减。芜菁吃多了以后，它们的肉里便会掺着一股酸臭味。那些曾将其视为美味佳肴的人也不吃了。斑尾林鸽会在田间地头觅食，特别是在大雪天，这时候便可能遭到猎杀。傍晚时，人们还会埋伏在树林和灌木丛中，趁它们来栖息时捕杀。斑尾林鸽在 11 月底出现，次年开春便消失，这种在境内完成大迁徙的鸟的大致情形如此。[4] 去年冬天，塞耳彭乔木林里来了上百只这种野鸽，但早年间，鸽群更为壮大，不仅我们这里到处都是，就连附近各个地区也有不少。一早一晚，它们都会像秃鼻乌鸦那样排成一线，划空而过，队伍足有 1 英里长。当年翔集于此的斑尾林鸽数以千计，它们夜间栖宿于林木中，如若突遭惊扰，

"它们则会骤然腾空，远远听来，声若惊雷。"[5]

斑尾林鸽，鸠鸽科鸽属

还有件事，与现下的话题不无相关。我有一位住在附近的亲戚，有段时间他若是捡到环颈斑鸠的卵，便会拿进他的鸽棚，放在一对正在抱窝的家鸽身下。他希望这样孵化出来的环颈斑鸠不仅能扩大他的鸽群，还能教会家鸽自食其力，自个儿去树林里找橡果吃。这主意看起来不错，可天不遂人愿：虽然这些鸟的卵常常顺利孵化，有时幼鸟还长到了半大，可没一只能活到成年。我曾亲眼见过这些家鸽窝中的小弃儿，它们摆出一副生性凶猛的古怪模样，决不容他人看一眼，鸟喙噼噼啪啪作撕咬状，以示警告。它们总是夭折，估计是缺乏合适的食物而营养不良所致。主人家却认为是它们凶猛野蛮的样子吓坏了养母，最终饥饿而死。

维吉尔曾运用比喻手法，生动形象地描述了一只鸽子盘旋在岩洞四周的情景，诗句十分迷人，我在此不禁要引述其中一段（约翰·德莱顿[6]曾将其译成英文，极其传神，故无须赘言，本人也将其附录于后）：

"Qualis speluncâ subitò commota Columba,
Cui domus, et dulces latebroso in pumice nidi,
Fertur in arva volans, plausumque exterrita pennis
Dat tecto ingentem—mox aere lapsa quieto,
Radit iter liquidum, celeres neque commovet alas。"[7]

"鸠岩高悬石磊磊，
振羽急急鸽喉危；
轰然离洞冲霄汉，
别雏抛家何所为？
身欲高就须抖擞，
鸿图大展任鸟飞。"

怀特

通往怀特墓的基石

1 驯化动物所造成的这种结果，使得 18 世纪的欧洲形成一种偏见，即凡是与人类接触密切的动物，都是更优秀的。——福斯特注

2 达尔文认为家鸽的祖先是野生岩鸽，和原鸽非常相似。但原鸽的英文名称为 Rock pigeon，以前都译为岩鸽，故达尔文指的野生岩鸽很可能就是原鸽。——编注

3 原文为 "Naturam exfellas furcâ .... tamen usque recurret"，摘自贺拉斯《书札》。昆图斯·贺拉斯·弗拉库斯（Quintus Horatius Flaccus，前 65—前 8 年），罗马帝国奥古斯都统治时期著名的诗人、批评家、翻译家。——译注

4 一些老猎人说，过去往往圣诞节一过，大多数野鸽便撤离了。——作者注

5 摘自弥尔顿《失乐园》，第二卷。——译注

6 约翰·德莱顿（John Dryden，1631—1700 年），英国诗人、文学评论家、翻译、剧作家，1668 年获封英国首位"桂冠诗人"。——译注

7 古拉丁语诗文摘自维吉尔《埃涅阿斯纪》，第五卷。——译注

The Natural
History
of Selborne
by
Gilbert White

卷

二

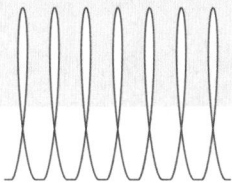

{ 致戴恩斯·巴林顿阁下的书信 }

第一封信 ／ 冬候鸟和夏候鸟

塞耳彭，1769 年 6 月 30 日

阁下：

上个月我在伦敦就决定抽空给您写几封信，谈谈关于博物学的问题。看得出您是位正直宽宏的绅士，定能理解我这种不依靠书本，而是致力于观察实物的户外博物学者。现在，我已准备好，这就要开始履行诺言了。

以下是我在塞耳彭一带发现的夏候鸟列表，根据其出现的先后顺序进行排列：

	雷的命名	通常出现的时间
1. 歪脖	*Jynx, sive Torquilla*（蚁䴕）	3 月中旬，叫声尖利刺耳。
2. 小型柳莺	*Regulus non cristatus*	3 月 23 日，叫声喧嚣刺耳，至 9 月方休。
3. 家燕	*Hirundo domestica*	4 月 13 日。
4. 毛脚燕	*Hirundo rustica*	同上。
5. 崖沙燕	*Hirundo riparia*	同上。
6. 黑顶林莺	*Atricapilla*	同上，叫声美妙而狂野。
7. 夜莺	*Luscinia*	4 月初。
8. 大杜鹃	*Cuculus*	4 月中旬。
9. 中型柳莺	*Regulus non cristatus*	同上，叫声欢畅悦耳。

10. 灰白喉林莺	*Ficedulae affinis*	同上，叫声难听，至9月方休。
11. 红尾鸲	*Ruticilla*	同上，叫声悦耳。
12. 石鸻	*OEdicnemus*	3月底，夜晚啼鸣，如汽笛声。
13. 欧斑鸠	*Turtur*	
14. 黑斑蝗莺	*Alauda minima locustae voce*	4月中旬，发出细微"咝咝"声，至7月底方休。
15. 雨燕	*Hirundo apus*	4月27日前后。
16. 小苇莺	*Passer arundinaceus minor*	声音甜美多变而急促，能发出多种鸟的音调。
17. 长脚秧鸡	*Ortygometra*	叫声嘹亮刺耳，如长脚秧鸡。
18. 大型柳莺	*Regulus non cristatus*	叫声如螽斯振翅；4月底，栖于高大山毛榉树梢。
19. 夜鹰	*Caprimulgus*	5月初，夜间啁啾不止，叫声单调。
20. 鹟	*Stoparola*	5月12日，非常安静，是最晚出现的夏候鸟。

以上这些奇妙有趣的鸟，可归于林奈体系下的十个种属：除歪脖和大杜鹃归于鹊目类，石䳭和秧鸡归于高脚类之外，其他皆可归于林奈体系的燕雀类。[1]

上述诸鸟，根据其数字编号，依照林奈的体系，归属如下：

1	蚁鸡属
2、6、7、9、10、11、16、18	鹟鸰属
3、4、5、15	燕属
8	杜鹃属
12	鸻属
13	鸽属
17	秧鸡属
19	夜鹰属
14	云雀属
20	鹬属[2]

大多数软喙鸟以昆虫为食，而非谷类和种子。因此，夏日将尽之时，它们便会动身离开。不过，下面这些软喙鸟虽也吃昆虫，但四季皆与我们为伴：

雷的命名

欧亚鸲	*Rubecula*	冬季常出没于屋舍间，多见于外屋，食蜘蛛。
鹪鹩	*Passer troglodytes*	
林岩鹨	*Curruca*	多见于洼地，食面包屑或其他碎屑。
白鹡鸰	*Motacilla alba*	此三种鹡鸰多见于泉源附近终年不结冰的浅溪中，食石蛾属昆虫的蛹。属最小的可行走的鸟。
黄鹡鸰	*Motacilla flava*	
灰鹡鸰	*Motacilla cinerea*	
穗䳭	*Oenanthe*	其中一些整个冬季都待在我们身边。
草原石䳭	*Oenanthe secunda*	
黑喉石䳭	*Oenanthe tertia*	
金冠戴菊	*Regulus cristatus*	不列颠最小的鸟，常出没于树梢，整个冬季可见。

以下是塞耳彭一带的冬候鸟列表，根据其出现的先后顺序进行排列：

雷的命名

1. 环颈鸫	*Merula torquata*	一种我在米迦勒节前后，以及次年的 3 月 14 日前后新发现的候鸟。
2. 白眉歌鸫	*Turdus iliacus*	旧米迦勒节[3] 前后。
3. 田鸫	*Turdus pilaris*	整日栖于树上，筑窝则在地面。
4. 冠小嘴乌鸦	*Cornix cinerea*	多见于各处山岗。
5. 丘鹬	*Scolopax*	见于旧米迦勒节前后。
6. 沙锥	*Gallinago minor*	某些沙锥常在我们身边繁衍。
7. 姬鹬	*Gallinago minima*	
8. 斑尾林鸽	*Oenas*	很晚出现，数量不如从前。
9. 大天鹅	*Cygnus ferus*	见于某些大湖。
10. 灰雁	*Anser ferus*	
11. 野鸭	*Anas torquata minor*	
12. 红头潜鸭	*Anas fera fusca*	
13. 赤颈鸭	*Penelope*	见于此处的湖泊溪流。
14. 水鸭（在沃尔默皇家围场繁衍）	*Querquedula*	
15. 锡嘴雀	*Coccothraustes*	
16. 交嘴雀	*Loxia*	此三种鸟，行踪不定，间或出现，迁徙时间不定。
17. 太平鸟	*Garrulus bohemicus*	

上述诸鸟，根据其数字编号，依照林奈体系，归属如下：

1、2、3	鸫属	9、10、11、12、13、14	鸭属
4	鸦属	15、16	交嘴雀属
5、6、7	丘鹬属	17	松鸦属[4]
8	鸽属		

夜间啼鸣的鸟极少，只有如下：

夜莺	*Luscinia*	"藏于密林最深处"[5]——弥尔顿。
林百灵	*Alauda arborea*	悬于空中。
小苇莺	*Passer arundinaceus minor*	见于芦苇和柳树间。

怀特

---

1 即雀形目下属的燕雀亚目，也叫鸣禽亚目，包括所有的鸣禽，一共有 83 科鸟类。——编注

2 此表是依照林奈的分类体系，上述 20 种鸟类，按照现今的体系分类如下:1. 䴕形目啄木鸟科、2.6.9.10.14.18. 雀形目莺科、3.4.5. 雀形目燕科、7.11.20. 雀形目鹟科、8. 鹃形目杜鹃科、12. 鸻形目石鸻科、13. 鸽形目鸠鸽科、15. 雨燕目雨燕科、16. 雀形目文鸟科、17. 鹤形目秧鸡科、19. 夜鹰目夜鹰科。——编注

3 旧米迦勒节，每年的 10 月 11 日。——译注

4 上述 17 种鸟类，按照现今的体系分类如下：1.2.3. 雀形目鹟科鸫亚科、4. 雀形目鸦科、5.6.7. 鸻形目鹬科、8. 鸽形目鸠鸽科、9.10.11.12.13.14. 雁形目鸭科、15.16. 雀形目雀科、17. 雀形目太平鸟科。——编注

5 诗句摘自《失乐园》，第三卷。——译注

In the village

塞耳彭村街景

第二封信 ／ "仲夏之后啼不住" 的鸟

塞耳彭，1769 年 11 月 2 日

阁下：

6 月底我曾就博物学的话题写信给您，真是深感荣幸。信中罗列了我在塞耳彭一带观察到的各种夏候鸟和冬候鸟。此外，我还提到了那些整个冬季都会伴随我们的、英格兰南部的软喙鸟，以及那些喜欢在夜间啼鸣的鸟。

根据先前的计划，我现在就该继续讲述那些"仲夏之后啼不住"的鸟（严格地说，它们该被称作"鸣禽"），并按入春以来，它们初鸣的时间顺序排列如下：

雷的命名

1. 林百灵	*Alauda arborea*	1 月开始鸣唱，歌声持续整个夏秋。
2. 欧歌鸫	*Turdus simpliciter dictus*	歌声始于 2 月，直至 8 月，秋季又重展歌喉。
3. 鹪鹩	*Passer troglodytes*	歌声终年不绝，酷寒时节除外。
4. 欧亚鸲	*Rubecula*	同上。
5. 林岩鹨	*Curruca*	始于 2 月初，至 7 月 10 日终。
6. 黄鹀	*Emberiza flava*	2 月初直到 7 月，持续至 8 月 21 日。
7. 云雀	*Alauda vulgaris*	2 月持续到 10 月。
8. 家燕	*Hirundo domestica*	4 月持续到 9 月。
9. 黑顶林莺	*Atricapilla*	4 月初至 7 月 13 日。
10. 草地鹨	*Alauda pratorum*	4 月中旬至 7 月 16 日。
11. 乌鸫	*Merula vulgaris*	始于 2 月或 3 月，直至 7 月 23 日，秋季歌声重启。
12. 灰白喉林莺	*Ficedulae affinis*	始于 4 月，直至 7 月 23 日。
13. 红额金翅雀	*Carduelis*	始于 4 月，直至 9 月 16 日。
14. 绿金翅	*Chloris*	歌声持续到 7 月，甚至 8 月 2 日。
15. 小苇莺	*Passer arundinaceus minor*	始于 5 月，持续到 7 月初。
16. 赤胸朱顶雀	*Linaria vulgaris*	繁殖期伴随着歌声，直至 8 月。10 月群鸟聚会时，重新开唱。群鸟四散之际，也会鸣唱。

并非四季啼鸣，仲夏时节或仲夏前夕便不叫的鸟包括：

雷的命名

17. 中型柳莺	*Regulus non cristatus*	歌声止于 6 月中旬，始于 4 月。
18. 红尾鸲	*Ruticilla*	停止啼鸣的时间同上，始于 5 月。
19. 苍头燕雀	*Fringilla*	止于 6 月初，4 月初试啼声。
20. 夜莺	*Luscinia*	止于 6 月中旬，4 月初试啼声。

歌声为期不长，仅在早春鸣叫的鸟包括：

雷的命名

21. 槲鸫	*Turdus viscivorus*	始于 1 月 2 日，1770 年始于 2 月。汉普郡和苏塞克斯郡称其为"风暴鸡"，因其歌声预示着风雨天气的来临。它是本地个头最大的鸣禽。
22. 大山雀（牛眼雀）	*Fringillago*	歌声贯穿 2 月、3 月、4 月，9 月复唱，但为期不长。

间或啁啾几声，难以称为"鸣禽"的鸟包括：

雷的命名

23. 金冠戴菊	*Regulus cristatus*	体型娇小，声音细微。常栖息于高大的橡树和冷杉树梢，是不列颠最小的鸟。
24. 沼泽山雀	*Parus palustris*	常见于茂密的树林，可发出两种不同的尖利刺耳的声调。
25. 小型柳莺	*Regulus non cristatus*	3月开始鸣唱，直至9月。
26. 大型柳莺	*Regulus non cristatus*	叫声如蟊斯振翅，始于4月底，讫于8月。
27. 黑斑蝗莺	*Alauda minima locustae voce*	整夜啁啾不止，始于4月中旬，讫于7月底。
28. 毛脚燕	*Hirundo rustica*	整个繁殖期歌声不断，从5月直至9月。
29. 红腹灰雀	*Emberiza alba*	
30. 白鹇		1月底开唱，直至7月。

所有鸣禽以及其他有几分"歌手"素养的鸟，不仅在不列颠，或许在全世界范围内，都可归于林奈体系中的雀类。

上述诸鸟，根据其数字编号，依照林奈体系，归属如下：

1、7、10、27	云雀属		8、28	燕属
2、11、21	鹨属		13、16、19	燕雀属
3、4、5、9、12、15、17、18、20、23、25、26	鹟鸲属		22、24	山雀属
6、30	鸫属		14、29	交嘴雀属[1]

边飞边叫的鸟，只有如下几种：

雷的命名

云雀	Alauda vulgaris	升空、悬空和下落时，皆会啼鸣。
草地鹨	Alauda pratorum	下降、栖于树枝以及在地面行走时，皆会啼鸣。
林百灵	Alauda arborea	悬空时鸣叫，盛夏时节整夜鸣唱。
乌鸫	Vulgaris	在灌木丛中飞舞时，间或鸣叫。
灰白喉林莺	Ficedulae affinis	边唱边飞时，翅膀猛烈颤动，姿势奇特。
家燕	Hirundo domestica	风和日丽时会放声欢唱。
鹪鹩	Passer troglodytes	在灌木丛中飞舞时，间或鸣叫。

本地区最早繁殖的鸟如下：

渡鸦	*Corvus*	2月和3月孵化。
欧歌鸫	*Turdus*	3月孵化。
乌鸫	*Merula*	3月孵化。
秃鼻乌鸦	*Cornix frugilega*	3月初筑窝。
林百灵	*Alauda arborea*	4月孵化。
环颈斑鸠	*Palumbus torquatus*	4月初产卵。

　　我认为所有"仲夏之后啼不住"的鸟每年产卵都不止一次。依我看，大多数鸟是野性难驯还是温和怯弱，多少与其个头有点关系。我是说，在本岛，它们总受人类的追逐捕杀之苦。不过，在阿森松岛和其他许多杳无人烟的地方，海员们早已发现那里的鸟因为不熟悉人类，甚至会站着不动，任人捉拿——乌燕鸥便是一例。再举一例：我注意到，只要人不走近金冠戴菊（不列颠最小的鸟）身周三四码之内，它都会安之若素。而大鸨（鸨属）——不列颠最大的陆鸟，距它还有数弗隆时，就已不容许人类再踏进半步。

怀特

1　按现今的体系，上述30种鸟类的分类为：1.7. 雀形目百灵科、2.4.11.18.20.21. 雀形目鸫科鸫亚科、3. 雀形目鹟鹟科、5. 鸟纲雀形目岩鹨科、6.30. 雀形目雀科鹀亚科、8.28. 雀形目燕科、9.12.17.23.25.26.27. 雀形目莺科、10. 雀形目鹡鸰科、13.14.16.19.29. 雀形目雀科雀亚科、15. 雀形目文鸟科、22.24. 雀形目山雀科。——编注

第三封信 ／ 7 月依然有鸟叫

塞耳彭, 1770 年 1 月 15 日

阁下:

得知您对我使用的鸟类分类表格表示赞同, 这真是不胜之喜。如果说表格里有什么可取之处, 那定是时间的准确性了。数月来, 我都随身携带着一份打算观察的鸟类名单, 每逢骑马或是步行外出公干, 都会记录各种鸟类, 无论是依然在鸣叫的, 还是已停止的。因此我可以确保没有一个人的数据会比我的更准确。

阁下在前两封热情洋溢的信中所提出的问题, 我将尽己所能解答。您所在的东威克及其周边地区, 寂寂然无甚鸟语, 大概是因为并非林地, 鸟中歌者偏少之故。如果您略略读过我的上一封信, 就会明白, 7 月上旬之后, 许多种类的鸟仍会啁啾不止。

草地鹨和黄鹂的繁殖期偏晚, 后者尤甚, 它们的"演唱会"持续时间长也就不足为怪了。"孵卵时节, 必有妙音", 我已将这句话视作鸟类学的至理名言。即使是对鸟类毫无兴趣的人都能发现, 除了霜冻时节, 欧亚鸲和鹪鹩的鸣声堪称全年不休。鹪鹩尤其怕冷。

草地鹨，鹡鸰科鹨属

要说为您活捉一只黑顶林莺、小苇莺或莎草鸟，恕我无能为力。黑顶林莺无疑是夏候鸟，据我观察，莎草鸟也应属于夏候鸟。若想养在笼中，需要周到备至，我是心有余而力不足。它们都是"英国好歌手"。黑顶林莺的声调甜美中带着狂野，总是让我想起《皆大欢喜》里的唱词：

"翻将欢乐心声，
学唱枝头鸟鸣。"[1]——莎士比亚

莎草鸟嗓音千变万化，能模仿多种鸟类的叫声。美中不足的是，它的鸣声听起来有些急促，不过仍可称得上是绝妙的"百变歌王"。

养在笼中的草地鹨会在夜间啼叫，我还真是闻所未闻，也许只有笼中鸟才会如此吧。我知道有只养在笼中的欧亚鸲，只要屋里燃上烛光，它便会唱个没完。这些鸟若是身在野外，便很难想象它们会夜鸣了。

阁下提到，尽管每天都有许多雏鸟降生，但7月能见到的鸟却比之前的任何一个月都要少得多，让我不禁疑窦丛生。我敢肯定，家燕一族的情况便截然不同，随着夏日临近，家燕的数量会与日俱增。有一年夏天，我便在查韦尔的岸边见过数以百计的小鹡鸰挤满了整个草地。如果其他种类的鸟的情况真如您所说，那也许

是因为雌鸟忙于孵卵，而雏鸟则躲进密密的树林里了吧。

我曾经多次满怀好奇地剖开丘鹬和沙锥的嗉囊，想看看它们到底以何为生。但什么都没有发现，它们的嗉囊里只有黏液，其中夹杂着很多清晰可见的小石子。

怀特

---

1 摘自《皆大欢喜》第二幕台词，朱生豪译。——译注

第四封信 ／ 大杜鹃"任性投卵"

塞耳彭，1770 年 2 月 19 日

阁下：

您经过观察发现"大杜鹃并不是一见到鸟窝就胡乱投放它们产的卵，而是会将孩子交给相近种属的鸟，使其得到精心照顾"，这件事我还是第一次听说，真是叫人惊讶不已，我开始认真思考事实是否如此，以及这种现象的原因何在。根据我的回忆和调查，在塞耳彭附近，我只在鹡鸰、林岩鹨、草地鹨、灰白喉林莺和欧亚鸲这些取食昆虫的软喙鸟的鸟窝中见到过大杜鹃。杰出的威洛比先生曾提到以橡子、谷物之类的硬食为生的环颈斑鸠和苍头燕雀的窝巢，但当时并没有说都是自己亲眼所见，只是之后才说他见过一只鹡鸰在喂养一只大杜鹃。软喙鸟和硬喙鸟取食同样的食物，这似乎不太可能。因为软喙鸟的胃膜薄，适合消化软食，而硬喙鸟以谷物为食，拥有强健有力的砂囊，如同碾磨机一般，借助碎石和沙砾磨碎食物。大杜鹃的"任性投卵"，简直是对"母性"这一首要自然法则的巨大亵渎。要不是有记载说巴西和秘鲁也有这样的鸟，我们还真是难以接受这个事实。不过，应该进一步看到，这种鸟抚育后代的天性虽然泯灭了，但增强了狡黠机巧，进而具有更强的辨识能力，这有助于它们分辨什么样的鸟与自己种属相近，能够成为合格的"奶妈"，可以照料它们的卵，并抚育它们的幼鸟，或许因此它们才只将卵产在这位奶妈的窝里。这种现象真是奇妙，足见造物之法并不因循守旧，而是别出心裁，千变万化，令人叹为观止。[1]

大杜鹃，杜鹃科杜鹃属

一位德高望重的古代作家曾谈及鸵鸟天性中的缺陷，用他的话来描述我们正在谈论的这种鸟非常贴切：

"她对幼子铁石心肠，似乎并非己出：

"因为神剥夺了她的智慧，也未赐予她悟性。"[2]

请问：每只雌性大杜鹃，一季仅产卵一枚，还是视情况在不同的窝内产卵多枚？[3]

怀特

---

1 大杜鹃投卵，多选择个头比它小的鸟的鸟窝，这可能是因为自己的孩子在个头上会胜其一筹，必要时可以把"养父母"的孩子赶出窝。另外，大杜鹃的确会把卵产在苍头燕雀的窝里，怀特对食物类型的怀疑是没道理的，成年苍头燕雀确以谷物为主食，但喂养孩子时仍是用蠕虫。——艾伦注
2 见《圣经－约伯记》第39章第16。——作者注
3 大杜鹃每年能产卵多次，视情况投卵于不同地点。——艾伦注

第五封信 ／ 鸟在深秋初冬会长胖

塞耳彭，1770 年 4 月 12 日

阁下：

去年仲夏后，我仍能听见许多种类各异的鸟啼鸣不休，这足以证明仲夏并非森林音乐会落幕之时。毫无疑问，黄鹂鸣叫的时间比其他的鸟长且稳定，而林百灵、鹪鹩、欧亚鸲、家燕、灰白喉林莺、红额金翅雀以及赤胸朱顶雀，都是我提出的这一观点的佐证。

若是恶劣的天气没有打断正常的夏季迁徙，黑顶林莺两三天后便会光临。我真想尽我所能为您捉一只"好歌手"，可我实非捕鸟能手，也不懂如何照顾笼中鸟，就算捉到一只，恐怕鸟儿也会因我不善饲养而死掉。

您养在笼中的麻雀是《动物学》第 320 页上提到的那种厚喙苇莺，还是雷命名的那种小苇莺，甚或是彭南特先生新著第 16 页上谈及的莎草鸟？

为何长喙鸟在深秋初冬会长胖，个中缘由我非常清楚。我认为，鸟在那时容易"发福"，是微寒的气候致使它们出汗较少。乌鸫之类的鸟同样如此。关于这点，农夫和养兔场管理员所见略同：农夫饲养的猪在那些日子里最易上膘；养兔场的兔子在较冷的天气的长势也远胜以往。不过，若霜冻严重，且为期较长，情况就会急转直下。届时，由食物短缺导致的营养不良造成的影响远大于少汗所致的长膘。此外，我还注意到，有些人冬天比夏天更易长胖。

我发现，在饱受霜冻之苦的各种鸟中，率先丧命的是红翅田鸫，接着是欧歌鸫。

您绝对会感到困惑，林岩鹨之类的鸟竟能被骗为大杜鹃孵卵，对那些意料之外的大个头的卵居然毫不诧异。不过，我猜这些毫无理性的鸟类是不大可能知晓什么大小、颜色或数量的。据我所知，如果把母鸡的一整窝蛋全拿走，被孵蛋念头冲昏头脑的它们，便会窝在一块不成形状的石头上。更有甚者，情况相同时，雌火鸡会窝在空巢里直至饿死。

一季之中，大杜鹃到底产卵一枚、两枚还是多枚，届时剖开一只雌性大杜鹃的肚子便能找到答案。它的卵巢内如果不止一枚卵，且都已长到一定的规模，那就毫无疑问，当年春天它一定会产下不止一枚卵。[1]

我会设法捉一只大杜鹃来验证。

据您推测，鸣禽要是不出声，或许是受制于某种自然的力量。只要消除这一阻碍，歌声便会再起。这种想法真是新锐大胆，希望您能早日找到有力的证据，以证实这一推断。[2]

得知您很喜欢我送您的夜鹰标本，真是开心。我发现，您以前就很熟悉这种鸟了。

您建议我拟定一份有关塞耳彭周围的动物的报告，下次见面时，我很想跟您谈谈这事。您太信任我的能力，我真担心无法达到您的期望。因为，依靠一个人单枪匹马来著成一部博物志，绝不是一件简单的小事。自然界可供观察之物数不胜数，而调查研究（研究者定当尽力确保结论准确）颇费时日，多年所得也必是极为有限的。

您的诸如《关于当今意大利各地空气温度差异的调查》等文写得颇有见地，其中的某些片段，我读过之后心满意足。每次读到您在书中引用的那些段落，我心里长久以来的种种疑问便会消散。就算是心思缜密的维吉尔，在为意大利地区创作说理诗时，也从未对封冻的河水加以详述，可见那样的恶劣天气并不常见。

又及：霜雪之中，又见到了家燕的身影。

Alton from Windmill Hull

从风车山看奥尔顿

1 这种做法并不正确。任何一种鸟，无论一个季节产几枚卵，肚子里一次都只有一颗。——艾伦注
2 动物的行为以及相互之间的差异，在怀特时代往往是从动物的生理结构上寻找答案，结论通常不得要领。巴林顿就曾以此问题求教于解剖学家，但得到的答案却是雄鸟之所以比雌鸟善鸣，是因为喉肌更发达，而最善鸣的夜莺的喉肌比其他同大小的鸟的喉肌更发达。——福斯特注

第六封信／家燕如期而至

塞耳彭，1770 年 5 月 21 日

阁下：

上月恶劣的暴风雪天气打断了夏季迁徙的正常进程，因此有些鸟才刚刚现身。已经现身的那些鸟也明显比往日消瘦，比如灰白喉林莺、黑顶林莺、红尾鸲和鹬。我清楚地记得，1739 年至 1740 年那个严寒肆虐的春天之后，夏候鸟的数量也少得可怜。这些夏候鸟通常都是乘东南风，或乘各地之间的季风而来。可那一年流年不利，春夏两季的风都来自相反方向。然而，尽管诸事不顺，我上封信提到的那两只家燕，还是在今年的 4 月 11 日，克服重重困难，出现在霜雪之中。但没过多久，它们又匆匆飞走了。

有人对斯科波利的新作不满意，对此我挺不快。他是优秀的博物学家，前途不可限量。为卡尔尼奥拉这样偏远之地的鸟类写一部博物志，人人都应觉得新奇而有趣吧。我很想读读这部作品，也希望有更多的人能读到它。斯科波利博士是位医生，专为在当地水银矿工作的贫苦人家看病。

您提到您养了一只芦雀，喂它种子吃。我不禁觉得有些奇怪。因为我之前向您提到的芦雀，即雷命名的那种小芦雀，是种软喙鸟，极有可能在冬季来临前便迁徙了。而您养的这只，即雷命名为环颈雀的，却是终年死守原地的硬喙鸟。我很好奇，您的这只麻雀，是否是唱个不停的好歌手？这个问题，我想看到您的进一步说明。而前面提到的这种芦雀，叫声多变而急促，且整夜不止。我怀疑，前者的一些叫声，常常被误以为是来自后者。我们这里有很多种软喙鸟，彭南特的《不列颠动物志》都未有著录，后经我提醒，他才补录了，详见最新版《不列颠动物志》，第 16 页。

不同的鸟飞行与行走的方式各异，这点我本可谈上一二。不过，这个问题我还未考虑成熟，且囿于篇幅，现在就不多说了。雏鸟刚长羽毛时雌雄莫辨，原因无疑如您所说："要到来年开春，它们才会交配，才会发育出为父或为母的器官。"对许多鸟来说，羽毛颜色是区别雌雄最主要的外部特征。而毛色的差别，要到繁殖器官发育之后才会显露。四足动物同样如此，幼兽时期的性别差异微乎其微，而一旦发育成熟，雄性头上的角、浓密的鬃毛与胡须、强健的颈部肌肉等迥异于雌性的特征，便会显现出来。若要进一步说明这个问题，便可以用我们人类自身来举例说明，男性的外在特征往往是胡须和更为强壮的身体，但这些不会见于幼年时代，因此，美少年就像俊俏的姑娘一样，肉眼实难辨别：

> "若将他混进一群女孩中，
> 与他素昧平生的人，
> 无论眼神多么犀利，
> 也会被他的头发以及难分性别的脸瞒过，
> 看不出他与其他人的差别。"[1]

——贺拉斯《颂歌集》初版第二卷，131页，5-21

---

1 原文为拉丁语 "Quem si puellarum insereres choro,
Mirè sagaces falleret hospites
Discrimen obscurum, solutis
Crinibus, ambiguoque vultu"。——译注

Delves House
Ringmer

灵默镇上的德尔夫斯宅

第七封信 / 好斗的大杜鹃幼鸟

刘易斯附近的灵默镇

1770 年 10 月 8 日

阁下：

您说库坎恩[1]将送您一些来自牙买加的鸟，对此我也非常开心。若能有幸一睹这些来自遥远热带岛国的燕科鸟，那真是极大的享受。

斯科波利的《自然年鉴》一书，我现已到手，并兴致勃勃地读完了它。尽管书中的某些观点值得商榷，某些观察结论可能存在错误，但如卡尔尼奥拉这般遥远之地的鸟类志，还是十分有趣的。比起那些贪多嚼不烂的人，专注于一个领域的学者，似乎更能推动博物知识的发展。所以，每一国、每一省，都应有记述本地博物学的专门作者。

关于雷的《鸟类学》，他的书中只字未提，也许是因为他所在的国家太偏远和贫穷，我们这位伟大的博物学家的著作还未传到那里吧。这部《自然年鉴》是否真的出自斯科波利之手，我知道您有所怀疑。我倒是找到一些证据，可以证明其真实性：该书的文风与他的《昆虫学》一致；他对类和属的论述，大多观点新颖、表述清晰、行文巧妙；而且，他还大胆地对林奈种属分类中的一些内容进行了改动，且理由充分。

您在斯泰恩斯见到许多雨燕，家燕却一只未见，也许纯属巧合。以我对这些鸟的长期观察，我从未发现它们之间存在任何争斗或敌意。[2]

根据雷的记述，鸡类的鸟，例如公鸡与母鸡、山鹑、雉鸡等，都属于"沙浴者"，即用沙土清洗羽毛，除去身上的寄生虫。据我观察，许多沙浴的鸟从不以水洗身。我一度以为，水浴的鸟也从不沙浴，但现在才发现我弄错了：虽然普通家麻雀都喜欢用沙土洁身（人们常常能见到它们在满是尘土的道路上打滚），但也很擅长以水洗身。云雀不也是用沙土洁身的吗？

家麻雀，雀科麻雀属

191

一位乡民告诉我，他在地上一个小鸟的巢里发现了一只夜鹰幼鸟，而且小鸟还在喂养它。我赶去观看这一奇特的景象，发现那是一只从草地鹨的窝里孵化出来的大杜鹃幼鸟。它已经大得整个鸟窝都容不下了，恰似：

"……它展开双翅，
鸟巢便难以容下……"[3]

我在离鸟窝数英尺的地方逗它，它竟然扑向我的指头，像斗鸡一样不停拍打翅膀，凶狠而好斗。傻瓜奶妈嘴里叼着肉，在远处盘旋徘徊，非常关切。

我在7月看见几只大杜鹃掠过一片大湖，观察了一阵子之后，我发现它们会在野草丛中或飞到空中捕食蜻蜓。不管林奈怎么说，我还是无法相信它们是食肉鸟。

这片地区有一些在塞耳彭闻所未闻的鸟。今年夏天，这户人家所有的那片松树林中出现了成群结队的红交嘴雀。据说纽黑文附近的刘易斯河河口常有河鸟出没。而据我所知，康沃尔红嘴山鸦都是在苏塞克斯海岸的白垩峭壁搭窝。

红嘴山鸦，鸦科山鸦属

沿着苏塞克斯各处山岗，从奇切斯特一直到刘易斯，时不时就能看到三三两两的环颈鸻（我刚发现的一种候鸟），让我非常开心。不论来自何处，要说它们沿海岸线驻扎是为了等恶劣天气到来时渡过英吉利海峡，似乎不正确。隆冬时节，这些鸟踪影难寻，要到来年 4 月返回时才会再次来到此地。值得注意的是，它们温顺异常，面对持枪者，似乎觉不出危险。布赖特埃姆斯通附近开阔的丘陵地带可以见到大鸨。您一定对苏塞克斯各处的山岗十分熟悉，而刘易斯周围的景色和林中马道则最为优美！

　　最近我乘马沿着海岸奔行时，一直密切留意各处小路和树丛，希望能在这个时节发现一些聚在海边、准备动身的短翼夏候鸟。不可思议的是，我从未见过红尾鸲、灰白喉林莺、黑顶林莺、秃冠鹟鹨和鹬一类的鸟。每年这个时节我都会造访此地，记得前些年也发生过同样的情形。此时，海岸一带最常见的鸟有黑喉石䳭、草原石䳭、鸻、赤胸朱顶雀，以及为数不多的穗䳭以及鹨等。家燕和毛脚燕则是随处可见，它们兴许是贪恋此处温暖稳定而又干燥的气候，才会盘桓多日，久久不愿离开。

黑喉石鸥，鸫科石鸥属

我正在拜访的这户人家有一个四面用矮墙围起来的院子，里面有只养了30年的陆龟。约11月中旬，这只龟就会藏在地下，再次露面就是来年的4月中旬了。春天它刚"出关"时不怎么吃东西，待到仲夏，才食量大增。随着夏日渐行渐远，它的食欲也会随之下降。到了秋天的最后6周，便几乎不再进食。它爱吃富含乳白色汁液的植物，莴苣、蒲公英和苦苣菜一类都是它的最爱。附近一个村子里还有一只百岁高龄的陆龟。如此可怜的爬行类动物竟能长命百岁，这正是一个鲜活的例子吧。

1　萨穆尔·库坎恩（Samuel Kuckalm），美洲人，是英国皇家学会外籍会员，擅长保存动物标本，尤其是鸟类的。——译注

2　怀特的观察或许有误，雨燕和家燕吃同样的昆虫，都是且飞且食，雨燕因争食而向家燕或毛脚燕俯冲的场景并不少见。——艾伦注

3　原文为拉丁语 "...in tenui re Majores pennas nido extendisse...", 节选自贺拉斯《书札》，1.20。——译注

第八封信 ／ 鸟类迁徙的原因

塞耳彭，1770 年 12 月 20 日

阁下：

被我误认为芦鸲的鸟其实是芦雀。

毫无疑问，我们还需要深入了解本国境内许多候鸟的迁徙习性。比如，冬季成群结队出现在这里的苍头燕雀几乎全为雌鸟，雄性难得一见。就算雌鸟和雄鸟比例相当，但要说这些小鸟都来自同一个地区，几乎不大可能，更何况是只有雌鸟。因此，我们可以得出如下结论：一定是出于某种目的，苍头燕雀的雌鸟和雄鸟才会分开迁徙。因此这种鸟在冬季会停止交配，也就不值得大惊小怪了。有很多动物，尤其是雄鹿和雌鹿，除了在交配季节为维持种族繁衍必要，其他时候都分开生活。关于苍头燕雀，可以参见《瑞典动物志》第 58 页和《自然系统》第 318 页。我每年冬季都能看见大群大群的雌性苍头燕雀，就是看不到雄鸟。[1]

关于英国鸣禽和飞禽的周期性迁徙，您的判断很有道理，即为觅食之故。不过，还有一件事可以和觅食相并论，那就是"求爱"。对于您提出的"它们吃饱后会再次分开，五六成群地在一块固定区域内寻觅食物，不会对那些新翻垦的土地产生兴趣"这一说法，我不能同意。您认为从小麦播种结束，到大麦和燕麦播种开始之时 [2]，鸟类不会再聚集，但我们这里并非如此。因为在隆冬腊月，鸟类如云雀和苍头燕雀，特别是赤胸朱顶雀，群聚数量并不亚于农忙时节。

丘鹬和田鹬在春季离开我们，无疑是为了飞越重洋，到个更适合产卵的地方去。前者会在动身前完成交配，之后雌鸟便会怀着卵前往目的地。我之前爱好打猎，时常见证这一景象。我们不时会听说本岛处发现了丘鹬的窝或丘鹬幼鸟，但这事总被当作奇闻就有些离谱了。我还从未听说有哪位猎人或博物学者，在本岛发现过白眉歌鸫和田鸫的窝或幼鸟。而让我惊讶的是，它们的同科鸟，如乌鸫和其他鸫鸟，整个夏季都留在本地——因为寒暑两季有同样的食物，它们留下来也应该不愁吃。由此可见，食物显然并非决定某些鸟类去留的唯一原因。白眉歌鸫和田鸫离去的时间早晚，跟天气转暖的速度有关。有件事我至今仍记忆犹新，1739 年至

1740 年那个可怕的冬季之后，整个四、五月，寒冷的东北风一直吹个不停。于是，这些鸟（其中很少一部分）便未像往年一样离去，而是逗留到了 6 月初。

白眉歌鸫，鸫科鸫属

上述各种鸟类究竟在何处搭窝，专门撰写区域博物学的研究者们的说法最为权威。林奈曾在他的《瑞典动物志》里提到，田鸫"多在最高的树上建巢"，他还提到同一个地方的白眉歌鸫"在普通的灌木或树篱中搭窝。每次产卵 6 枚，为青绿色，卵上夹杂着的黑斑形状各异"。由此我们可以断定，田鸫和白眉歌鸫都会在瑞典搭窝产卵。斯科波利在他的《自然年鉴》中说丘鹬"在春分前后，怀卵飞抵此处"——即他的家乡蒂罗尔。随后，他又补充道："它在亚平宁山中潮湿的森林里筑窝，产卵 3～5 枚。"克雷默并不认为丘鹬会在奥地利产卵："这是一种夏候鸟，在北方地区完成繁殖，冬天一到便向南迁徙。10 月中旬它们会成群结队飞越奥地利。次年 3 月中旬，它们又会经由奥地利返回北方，此时母鸟已有孕在身。"我的引文有删节，全文参见《驳论》第 351 页。虽然关于丘鹬的产卵地尚缺佐证，但这段引文看来已足以证明丘鹬是候鸟了。[3]

丘鹬，鹬科丘鹬属

又及：这三周以来，拉特兰郡一直潮湿多雨，降雨量已达 7.5 英寸，为该地区 30 年来任意三周内的最大降雨量。该郡的年平均降雨量为 20.5 英寸。

1　雄性苍头燕雀会在冬季离开雌雄混杂的鸟群，去营建繁殖地。——福斯特注
2　即从 9 月到来年 3 月前后。——福斯特注
3　丘鹬繁殖时既有迁徙的，也有不迁徙的。——福斯特注

法菲尔德教区长、怀特的兄弟亨利的住宅

第九封信 / 树木绿得反常

安多弗镇附近的法菲尔德

1772 年 2 月 12 日

阁下：

　　我知道您对鸟类迁徙一说持怀疑态度，国内各个地方的情况似乎也证实了您的怀疑。至少很多燕科的鸟[1]冬季是不会离开我们的，它们会像昆虫和蝙蝠一样休眠，睡过整个寒冬，等待春日温暖的阳光将它们叫醒。

　　但我认为，不应该一概否认鸟类的迁徙习性，因为有些地方的确存在这种现象。我那位身在安达卢西亚的兄弟就详细描述过当地的情况。春秋两季，他亲眼见过长达数周的鸟类迁徙。无数燕科的鸟由北往南飞越海峡，随着季节的改变，又由南往北返回。这些大迁徙的鸟类不仅包括燕科鸟，还有食蜂鸟[2]、戴胜以及俗名"金鸫"的拟椋鸟等。许多软喙夏候鸟也会迁徙到本地。此外，也有许多鸟冬季从不离开，比如一些种类的鹰和鸢[3]。两百年前，老贝隆[4]记载过一件奇事，说他在春季看到一大群鹰和鸢，浩浩荡荡地飞越博斯普鲁斯海峡，从亚洲赶往欧洲。除了以上提到的鸟，他还说，随着一大队的鹰和秃鹫的加入，整个迁徙队伍更为壮大。

鸢，鹰科鹰属

栖居非洲的鸟，在天气变得炎热之前，撤到气候较为温和的地方去，已经不足为奇；尤其是食肉猛禽，因猎食有体温的动物而倍感燥热，愈加无法忍受闷热的气候。可是，鸢和鹰，以及那些向来不惧英格兰乃至瑞典及整个北欧的酷寒的耐寒鸟类，为何要迁离南欧，是对安达卢西亚的冬季不满意吗？对此我很好奇。

在我看来，不应该因为汪洋之巨、逆风之甚便过分强调鸟类在迁徙途中遭遇的困难和危险。只要仔细想想就会明白，一只鸟从英格兰出发飞往赤道，并不会一直置身于无边无际的大海之上，而是会从多佛跨海，再飞越直布罗陀海峡。我能够如此自信地表达这一显而易见的观点，是因为我的兄弟总是发现，他那里的鸟，特别是燕科的鸟，在飞越地中海时颇懂惜力，因为抵达直布罗陀后，它们并不会——

> "……摆出楔形队列，
> ……振翅而起，
> 高翔于海洋与陆地之上，
> 不停挥动双翼，减轻飞行劳顿……"[5]

而是会散作六七只一群，紧贴着陆地和海面快速低飞，设法找到最狭窄的通道，抵达对面的大陆。它们常常沿斜线飞越通向西南方的海湾，抵达对岸的丹吉尔。似乎，这便是最短的路线了。

在前几次通信中，我们已经讨论在明亮的月夜，丘鹬是否有可能从斯堪的纳维亚半岛飞渡日耳曼海。关于如何证明速度偏慢的鸟也能漂洋过海，我将讲一个故事，尽管这已是陈年过往，却是千真万确的。在1708年至1709年的那个寒冬，有人在苏塞克斯郡特罗顿教区打猎时，击落了一只缠着银项圈的鸭子，项圈上刻有丹麦国王的纹章。当时，特罗顿教区的牧师常对我的一个近亲聊起这件轶事。我记得，项圈最后被那名牧师收藏了。

目前来说，我不知道住在海边的人中有谁愿意不辞辛苦地观察一下，丘鹬首次出现的时间是在哪一个月夜。要是我住在海边，那便能很快告诉您这方面的详细情况了。我以前打猎，屡次见到丘鹬刚被猎狗或枪声惊起，就因为动作迟缓和昏昏欲睡，又一头栽到地上。这种奇怪的慵懒是否因最近的旅途劳顿所致，这一点我不好判断。

夜莺不仅从未到过诺森伯兰郡和苏格兰，也不会去德文郡和康沃尔郡。之所以不去后面这两个郡，不是因为那里不够暖和。这些鸟离开欧洲大陆，穿过最狭窄的通道来到此处，之后便不再西行，把原因归为英国西部不暖和是缺乏根据的。

云雀是否用沙土洁身，我想听听您的观察结论。我想它们应该会这么做，如果真是如此，它们也会用水洗身吗？

我在去年 10 月的那封信里提到的为大杜鹃义务抚养后代的那种笨鸟，被雷称作"草地云雀"[6]。

您来信嘱我捉一只环颈鸫送给顿斯特尔[7]先生。遗憾的是，您的信来得太迟，环颈鸫秋季到访本地的时间已经过去，待到明年 4 月它们回到这里，我会设法弄一只。真高兴您和那位绅士都看到了我的那些安达卢西亚鸟[8]，希望它们没有让您失望。罗伊斯顿鸦，即灰乌鸦，是与丘鹬差不多同时出现的冬候鸟，而它也和田鸫和白眉歌鸫一样，没有明显的迁徙理由。冬季，它们的日子过得跟其他同属的鸟别无二致，夏季也应该如此才对。是不是特南小时候弄错了，他找到的其实是槲鸫的窝，却误以为是田鸫的？[9]

欧鸽，也即雷所称的斑尾林鸽，是我们这里最晚出现的冬候鸟，直到 11 月底才会现身。大约 20 年前，塞耳彭教区还有许多欧鸽，一早一晚都能看见它们排成一行，队伍长达 1 英里，有时候还要更长。不过，自从山毛榉林遭到大肆砍伐，它们的数量便随之锐减。

环颈斑鸠，即雷所称的 Palumbus torquatus，终年不离我们左右，会在夏季产卵多次。

收到您去年 10 月的来信前，我刚在日记中写到"今年秋季的树木绿得反常"。这种不同寻常的绿一直持续到 11 月底，可能是春季来得迟而夏季又凉爽潮湿的缘故吧。不过也有可能是金龟子或树甲虫泛滥成灾所致。多地的树林被这些甲虫啃得光秃秃的，仲夏又长出新叶，因此才会在岁末时依然郁郁葱葱。

我正在一位朋友家里做客。这位朋友擅音律，将一支律管调为"合奏调"，给他家附近所有的猫头鹰都进行了一番测试，发现它们的叫声都是"降 B 调"。这个春天，他的测试目标是夜莺。

怀特

1 这封信是因巴林顿的一篇文章而引起的。该文章对"一种类的所有鸟,定期地度过浩瀚的海洋而迁徙"提出了怀疑。——艾伦注

2 佛法僧目蜂虎科夜蜂虎属、蜂虎属、须蜂虎属的 27 种鸟类的总称。——编注

3 鹰科部分小型鹰的统称,主要为蜂鹰亚科、鸢亚科和齿鹰亚科等鸟类。——编注

4 皮埃尔·贝隆(Pierre Belon,1517—1564 年),法国博物学家、旅行家、作家及外交家,著有鱼类和鸟类的博物学著作,比较解剖学的奠基人之一。——译注

5 引自弥尔顿《失乐园》第 7 章。——译注

6 即草地鹨。——编注

7 马默杜克·顿斯特尔(Marmaduke Tunstall,1743—1790年),英国皇家学会会员、鸟类学家和收藏家。——译注

8 指怀特曾托人从直布罗陀寄出鸟类标本到伦敦。——福斯特注

9 无法明确特南是谁,疑似是当时一位专门经营博物学图书的书商。田鹬如今栖息于英国的北部和苏格兰地区,但在怀特时代,田鹬只会在冬天路过,不会在不列颠筑巢产卵,由此他质疑特南的说法。——福斯特注

第十封信 ／ 猫头鹰有三种音调

塞耳彭，1771 年 8 月 1 日

阁下：

　　从下文中可以看出，猫头鹰和大杜鹃的音调高低不定。一位朋友说，他那里许多（大多数）猫头鹰的叫声都是降 B 调，但有一只的叫声比 A 调还低了半音。他用来试音的律管是根寻常的半克朗律管，即琴师用来给大键琴调音的律管，采用的是通行的伦敦音高。[1]

　　一位听觉灵敏的邻居说，村子附近的猫头鹰的叫声有三种不同的调：降 G 或升 F、降 B 以及降 A。他听见过两只鸟对叫，一只是降 A，另一只是降 B。请问：这些不同的音调是不同种类的鸟发出的，还是来自同一种鸟的不同个体？经过测试，他又发现大杜鹃（我们这里仅有一种大杜鹃）的音调也会"因鸟而异"。因为他发现在塞耳彭树林附近，它们的叫声多为 D 调：二鸟合鸣时，一鸟为 D 调，另一只为升 D 调，听来极不和谐；之后他还听到过一只鸟的升 D 调；并在沃尔默围场附近听到过一些鸟的 C 调。至于夜莺，他说它们叫声短促，音调切换太快，无法确定到底唱的是什么

调子。或许放在笼子或房间里，音调会更容易辨认一些。这位邻居还设法测试过雨燕和其他几种小鸟的音调，但都没办法将其纳入任何既定的音调标准中。

　　我常说，最早耐不住酷寒天气的就是白眉歌鸫之类的鸟。所以，它们为逃避斯堪的纳维亚半岛的严冬而飞临本地就一点也不奇怪了。高脚类的鸟更是如此，冬季刚来临，它们便成群结队地离开了北欧。"高脚类的鸟仿佛蓄谋已久，总是群起而飞，一只也不留。夏季，因为土地干燥少虫，所以不会在南方生活。冬季它们不在寒冷的地区生活，也是同理。"瑞典人埃克马克在他的论文《论鸟的迁徙》中如此说道。这篇论文短小精悍，自出机杼，既然您正在思考迁徙的问题，那就一定得读读。论文收录于《问学之乐》第 4 卷，第 565 页。

　　鸟的迁徙或会受到环境的影响，在一个国家会迁徙的鸟，在另一个国家或许就不会迁徙了。不过，高脚类的鸟因为需要在沼泽地里觅食，所以每到冬季，就一定得远离北欧地区，否则便会饿死。

很高兴得知您向林奈询问丘鹬的事。他应该能对他那一"区系"的动物生活习性做出详细的解释。

您也看到了，动物区系的研究者往往很少对动物进行描述，或仅给出几个动物的异名。[2]原因很明显，这些事在家里做做书本研究就可以，而调查动物的生活习性要麻烦和困难多了，只有那些孜孜不倦、乐于探索的人和常年待在乡间的人才能胜任。我发现，国外的系统分类学在不同种动物的特征差异方面做得极不精确，几乎只提及一两个特征，余下的描述皆为泛泛而谈。我们的同胞——杰出的雷先生——是唯一对每个术语或词语都做了精准描述的人。他的追随者和模仿者们尽管得益于各种新发现和现代知识，但仍无法望其项背。

我多年不打猎，因此记不清丘鹬何时慵懒迟缓，何时灵活警觉了。跟一位朋友聊起此事后，他说据他的观察，丘鹬在风雪天最无精打采。如果情况属实，它们懒惰的原因只能是贪吃，正如人们发现山羊在风暴来临前的闷湿夜晚会拼命吃草一样。

怀特

The Yew Tree

塞耳彭村教堂墓地中的红豆杉

---

1 即音笛或定音笛，是一种用来给乐器确定标准音高的仪器。怀特时代的伦敦音高大多定为 a1=425 赫兹，比现行的标准音高 a1=440 赫兹要低。——译注
2 巴林顿主张继续使用雷的带有色彩描述的命名法，对林奈的分类系统，他持谨慎态度。——福斯特注

White's sitting room

怀特家的起居室

第十一封信 ／ 鸟儿结伴觅食

塞耳彭，1772 年 2 月 8 日

阁下：

　　冬日，每次我乘马外出，看见各种鸟群总会赞叹不已，并希望自己能对这一季节的这些特有景象给出合理的解释。爱欲和食欲是左右这些原始生物生命历程的两大因素。前者使得它们生生不息，后者则能驱使它们谋生自保。这两个因素中，到底哪一个才是召唤它们聚集起来的主要原因，还有待考证。说到爱欲，毫无疑问，一年中它们总有一些时日是不会沉湎其中的。不过，发情季节，雄鸟之间争风吃醋，几乎无法共存于同一片树篱或田野。依我看，鸟在发情期的鸣唱和亢奋大多是为了献媚争宠。而鸟群在春天四散于田野，八成也是嫉妒心理所致。

　　现在该来说说食物了：人们认为，在觅食不易的季节，这些鸟便不该聚在一起开展这一受本能驱使的捕食行动。但事实不仅正是如此，而且气候越恶劣，"协同作战"的鸟反而越多。利己和自卫，无疑是这种行为的动机。但愿这不是由于气候恶劣，它们无依无靠所致。正如人类在重大灾难面前，总会莫名其妙地聚在一起。或许，这种抱团取暖的方式能驱散些许寒意，而面对食肉鸟和其他危险，待在集体中的个体会更安全。

　　同科鸟类乐于聚在一起的行为固然令我赞叹，不同科的鸟也能和睦共处、济济一堂就让我吃惊不已了。如果说一群秃鼻乌鸦的身后总是跟着一群寒鸦不值得大惊小怪，那么一群椋鸟如同卫星一般环绕在秃鼻乌鸦周围就实在是太奇怪了。这是因为秃鼻乌鸦的嗅觉比"跟班们"灵敏，可以带领它们找到有更多食物的地方吗？解剖学家们说，秃鼻乌鸦有两条大神经，从两眼间直贯嘴部，和其他圆喙鸟比起来，它的鸟喙感觉更为灵敏，能寻找到视野之外的食物。也许那些同行的鸟只是为了占点便宜吧，正如格力犬根据猎人的手势出击，狮子依凭豺狼的嗥叫行动。而有时，麦鸡和椋鸟也会结伴而行。

秃鼻乌鸦，鸦科鸦属

刘易斯

第十二封信 ／ 冬日偶遇家燕

1772 年 3 月 9 日

阁下：

去年 11 月 4 日，在靠近刘易斯河口的纽黑文，我和一位先生正漫步在海岸上探寻自然界的知识，3 只家燕突然从旁边一闪而过，着实让我们吃了一惊。那天早上刮着西北风，天气很冷。不过，那段时间一直比较晴朗，正午时还是相当暖和的。这件事以及我多次遇到过的一些情况让我愈加相信，许多燕科的鸟冬天不会离开本岛，而是会像昆虫和蝙蝠一样藏身于洞穴，待天气暖和时出来活动，之后又会躲进巢穴中。如果我住在纽黑文、西福德、布赖特埃姆斯通或任何一个邻近苏塞克斯海岸白垩悬崖的镇子上，我可以十分肯定地说，在冬日柔和怡人的正午时分，若是阳光温暖灿烂，只要留心观察，一定能见到那些生机勃勃的家燕。晚春时节我的所见所闻更加坚定了我的看法。尽管家燕往常会在 4 月 13 日或 14 日出现，但如果碰上天气恶劣，有凛冽的东北风，它们便会立即撤离，暂避数日，直到天气好转，它们才有勇气重新出发。[1]

1　这些燕子也许死于寒流，也许飞回了南方，但以前者居多。——艾伦注

灵默镇的教堂

第十三封信 ／ 聪明的老龟

1772 年 4 月 12 日

阁下：

　　去年秋天，我在苏塞克斯郡时住在刘易斯附近的一个村子里，很高兴能在那里给您写信。11 月 1 日，我注意到，之前提到过的那只老龟开始在一大丛獐耳细辛旁挖地，建造它的越冬巢。它前足刨土，后足把土甩到身后，腿上动作慢得离谱，速度堪比钟表的时针。这倒很符合它一贯的淡定气质，据说交配一次就得花上一个月。这只老龟比其他任何生物都要勤劳，夜以继日挖个不停，硬把自己的大身子往小洞穴里挤。那个秋季的正午很暖和，阳光灿烂。这午间的温暖将老龟吸引出了洞穴，不断让它"停工"。我在那里一直待到了 11 月 1 日，它的挖掘工作仍未完。如果天气再冷一些，早间的霜寒再强烈一些，它的进度应该会更快一些。老龟惧怕雨水，这点让我很惊讶。就算满载货物

212

的马车从龟壳上碾过，它也会安然无恙，可它就是害怕雨水，就像盛装出行的贵妇人，天空刚一飘落雨点，就慌慌张张地躲到角落里去了。只要留心观察，它便是个绝佳的晴雨表。如果早晨它走路时高兴得像要蹦起来，狼吞虎咽地吃东西，那入夜之前定然有雨。老龟是彻头彻尾的昼出夜伏动物，天一黑便不外出。与其他爬行动物一样，龟的胃和肺可大可小、伸缩自如，以至于大半年不进食不呼吸也不会死。冬眠刚刚结束时，它通常粒米不沾，秋季蛰伏前也同样如此。但在酷暑时节，却像个老饕，逮啥吃啥。它非常聪明，能认出喂养自己的人，这让我吃惊不已。一见到那位喂养了它30多年的好心老奶奶，它便晃晃悠悠、笨手笨脚地朝恩人爬去，但对陌生人则不理不睬。因此，不仅"牛认主人驴识槽"，就连这最为卑微迟钝的爬虫也懂得感恩，也能认出喂养它的那只手！

怀特

又及：在我离开苏塞克斯约3天后，这只龟才总算躲进了獐耳细辛下的土地里。

At Faringdon

法灵顿的旧农舍

第十四封信 ／ 动物的母爱

塞耳彭, 1773 年 3 月 26 日

阁下:

关于动物的母爱,我越想越是惊讶。而且,这种情感的强烈实不及其短暂程度令人惊奇。在这种情感的驱使下,每只母鸡都能成为"院中悍妇":小鸡有多孱弱无助,母鸡就有多霸蛮泼辣。为了保护小鸡,它敢于对抗一条狗或一头猪。可没过几周,却会毫不留情地把儿女赶得远远的。

这种原始生物的母爱能激发它们的激情,活跃才能,启迪智慧。因此母鸡一旦当上妈妈,昔日的温柔斯文便一去不返了;它们会竖起羽毛,张开双翅,"咕咕"大叫,着了魔似的东奔西跑。为了让儿女躲过灾难,母亲可以将自己置于最危险的境地。因此,山鹑会在猎人面前蹦蹦跳跳,好引开猎狗,保护自己无助的孩子。抱窝时节,至弱至善之鸟也会同最凶恶贪婪的猛禽开战。一见到老鹰,整个村子的燕子都会群起而攻之，直到将其赶走。有一位眼光犀利的观察者常说，有对渡鸦在直布罗陀的岩石上搭窝，只要秃鹫或鹰一靠近，就会怒气冲天地将其赶离。在繁殖季节，就算娇弱如蓝矶鸫，也会冲出岩石缝，赶走红隼或雀鹰。如果您站在育有雏鸟的鸟窝旁，母鸟就决不会出于爱而大意地泄露鸟窝的位置，而是叼着肉，在远处足足徘徊上一个钟头。

蓝矶鸫，鸫科矶鸫属

为了印证以上说法，我或许还要再次提到之前谈过的一些故事，重复之处，还望勿怪。

《动物学》一书中提到的鹟（即雷所称的Stoparola）每年都在我家墙上的葡萄藤上搭窝。有一年，有对小鸟不慎将窝搭在了一根光秃秃的树枝上。或许当时天气阴凉，它们完全没有意识到接踵而至的麻烦。雏鸟羽翼未丰，盛夏便已来临。因墙面反射阳光，鸟巢里炙热难耐危及稚嫩的雏鸟。出于爱意，父母立即想了一个权宜之计：最酷热的那段时间，双亲齐齐展开翅膀，喘着粗气，在鸟窝上方往复盘旋，为自己的孩子遮阴避阳。

再举一例，这是我从一只鸲鹟身上见到的。这只鸲鹟在我的田垄上搭窝，有一次，我和一位朋友正好撞见它在窝中孵卵。我们小心翼翼，尽量避免惊扰到它，不过它还是发现了我们，眼神中带着几分戒备。过了几天，我们又从那里经过，迫不及待想要看看那窝鸟孵得如何，却发现鸟窝早已不见踪影。直到我某次碰巧提起一大堆青苔，才发现下面有个鸟窝。这堆青苔被漫不经心地堆放在鸟窝之上，就是为了不引起任何不速之客的注意。

还有一件我亲身经历的事更能体现动物智慧与本能的奇妙交织。一天，我的手下拉开温床的里层，准备增添新肥。一团物事突然从温床的一侧蹿出，身手敏捷，姿态怪异。我们费了好大劲才逮住它，原来是只大个头的白腹田鼠，身上还挂着三四只幼崽。这些幼崽全身光秃秃，眼睛还没睁开，嘴和脚爪牢牢抓住妈妈的奶头。而鼠妈妈东奔西窜，动作又快，小崽子们居然没有掉下，真是不可思议！

潜心观察自然界的人会发现，虽然动物身上有温情脉脉的一面，但它们更多时候表现出来的却是怒不可遏。有些母亲甚至会残忍地吃掉自己的幼崽，它们做出这些有悖伦常的行为往往是因为主人的冷漠对待，或是太随便地将它们腾来搬去。猪以及性情更为温和的狗和猫也会成为令人难以置信的可怕凶手。所以，就算时而听到惨遭抛弃的母亲杀死自己孩子的事情，我也并不如何惊讶。一旦伦常悖乱，恶念滋生，一切暴行便在所难免。可是，这些原始生物的父母之爱素来沛然莫之能御，何以有时会来个一百八十度大转弯？在下才疏学浅，这一疑问只能等贤达睿智的哲学家们来解答了。

怀特

鹪鹩，鹪鹩科

第十五封信 ／ 观察雪鸮所得

塞耳彭，1773 年 7 月 8 日

阁下：

　　最近，几个小伙子到沃尔默围场边的一个水塘里捕猎小野鸭，还捉到了几只活物，它们个头很小，但羽翼已丰。我细细检视了一番，发现它们是水鸭。直到此刻我才知道，原来英国南部也有水鸭繁衍生息。这个发现让我喜出望外，真是博物学上的一大幸事。

　　我记得，有一对雪鸮常来教堂的屋檐下产卵，繁殖期会持续整整一个夏天。我曾在繁殖期仔细观察过这对鸟的生活习性，因此，下面这些描述应该是有些可取之处的：日落前约一个小时（田鼠从那时开始活动），这对雪鸮开始外出搜寻猎物。田鼠似乎是它们唯一的佳肴，因此搜遍了田鼠所有可能的藏身之处，如草地内的树篱和小块圈地。这片原野起起伏伏，只要站在高处，我们便能看见它们如波音达猎犬一样，在原野上扑腾，不时俯身冲进草地或玉米地里。我曾花了足足一个小时给它们的行动计时，发现每隔 5 分钟，总会有一只返巢一次。这充分说明，在兼顾自身利益和后代安危方面，动物做得多么熟练。它们满载而归时体现出的高超技艺绝对值得一提：它们用爪子捕猎，回巢时也将猎物擒于爪下。要攀上覆盖瓦片的房檐，也一定得用到爪子。往往此时，它们就会先落在高坛的屋顶上，把田鼠从爪上换到嘴里。爪子这样得了解放，便可抓牢墙上的梁架，攀到屋檐之下。

雪鸮，鸱鸮科雪鸮属

雪鸮似乎从不怪叫（不过我还不太肯定）。在我看来，"呱呱"喧嚷声似乎都来自生活在林间的猫头鹰。事实上，雪鸮还真能发出巨大的"嘶嘶"声，宛如打鼾，颇具威慑力。我曾听说，有一整个村子的人听到这样的叫声后，以为教堂闹鬼，都纷纷抄起家伙，准备一战。此外，雪鸮在飞行时常常发出恐怖的啸叫声，大家还以为它们是鸣角鸮——迷信的人认为会出现在垂死者窗前的一种鸟。经过仔细观察，我发现所有猫头鹰的飞羽都非常柔韧。或许正因如此，才能在飞行中减少摩擦和阻力，悄无声息地滑过天空，捕到机敏而警觉的猎物。

既然说起猫头鹰，就该提一下威尔特郡一位绅士跟我聊过的故事。他们那儿有一棵巨大的梣树，树梢部分已被截去，树身也已中空，数百年来都是猫头鹰的家。挖掘这棵树时，他发现树底有一大堆物事，乍看之下不知是什么。检视后他才认出是一堆田鼠骨头（也许还有鸟和蝙蝠的），多年来，由这里的一代代"居民"经嗉囊消化后吐出的团团骨状小球堆砌成。猫头鹰吞食猎物后会吐出骨头、毛皮和羽毛，这一点与鹰相似。他对我说，他认为这堆东西有好几蒲式耳[1]重。

灰林鸮，鸱鸮科林鸮属

灰林鸮鸣叫时，喉咙大张，肿胀如鸡蛋。我知道有一只这个种类的猫头鹰整整一年滴水未进，或许所有的食肉鸟都是如此。[2] 猫头鹰飞行时，腿向后伸，以平衡又大又沉的头部，因为大多数夜间出没的鸟眼睛和耳朵都很大，所以头部也要够大。我猜，大眼睛是为了捕捉到每一缕光线，而凹陷的大耳朵则是为了探寻到最为细微的声响。

怀特

*****

有一点需要提前说明：第十六封信、第十八封信、第二十封信以及第二十一封信已经发表在了《哲学学报》上。不过，经过更为细致的观察之后，我做了一些增订，希冀此次再版不会让读者感到不快。若是不做增订，本书难免美中不足。而且，这几封信初版时，很多读者都无缘得见，所以对他们来说，这些内容仍可算作首次出现。

燕科鸟是最与人为善、可爱合群的益鸟。它们从不偷吃果园里的果子，都喜欢住进我们的屋子（只一种除外）。它们的来来去去，它们的欢歌笑语，它们的灵动矫捷，无不让我们喜爱。它们还能充当清洁工，吃掉排水口里那些恼人的蚊子和其他讨厌的昆虫。南方海域靠近瓜亚基尔的一些地区人迹罕至，海岸上的毒蚊铺天盖地，让人难以忍受。那些地区是否有燕科鸟？这个问题值得研究。人们只要一想到嬉戏于夏日余晖中的那些多如牛毛的蚊虫，就会立即承认：要是缺了这些友好的燕子，可以想见蚊虫弥天的场面会糟到什么程度。

许多种类的鸟身上都寄生着不同的跳蚤。不过，似乎单单只有燕科鸟会被双翅类昆虫所扰，而且每种燕子都难以幸免。它们个头极大，给燕子们带来的烦恼和伤害可想而知。这种昆虫名叫燕虱蝇[3]，翅膀呈锥形，每个燕巢里都有它们。燕子孵卵时，它们借助燕子的体温孵化而出，在其翅膀下爬来爬去。

英格兰南方的马夫都很熟悉一种名叫森林虻的昆虫，因为它们总是像螃蟹一样横着走，所以也被一些人称作横行虻。森林虻往往吸附在马尾下方和腹股沟周围。北方的马不曾见过它们，来我们这里刚被叮咬，就会痒得死去活来，而本地马则早已无动于衷。

好奇心旺盛的雷奥米尔 [4] 发现了这种虱虫的卵，确切地说是蛹，跟成虫一样大，他还在自己怀里将它们孵化了出来。只要耐着性子认真检查，每一个废弃的燕巢里都能找到这种虫子又黑又亮的蛹壳。囿于篇幅，我在此便不再赘述。祈请列位读者参阅《昆虫史记》（这位令人钦佩的昆虫学家的巨著）第4卷，第2节。

1　计量单位，1蒲式耳在英国等于8加仑，约为36千克。——译注

2　鸟类没有汗腺，饮水多为补充排泄或呼吸所失去的水分。所以，好饮水的主要是以植物种子为主食的鸟类，而以水果、花蜜、昆虫、肉或血等多汁的食物为主的鸟，如猫头鹰，并不需要大量饮水。——福斯特注

3　怀特指的是虱蝇，学名为 *Hippoboscidae*。——福斯特注

4　雷奥米尔（Reaumur，1683—1757年），法国化学家、物理学家、博物学家。他对昆虫颇有研究，著有六卷本《昆虫史记》。——译注

第十六封信 ／ 毛脚燕

塞耳彭，1773 年 11 月 20 日

阁下：

遵照您的意思，我现在就坐下来谈谈毛脚燕，即圣马丁鸟。若是我对这一国内常见小鸟的论述能够侥幸得到您的认可，不久以后，我或许还会继续研究不列颠其他的燕科鸟——家燕、雨燕和崖沙燕。

4 月 16 日前后，通常在家燕出现后的几天里，便有零星几只毛脚燕现身。燕科鸟在出现后的一段时间内，往往并不急于搭窝，而是四处嬉戏，以消解旅途劳顿——如果它们真是刚刚完成迁徙的话，或是为了舒展一下在严冬中冻僵的筋骨，让血液恢复流通。大约 5 月中旬，若是天气晴好，毛脚燕便开始投身于为家人修建家园的事业之中。燕巢的外壳似乎是用附近现成的泥土或黏土搭成，土里混入了少许稻草碎屑，使其更加牢靠坚固。毛脚燕常把窝建在下方没有任何支架的笔直墙角里，因此需要竭尽全力确保巢基足够牢固，这样才能安全地搭建上层。这个时候，它会紧紧抓住墙体，尾巴用力斜抵住墙面，形成一个支点，身体保持平稳后，就可以开始把各种建材粘到砖石的表层上了。不过，此时整个建筑柔软未干，很容易因为承受不住自身的重量而掉到地上，好在这些有远见的"建筑师"足够谨慎和耐心，它们并不急于赶工，只会在晨间施工，剩下的时间则用于觅食和玩耍，静待鸟窝慢慢变干、变硬。看起来，每天半英寸的工作量就已足够。细心的工匠搭建泥墙或许最初就是受了这种小鸟的启发，每次刷上不多不少的一层便收手，以免墙体头重脚轻，因承受不起自身的重量而垮塌。如此这般约莫 10 ～ 12 天后，一个半圆形的燕巢便大功告成，其上还有一个对着屋顶的小孔。这个结实、精致又温暖的窝完美地实现了建筑师建造它的目的。但燕巢的外壳刚刚搭成，家麻雀便来"雀占燕巢"，赶跑主人，按自己的方式进行加工，这种事情是再寻常不过了。[1]

毛脚燕，燕科毛脚燕属

大自然很少让我们的努力付之东流。毛脚燕费尽心血搭建的巢可以让一家人在里面繁衍生息，住上好些年，还可以抵御各种恶劣天气。燕巢的外壳有些粗糙，看起来略微凹凸不平。我在检视后发现，巢内也并不光滑紧密，而是铺着稻草、草和羽毛，有时还有一层杂有羊毛的苔藓，倒也柔软暖和，适合孵卵。它们在搭窝期间就在里面交配和产卵，雌燕一次会产下 3 ～ 5 枚白色的卵。

　　刚孵化出壳的雏鸟全身光溜溜的，全靠父母亲不辞辛劳的抚养。勤劳的双亲会将它们的排泄物运出巢去。如果不做这些清洁工作，雏燕很快就会被有腐蚀性的粪便灼伤，甚至死在这又深又空的燕窝里。同理，四足动物也很注意环境卫生，尤其是猫和狗，幼崽一排出粪便，母亲便会将其舔舐干净。不过，鸟类的处理办法比较特别：雏鸟的排泄物外层是坚韧的胶状物，易于运走，不会弄脏鸟窝。不过，自然界的万物本性都爱清洁，不久之后，幼雏便知道将尾巴探出窝上的小孔，自行方便了。雏鸟一旦长成，很快便会不耐烦被"囚禁"在窝中，会成天将头伸到窝外，雌鸟则会攀住鸟窝，从早到晚给它们喂食。再过一段时间，雏鸟就可以在空中接受父母的喂食了。不过，这一绝技在眨眼之间便会完成，人难以察觉，需要加倍留意才能看见。一旦雏鸟可以独立飞行，雌鸟便会将心思放在孵化第二窝雏鸟上。而第一窝可以独立飞行的小鸟就会被父母拒之门外，只能自成一队，聚在一起。于是在晴朗的清晨和夜晚，我们就能看见它们成群结队地在尖塔四周盘旋，在教堂和民居的房顶上栖息。通常，这样的集结始于 8 月的第一周，因此我们可以断定：那时第一窝雏鸟已初长成。毛脚燕的雏鸟并不会一窝蜂离家，早熟的往往比其他的早几天。看到那些在屋檐附近嬉戏的燕子，人们会认为这个燕窝出了好几只老燕。燕子选择搭窝地点往往任性而无章法，会在多处同时开工，有的未完工便半途而废。[2] 不过，一旦在某个隐秘处搭好窝，它们就会用上好几年。回旧窝的燕子会比搭建新窝的提前 10 天甚至两周开始孵卵。在昼长夜短的日子里，这些勤劳的"匠人"不到凌晨 4 点便会开始一天的漫长工作。它们在固定建材时会快速晃动头部，用下巴将其抹平粘牢。酷暑时节，毛脚燕有时飞着飞着会突然冲进水里洗身子，不过频率没有家燕高。据观察，毛脚燕的巢常常面朝东北或西北方，这样就能避免因遭太阳暴晒而破裂损坏。人们也见过相反的例子，有家旅店的庭院闷热异常，但多年来一直有大量毛脚燕在那里繁殖，燕窝还是倚墙朝南而建的。

总的来说，鸟在筑巢地点的选择上都是很聪明的。可在我家附近，每年夏天都会出现一个强有力的反证：有座没有屋檐的房子建在一片空地上，年年总有几只毛脚燕在那房子的窗户角落里搭巢。这些角落（都是东南和西南朝向）没有任何遮挡，一遇暴雨，鸟巢便会被冲到地上。可这些鸟仍不辞劳苦地在老地方重新筑巢，一个夏天接着一个夏天，既不换方向，也不换房子。鸟巢被冲走一半，它们那忙着衔泥"修补残破而摇摇欲坠的家"[3]的样子真是可怜极了。动物的本能竟如此神奇却又极不均衡，有些方面理性十足，有些方面又毫无理性。毛脚燕喜欢待在城镇里，尤其是邻近湖泊或江河的城镇，即便是空气污浊的伦敦，它们也喜欢。我发现它们不仅会在城中心，还会在水滨的斯特兰德街和弗利特街上搭窝。不过，那脏兮兮的羽毛显然是受了当地空气中大量煤烟的荼毒。在四种燕科鸟中，毛脚燕最不敏捷。它们的翅膀和尾部都很短，无法像家燕那样，完成令人咂舌的空中大转弯和各种迅捷的翻转。因此往往只是平缓地飞在半空，很少去往高空，也从不长时间在地面或水面滑行。毛脚燕不会为了觅食远涉它地，更喜欢待在隐蔽之所，比如湖边、枝叶婆娑的树林间或空谷中，大风天则尤其如此。在燕科鸟中，它们繁殖的时间也最晚：1772年直到10月21日，都还有幼鸟尚未离巢。事实上，晚至米迦勒节，都还能看见毛脚燕幼鸟。

　　随着暑热渐退，第二窝小燕陆续出巢，鸟群队伍也日益壮大。最后，这些燕子在泰晤士河旁的村庄四周飞来飞去，多不胜数。它们栖息的河中小岛的上空更是遮天蔽日，黑压压一片。大约10月初，大多数毛脚燕便会分批撤离。但近年来，到了11月3日，甚至11月6日，都还能看到大队的毛脚燕在这附近盘桓。

　　那时候，人们都以为它们已经离开超过两周了，结果还会再待上一两天。所以说，它们是最晚离开这里的鸟。而每年返回这里的鸟都远不如离开的多。究其原因，若非是早早夭亡，或不再回到出生地，则一定是在某处惨逢大难。

　　毛脚燕与同科鸟的区别在于，它们从腿到脚趾都覆盖着一层柔软的绒毛。不是鸣禽，只会在窝里轻声咕咕几下。[4]而繁殖季节，它们常常会被跳蚤弄得抓狂。

怀特

Gilbert White's Oak

据说这棵橡树为吉尔伯特·怀特亲手所种

---

1 有一些毛脚燕曾筑巢于我家屋檐下，为此我移走麻雀的窝不下 12 次。但每一次移走之后，麻雀又会衔着筑巢的材料飞来，反复如此。到最后，我们到底还是将它们赶跑了，毛脚燕的巢从此才不受打扰。——艾伦注

2 它们筑巢之所以烂尾，或是因为附近有麻雀，或是某些地方的墙不好打巢基。——艾伦注

3 原文为拉丁语 "generis lapsi sarcire ruinas"，诗句摘自维吉尔《农事诗》。——译注

4 每当衔食而归喂食子女时，飞至巢附近也会轻声咕咕几下。——艾伦注

比丁村和比丁山

第十七封信 ／ 阿杜尔河两岸的绵羊

刘易斯附近的灵默镇

1773 年 12 月 9 日

阁下：

  我正打算动身来此地之际收到了您的来信，得知关于毛脚燕的专论得到您的嘉许，真是高兴。这些论述得益于我多年的观察，可以肯定地说总体上是真实可信的。当然，我绝不敢妄称它已臻完美，或是无人能再补充或完善，这类学科的探索和研究本就是永无穷尽的。

  如果您认为我的信还值得贵协会[1]关注，大可以拿给各位会员看看，希望他们能将其视作我个人对博物学以及对动物的生活与习性所作的一点较为细致的研究：这也是我写这篇专论的初衷。也许将来某一天，我还会萌生继续考察家燕以及不列颠其余燕科鸟的念头。

我已持续在苏塞克斯各处山岗旅行了三十多年，但每年探访这片雄伟山脉，还是会收获新的惊喜。每次穿越这里，我都能发现新的美丽景色。这片山脉西起奇切斯特，向东止于伊斯特本，长约 60 英里，人称"南岗"，确切地说，就是那片围绕刘易斯的地区。漫步其间，壮丽景色便尽收眼底：一边是旷野林地，另一边则是开阔的丘陵和大海。雷先生过去常拜访山脚下的一户人家，他倾心于刘易斯旁普兰顿平原的美景，欣喜地将它写入了自己的《上帝在造物中的智慧》一书，认为这里的景色和欧洲大陆最美的风景比起来也毫不逊色。

比起陡峭嶙峋和奇形怪状的石头山，我个人更欣赏形态工整、美观怡人的白垩山。

可能我的观点太过另类，把这一看法告诉您，兴许有些唐突。不过，每每想起这些山脉，我总会感到某种生命力在勃发。这种力量存在于那些舒缓起伏的山岗、如真菌般平滑隆起的山脉、凹陷的山侧，以及整齐的山谷和山坡之中，能让人立刻联想到植物生长的力量……或者，这些巨大的石灰质山体曾因某次偶然的受潮而发酵，于是在某种具有可塑性的强大力量的作用下膨胀壮大，拔地而起。宽阔的背脊高耸云霄，荒野上那些了无生气的黏土怕是望尘莫及了吧？[2]

根据测量，我估计我家周围那些小山的平均高度应该高出荒野 500 英尺左右。

说起绵羊，有件事值得一提：在阿杜尔河以西，所有的羊都生有犄角，长着光滑的白脸，腿也是白色的，无角的绵羊很少见；一旦向东跨过河，登上比丁山，所有的羊便都没了角，成了人们口中的"无角羊"，而且脸是黑色的，只有额上长着一簇白毛，腿上有许多斑点。因此，你就会认为，拉班[3] 在河的一侧放牧羊群，而他女婿雅各的那些"斑点羊"则在另一侧吃草。在从布兰伯山谷和比丁山往东的两侧山岗，以及沿着南岗向西的一路上，你都能发现羊群的这种差异。如果你和牧羊人聊起这个话题，他们一定会告诉你，这种情况由来已久。如果你问，这两种羊的位置能不能对调，他们还会笑你傻。然而，我有一位住在奇切斯特附近的朋友，他是个聪明人，决定要一试究竟。今年秋天，冒着被嘲笑的危险，他在自己西边的有角母羊群中，放入了一群黑脸的无角公羊。这些黑脸无角羊，腿最短，毛最好。

之前我几乎从未在如此晚的季节来过这片白垩山岗，所以决定在这一带靠近南部海岸的区域尽可能认真仔细地观察一下短翼夏候鸟。我们曾深入探究过燕科鸟的撤离，但对于冬季为何从不曾见到燕子一族的调查还有所欠缺。因为后者是消失，与前者相比更加不可思议，更加难以解释——这话天知地知您知我知，就不要外传了。虽然我们常常发现燕子在冬眠，但只要它们愿意，是绝对有能力完成迁徙的。而就我所知，红尾鸲、夜莺、灰白喉林莺和黑顶林莺等不具备长途飞行能力的鸟却从不冬眠。然而，一支浩浩荡荡的迁徙大部队，却能年复一年逃过一双双好奇而敏锐的眼睛，真是让人难以想象：要知道这一双双眼睛，每天都能看见留在我们这里过冬的其他种类的小鸟！可是，尽管已经竭尽全力仔细观察，我却连一只夏候鸟都没看见。更奇怪的是，穗鹛居然也踪影全无！要知道秋天这里有很多穗鹛，那些牧羊人靠捕捉它们来贴补家用！就我所知，整个冬季，英国南部多地都能见到大量的穗鹛。最聪明的牧羊人告诉我，3月间，山岗上出现过稀稀拉拉的几只穗鹛，紧接着便退到了养兔场和采石场进行繁殖。山岗上的一块休耕地里时不时还能翻出一窝小鸟来，但这种情况少之又少。到了麦收季节，人们可捕到大量穗鹛，大批送往布赖特埃姆斯通和滕布里奇贩卖。上流社会人士的餐桌上常常出现穗鹛，以此彰显自己的高雅格调。躲过这一劫的穗鹛会在米迦勒节前后离开，直到次年3月才会"重现江湖"。虽然到麦收时，这种鸟会在

刘易斯周围的南部山岗上大量出现，但在伊斯特本，即山岗的东端，数量就更多了。有件事非常值得注意：虽然在盛产季，人们可以捕到成百上千只穗鹛，但从未见过它们聚在一起。一次能见到三四只同时出没已经非常罕见了。所以，它们一定在不断地离开，又有新鸟不断地到来。看起来，似乎从未出现在霍顿桥以西的地方。

普通鵟，鹰科鵟属

把观察对象转到环颈鸫身上后，我也同样做了细心研究，特别留意这个季节它们是否还会继续待在山岗上。10月间，从奇切斯特到刘易斯，凡有灌木和树丛的地方，常常能看到这种鸟。然而，这次我却一只也未发现，只看见少量云雀和草原石鸥、一些秃鼻乌鸦，以及几只鸢和鵟。

每年仲夏前后，一群红交嘴雀便会在这户人家附近的松树林安营扎寨，但时间不长。

红交嘴雀，燕雀科交嘴雀属

我之前的来信中提到的那只老龟现在还待在那个花园里。大约在 11 月 20 日，它钻进了地下，30 日又出来待了一天。现在，它正躺在朝南的那面墙下，藏身于松软的湿地之中，舒舒服服地裹在泥浆里呢![4]

这家人的屋子附近有个很大的鸦巢。看起来，巢中主人的日子似乎过得相当轻松惬意：因为天气暖和时，一天中绝大多数的时间，它们都待在那棵树上。整个冬季，这些秃鼻乌鸦只是顺道来巢里稍事停留，一到夜晚便会离巢，飞到树林深处栖宿。黎明时分，又会飞回那棵树上。这个时候，总会有寒鸦充当"开路先锋"。

怀特

1 指英国皇家学会。学会规定，只有会员才可以介绍、宣读非会员的文章。——福斯特注
2 这种地貌的形成，实际是雨水缓慢侵蚀的结果。——艾伦注（福斯特补注：当时的学者认为，生物的生长都是由一种具有"可塑性"的力量维持的。）
3 拉班，以及后面提到的雅各都是《圣经·创世纪》中的人物。拉班是以撒的内兄，雅各的舅舅和岳父。这里借用"拉班"和"雅各"的说法，非常幽默而形象。——译注
4 这只乌龟的壳后来被怀特的侄子捐赠给了大英博物馆。——艾伦注

第十八封信 ／ 家燕

塞耳彭，1774 年 1 月 29 日

阁下：

家燕，即"烟囱燕"，无疑是不列颠所有燕科鸟中最早到的。[1] 据我多年的观察，它们通常在 4 月 13 日左右出现。间或也会有那么一只"独行侠"来得早得多。需要特别说明的是，我还是个孩子时，曾在一个晴朗温暖的忏悔星期二[2] 观察一只家燕，花了一整天。通常 2 月初就能观察家燕，最迟也不会晚于 3 月中旬。

值得一提的是，人们最初见到这些燕子，常是在湖边和磨坊的池塘边。还有一点需要说明，早到的鸟如果恰好碰上暴雪严霜，比如 1770 年和 1771 年那两个异常凛冽的春天，便会立刻撤退，暂避严寒。与其说这样是"迁徙"，不如说是"躲藏"。因为比起折返到某个温暖的纬度待上一两周，它们躲进附近越冬巢的可能性要大许多。[3]

家燕，燕科燕属

虽然家燕又被称作"烟囱燕",但并不只是在烟囱里搭窝,还把筑巢地点选在谷仓和外屋的房椽上。这种情况可追溯到维吉尔的时代:

……"燕子'咕咕',
在橡木之前悬挂鸟窝。"[4]

瑞典的家燕在谷仓里搭窝,所以又称为"谷仓燕"。此外,欧洲较暖和的地区的房子是没有烟囱的,除了英国人建造的那些。在那些国家,家燕会把窝搭在门廊、大门口、走廊和空旷的大厅里。

有些鸟喜欢住在稀奇古怪的地方,任何地方可能都有一些。我们这里的人都知道,有只家燕在一口老井的木轴杆上筑巢。以前人们会从这口井里挖白垩土,给土地增加肥力。不过,我们这里的家燕最喜欢的筑巢处还是烟囱。它们靠近烟火,一定是为了取暖。当然,它们不会在火源的正上方搭窝,而是选择毗连着厨房的烟囱,毫不在意那里是否终年浓烟不绝。这种情形还真让我有些惊讶。

5月中旬前后,这些小家伙便会下到距离烟囱口至少五六英尺的深处,开始搭窝。家燕的窝和毛脚燕的一样,外壳也是由泥土或泥浆构成,里面混着短麦秆,以使其经久耐用。

不过,两种窝也有区别:毛脚燕的窝近乎半球形,而家燕的窝顶部却大大敞开,像半只深碗,窝内铺以上佳的干草以及它们常在空中衔到的羽毛。

这种鸟成天在狭窄的通道内进出,居然上下自如、毫发无伤,真是灵巧至极。悬停在烟道口上方时,翅膀振动着逼仄空间里封闭的空气,声若惊雷。母燕屈身烟道深处这样不便的所在,可能是为了保护自己那一窝雏儿不受猛禽,尤其是猫头鹰的侵害。猫头鹰时常有掉进烟囱,或许是为了捕猎雏燕。家燕每次产卵4～6枚,白色的外壳上有点点红斑。第一窝幼鸟会在6月的最后一周或7月的第一周孵化出来。这些小东西逐步掌握生活技能的过程非常有趣。最初,它们要想飞出烟道,得用尽浑身的力气,还时常掉进房间里。在烟囱口接受了一两天喂食之后,便会被领到光秃秃的死树上,坐成一排,接受无微不至的精心呵护。这时候,或许已可以称它们"栖鸟"了。再过一两天,它们就能成为"飞鸟",但仍不会独立觅食。于是,母燕猎取飞虫时,它们便常在附近玩耍。母燕捉满一嘴的虫后,会发出某种信号,再和幼鸟同时飞起,迎面飞近彼此,以某种角度在空中相遇。整个喂食过程,幼鸟不断发出短促的低鸣,以表达谢意和惬意。不关注大自然种种造化奇迹的人，一定察觉不到燕子的这项技艺。

母燕一旦帮助第一窝幼鸟实现了独立，便会立即将心思转到孵化第二窝上。第一窝小家燕会迅速加入第一窝毛脚燕的队伍，和它们一起聚在洒满阳光的屋顶、塔尖和树梢。家燕的第二窝幼鸟会在8月中旬至8月底之间孵出。

整个夏天，家燕都是勤劳慈爱的典范。因为要抚养幼鸟，它从早到晚都忙个不停：一会儿飞速掠过地面，一会儿猛地转身，一会儿敏捷地翻腾。无论林荫大道还是树篱下长长的小路，无论牧场还是经过修剪、用作放牧的草坪，都是它的最爱。若有树木散落其间，那更是再好不过，因为那里昆虫最多。每每捉到飞虫，家燕都会从嘴里发出一声脆响，就像合上怀表壳时发出的声音。不过，它们上下颌骨的动作迅捷之极，肉眼很难辨认。

若有猛禽靠近，家燕（可能是雄燕）便会发出警报，俨然毛脚燕和其他小鸟的"哨兵"。一旦有鹰逼近，家燕就会尖声鸣啸，召唤身边其他家燕和毛脚燕。大伙儿一拥而上，从高处猛扑向入侵者的后背，接着又飞向高空，确保自身万无一失。如此循环，直到把敌人赶出村子。如果有猫爬上屋顶或是接近鸟窝，家燕也会发出警报。每种燕科鸟都会边飞边饮水：在水面一啜而过。但总的来说，只有家燕会在飞行中多次冲进水里洗身。而毛脚燕和崖沙燕只在盛夏时才会偶尔到水中沾湿一下身子。

家燕的歌声最动听。温暖明媚的日子里，无论栖息还是飞行，都会放声鸣唱；栖在枝头或烟囱顶时，更是气势磅礴，宛如在开音乐会。家燕也是勇敢的飞行家，狂风大作也会飞往遥远的山岗和公地——别的燕子却似乎不大喜欢。它们甚至还常去没有草木遮掩的海港城镇，在海面上短途旅行。在广阔的丘陵地带纵马驰骋的人身边常有一小队家燕随行。它们围着马队飞翔，在骑手的前后嬉戏，啄食被马蹄惊起的躲藏在泥土里的昆虫，往往一跟就是数英里。若是刮大风，昆虫自动跳出这种好事就没有了，家燕们不得不主动出击，在土里搜寻那些潜伏着的猎物。

家燕多以小鞘翅目昆虫为食，也吃蚊子和飞虫。它们还常常停在翻垦过的土地或小路上，吃点小石子以帮助磨碎和消化食物。在启程前的数周，它们会远离房屋和烟囱，栖息在树林里，然后在10月初动身南下。不过，直到11月的第一周，还能看到一些掉队的燕子。

在伦敦紧邻田野新建的空旷街道上，也能看见几对家燕。不过，如毛脚燕一样，它们也不会飞进人烟稠密的繁华市镇。

家燕无论雌雄，尾巴的长度及开叉的形

状都与其他燕科鸟不同。[5]它们无疑是所有燕科鸟中最敏捷的，尤其在求偶期，雄燕追逐雌燕时，速度更甚以往，快得令人难以看清。

以上便是家燕的种种生活细节和"天伦之情"。不过它们也非处处精明，关于这点，我想补充一二，以博阁下一笑：

连着两年，有只家燕都在外屋板壁上挂着的园艺剪刀的刀把上搭窝。因此，每次要用这把剪刀，都会把窝碰坏。另外，还有件事更奇怪。一只猫头鹰不知何故死在了一座谷仓的房椽上，悬吊着的尸体已经风干。而一只家燕就在这只猫头鹰的双翅和身子上搭起了窝。后来，这只翅膀上有鸟窝、鸟窝里还有鸟蛋的猫头鹰被人奉为珍品收藏了，绝对配得上大不列颠那些最高级的私人博物馆。这件藏品的造型奇特，主人大感惊讶。于是拿出一个硕大的贝壳，或者说海螺，交给了这只猫头鹰的"供应商"，请他吊在之前挂着猫头鹰的那个地方。那人遵照着办了。第二年，一对家燕，可能就是先前那对，又在那个海螺里搭起窝，产了卵。

那只猫头鹰和那个海螺外观奇特，在艺术界和自然界的绝妙收藏中绝非毫不起眼。

这便是动物的本能，造物哪怕只是稍加偏移，它们便显现出了平庸和能力有限，对于那些无法立刻助其自保，无法立刻促其繁衍或供其生存的事物，它们是视而不见的。

怀特 敬上

---

1 后来的观察者一致认为，崖沙燕比家燕还要早七八天。——艾伦注

2 复活节前第七个星期二，具体日期一般在 2 月。——译注

3 这些早到的鸟，多半都死于倒春寒，怀特并未注意到这一点。——艾伦注

4 原文为拉丁语"Antè Garrula quàm tignis nidos suspendat hirundo"，摘自维吉尔《农事诗》，第四首。——译注

5 雄家燕的尾巴比雌家燕的更长，又得也更厉害。原因或是为了更好看，以便更容易被雌家燕相中。——艾伦注

流经比丁村的阿杜尔河

第十九封信 ／ 近来天气变化无常

塞耳彭，1774 年 2 月 14 日

阁下：

8 日的来信已收悉，很高兴您阅读了我的"家燕简史"，还一如既往地坦诚直爽。您不同意上封信中我的某些观点，我毫无不快。

关于我摘录的那些维吉尔的诗句，很难说清他到底指的是哪种燕科鸟。因为古人不像现代的博物学家，会留意区分种属之间的差别。不过，把这些信息收集起来，或许就足以让我作出判断了：我认为，那两行诗句中描写的就是家燕。

首先，"咕咕"这个绰号用在家燕身上非常贴切，因为它们是极好的鸣禽，不像毛脚燕那般沉默。毛脚燕就算叫起来，声音也非常小，很难听见。此外，诗中的 tignum 一词，据我的理解，指的是橡木而不是横梁。所以我认为，此处定是诗人暗指家燕，而非毛脚燕。因为前者常在屋顶下的橡木上搭窝，而后者，就我所见，总是把窝搭在没有屋顶遮盖的屋檐或檐口上。

至于那个比喻，虽然不用太在意，但"黑"（nigra）这个词也表明，这是指家燕。因为家燕的背部和双翅都是黑色，而毛脚燕的尾部是乳白色，背和翅膀是蓝色，整个下半身一片雪白。用毛脚燕的"笨拙"（相比其他燕科鸟而言）来形容那辆朱图尔纳[1]送给她兄弟的战车，显然不够准确。那辆战车翻转腾挪，非常灵巧，朱图尔纳的兄弟正是靠着它才摆脱了暴跳如雷、穷追不舍的埃涅阿斯[2]。而"啾啾"（sonat）这个动词似乎也在暗示诗中之鸟总是叫个不休。[3]

去年秋冬，我们这里雨水很多，泉水暴涨，水位达到了1764年以来的最高点，洪水泛滥极为惊人。表层泉，即我们说的"拉万特河"，水位迅速升高，涨到了苏塞克斯郡、汉普郡和威尔特郡等地的山岗上。村民说，拉万特河一涨水，谷子就会涨价。意思是，满地是水，表层泉涌上山岗和高地，淹没了谷物。这种说法已在过去的10年（或11年）间得到了印证。生活在那一时期的人们还从未见过表层泉暴涨成这副模样。虽然现代农业已经有了长足进步，但那一次谷物歉收还是达到了史上最大规模。我相信，若是一两个世纪前持续出现这样的雨天，定会爆发饥荒。而各种小册子和报纸对之加油添醋地报道，自然会煽动民意、误导民众[4]。须知，在上苍没有赐予我们好时节之前，我们不能奢求太多。

去年，这一带、拉特兰郡以及一些其他地方，小麦的收成均惨淡无比。今年，因近来天气变化无常，一会儿严霜，一会儿大雨，小麦的长势糟糕。芜菁也烂得很快。

怀特

---

1 古罗马女性神祇之一。——译注
2 特洛伊英雄，被视作古罗马的神，安基塞斯王子与爱神阿佛洛狄忒之子。——译注
3 Nigra velut magnas domini cum divitis aedes
Pervolat, et pennis alta atria lustrat hirundo
Pabula parva legens, nidisque loquacibus escas:
Et nunc porticibus vacuis, nunc humida circum
Stagna sonat.—Aen. Xii. 473-477——作者注
（编者补注：该诗句出自维吉尔的《埃涅阿斯纪》第十二卷，大意为就像一只黑色的燕子，在富户的厅堂高处盘旋，将食物碎渣衔回巢去喂雏鸟，它啾啾的鸣叫声在回廊和庭院水池边回响。）
4 1773—1774年的冬天，粮价高企，导致英国出现了骚乱。——福斯特注

第二十封信 ／ 崖沙燕

塞耳彭，1774 年 2 月 26 日
阁下：

崖沙燕，也称"岸燕"，是英国最小的燕科鸟类。而且，据我们所知，它也是已知燕科鸟中最小的。不过，布里松坚持说还有更小的，就是可口燕 [1]。

不过，非常遗憾的是，观察者想完整而准确地记录崖沙燕的生活习性和生活环境，几乎不可能。因为它们是"野鸟" [2]，至少在我们这里是这样。崖沙燕没有任何家养属性，终日在临近大片湖水的野石楠地和公地里活动。而其他种类的燕子，尤其是家燕和毛脚燕却极其温驯，似乎只有在人类的保护之下，它们才感到安全。

崖沙燕，燕科燕属

本教区的沙坑以及沃尔默围场的湖岸上时常出没着几群崖沙燕。它们从不飞进村里，也不会出现在那些荒野茅舍中。崖沙燕出现在建筑物内的情况，我只记得一例：在本郡主教所在的沃尔瑟姆镇，许多崖沙燕在威克姆的威廉 [3] 家的马厩后墙的脚手架洞眼里搭窝、繁衍。这面墙在一片幽静偏僻的圈地中，面朝一泓美丽的湖水。说实在的，这些鸟似乎非常喜欢大片的水域，其聚集地都有辽阔的湖泊或河流，最广为人知的便是泰晤士河岸上的伦敦桥之下的几处地方。

上帝赋予同一种属的鸟的建造术竟完全不同，却又使之与它们各自的生活方式相匹配，观察起来真叫人兴味盎然。家燕和毛脚燕的绝技就是建造结实的黏土壳，作为幼雏的摇篮。崖沙燕则擅于在沙里或地里钻出一个形状规整的圆洞。这洞沿水平方向延伸，曲折蜿蜒，约有 2 英尺深。洞穴深处的窝较为简陋，只随意铺了些干草和羽毛——通常是鹅毛，但相当安全。

有志者，事竟成。没人会相信，娇弱的小鸟竟能将柔软的鸟喙和爪子钻进坚硬的沙坝里，自己却毫发无伤。我还见过一对燕子仅靠柔喙弱爪就迅速完成了工作。通过刨出的沙子数量就可以判断它们一天的工作量：落在岸上的新沙颜色与被太阳晒褪色的松散陈沙是不同的。

崖沙燕，燕科燕属

这些小建筑师要花多长时间才能建好洞穴，我无从得知，原因如上。不过，无论对哪位博物学家来说，这样的事都值得好好观察和记录。夏末时，我常常发现一些深浅不一、还未完工便被抛弃的鸟洞。如果说是崖沙燕们要将这些洞穴留待来年开春继续深挖，似乎不太可能。如此单纯的鸟或许很难有远见卓识和能力制订出那样详尽周密的计划。那么，这些鸟洞之所以被废弃，或许是因为土层太过坚硬结实，不符合要求，它们才另觅他处，以便大展拳脚？又或者，因为新的选址土质松散，容易碎裂崩塌，难免有被埋的危险，于是便再次前功尽弃？

有件事值得一提：过几年，崖沙燕便会舍弃旧洞，另挖新洞。或许是因为老洞经过长期的使用变得又脏又臭。也可能是因为里面跳蚤太多，已经泛滥到了难以忍受的地步。这种燕科鸟特别讨厌跳蚤。我们曾见过跳蚤，特别是床跳蚤[4]挤满了洞口，就像蜂箱上的蜜蜂一样密密麻麻。

还有一点不可不提：这种鸟不会像人们以为的那样，将洞穴当作越冬巢。冬天，曾有人小心翼翼地挖开有燕子洞的河岸，发现里面只有空空的鸟窝。

Hucker's Lane

哈克小径

崖沙燕几乎和家燕同时出现，两者都产4～6枚白色的卵。不过，因为这种燕子是"隐身燕"，搭窝、孵卵和哺育幼雏都在黑暗中进行，所以想要确定它们的繁殖期并不容易。幼鸟出窝的时间也很难确定，似乎是和家燕同时，或略早于家燕。与其他燕科鸟一样，崖沙燕的幼雏也以蚊子和其他小昆虫为食。有时，母燕还会给它们喂食几乎跟它们体长相等的蜻蜓。6月的最后一周，我们曾见过小崖沙燕在附近一个大塘的围栏上坐成一排，就像其他栖在树上的鸟一样。这些幼鸟看起来弱不禁风，很容易被人抓住。不过，母燕是否会像家燕和毛脚燕一样在空中喂食小燕，我们还无法确定。它们会不会驱逐和攻击食肉鸟，也尚无定论。

如果崖沙燕碰巧在树篱和围场附近产卵，它们的鸟洞便会被家麻雀霸占，这种鸟也是毛脚燕的劲敌。

崖沙燕不是鸣禽，几乎可以算是哑巴。只有人靠近鸟窝时，才会发出细微而刺耳的叫声。崖沙燕似乎不善交际，我在秋天从未见过它们聚在一起。可以肯定的是，崖沙燕和毛脚燕、家燕一样，一年产卵两次，并于米迦勒节前后离开。

也许某些地区崖沙燕的数量较多，但总的来说，至少在英国南部，它们是最珍稀的物种。城镇和大村庄及附近都有大量毛脚燕；有教堂、高塔或尖塔的地方，多栖息着雨燕；小村庄或郊外农舍的烟囱里，少不了家燕。而崖沙燕，却是东一只西一只，在陡峭的沙丘或某些河岸上过着离群索居的生活。

这种鸟飞行时动作很特别。它不时会猛地停顿震颤，飘忽不定，很像蝴蝶。所有燕科鸟的飞行方式都受到所捕食的昆虫的影响，会适应昆虫的习性。因此，探究哪种燕子以哪种昆虫为食是很有价值的。

话说回来，我还是在伦敦郊外见到少量崖沙燕出没于圣·乔治领地的脏水塘和怀特查佩尔附近。问题是，那附近没有河堤或峭立的海岸，它们在何处搭窝呢？或许，它们会选择某些老建筑或废弃建筑物的脚手架洞吧。如同毛脚燕与家燕，它们在飞行中也会不时蘸一下水，洗洗身子。

崖沙燕比其他燕科鸟小，毛色也与众不同——通常被称为鼠灰色。威洛比说，在西班牙的巴伦西亚，它们常被捉到市场上售卖，最后被端上餐桌。此外，或许因为它们飞行时总是一停一顿，乡下人称其为"山蝴蝶"。

1　所谓"可口燕"，即几种燕窝可供食用的金丝燕的通称。——译注

2　传说在伊甸园时期，所有的动物都喜欢与人相伴。自从人类堕落以及大洪水后，以前一些已驯服的动物便离开人类，重归野性。崖沙燕的"野"便有此种含义。——福斯特注

3　威克姆的威廉（William of Wykeham，1320 或 1324—1404 年），温切斯特公学和牛津大学新学院的创立者，被誉为英国公立教育之父。——编注

4　大多为寄生在人身上的跳蚤，而骚扰鸟类的跳蚤主要是角叶蚤。——福斯特注

第二十一封信 ／ 雨燕

塞耳彭，1774 年 9 月 28 日

阁下：

雨燕，或称"黑马丁鸟"，是不列颠最大的燕科鸟，无疑也是来得最晚的燕科鸟[1]。在我记忆中，只有一次它们是在4 月的最后一周前就出现了，若是遇上倒春寒，则要直到 5 月初才会现身。雨燕出现时通常都成双成对。

和崖沙燕一样，雨燕也是不够高明的建筑师。它们的窝没有壳，只用干草和羽毛胡乱堆砌而成。以我对这些鸟的观察看来，它们从未收集或搬运过搭窝所需的材料。因此，我怀疑，它们有时是霸占了家麻雀的窝（因为两者的窝如出一辙），正如家麻雀霸占家燕或崖沙燕的窝一样。我记得自己曾亲眼见过，它们在家麻雀的洞口闹个不停：家麻雀被侵略者弄得惊慌失措，只得竭力反抗。不过，有位出色的观察家仔细观察过雨燕是否搭窝。他向我保证，在安达卢西亚，它们是会收集羽毛搭窝的，他就曾击落过嘴里衔着羽毛的雨燕。[2]

高山雨燕，雨燕科高山雨燕属

和崖沙燕一样，雨燕也在黑暗中筑窝。这些窝大都建在城堡、高塔和尖塔的裂缝中，或是教堂屋顶与墙壁的接缝处。因此，比起那些在开敞之处建窝的鸟，要想仔细观察雨燕的施工过程就不太容易了。据我观察，它们会在5月中旬前后开始搭窝。从到手的雨燕卵来看，它们会孵卵到6月9日。雨燕通常栖息在高楼、教堂和尖塔附近，且只在这些地方繁殖。不过，在塞耳彭村，有几对雨燕也常出没于最低矮破败的茅舍，在茅草顶上训练幼鸟。它们在屋外繁殖的例子，我们只记得一个：在本郡的奥迪厄姆镇附近、一个很深的白垩矿场的山坡上，多对雨燕时而钻进缝隙，时而尖叫着掠过绝壁。

我花过不少心思观察这些有趣的鸟。如果我提出一些关于它们与其他鸟类不同的新颖而独特的见解，我也自认为是有理有据的，毕竟这些见解源自我多年的观察。我想要说明的一个事实是：雨燕是在空中完成交配的。如果有哪位优秀的观察家对这一见解感到惊讶，希望他能亲自看看，我想他很快便会认可。在飞行中完成交配对于昆虫来说再寻常不过。雨燕的飞行几乎是不停的，极少沾地或是栖落在枝头和屋顶，如果不能在空中交配，就没有什么机会了。如果在晴朗的5月清晨观察，就能看到它们在高空中翱翔，不时还能看见一只落到另一只背上。然后，伴着一声嘹亮而刺耳的尖叫，它们会双双下落数英寻[3]。在我看来，这便是雨燕在"传宗接代"。

雨燕的进食、饮水、收集搭窝的材料乃至交尾，都在空中完成。比起其他种类的鸟，它们待在空中的时间看来是最长的。除睡觉和孵卵，真是事事不离天空。

雨燕每次只产2枚卵，不多不少，卵长而两端较尖，呈乳白色，与其他一窝产卵4～6枚的燕科鸟差别很大。它们是最警觉的鸟，起得早，睡得晚。酷暑时节，一天至少要飞16小时。在白昼最长的日子里，晚上8点45分才会回巢栖宿，在白天活动的鸟中是归巢最晚的。归巢前，整个燕群会齐聚，尖声高叫着掠过天际，真是飞快。不过，雷雨交加时，这种鸟才最有活力、迅捷无敌。炎热的清晨，它们会三五成群围着尖塔和教堂疾速飞翔，尖叫欢闹。那些优秀的观察家说，这大约是雄鸟在唱情歌，对栖息一旁的雌鸟倾诉衷肠。这话不无道理，因为雨燕只在飞近墙体或屋檐时，才会放声高歌。而里面的"听众"也会以几声低鸣回应，颇带着些自鸣得意。

雌鸟辛辛苦苦孵了一天卵后，会趁着天色渐晚飞出窝来，舒展一下疲惫的腿脚，捕几只所剩无几的食物,几分钟后又飞回窝中继续工作。如果猎人击落了正在哺育幼鸟的雨燕,就能发现它们舌下含着一小团虫子。通常,它们捕食时的飞行高度远超其他种类的鸟,高空中有大量蚋蚊和其他昆虫就是证据。雨燕的翅膀天生有力,能飞很远,丝毫不惧长途跋涉。它们的力量似乎与翅膀的长度成正比,翅膀与身长的比例几乎大于所有鸟类。一旦安静下来,或是在飞行中放松,雨燕便会抬起双翅,搭在一起收在后背上。

夏天的某些时候,我常看见雨燕一连好几个小时在池塘和小溪上低飞猎食。我不禁好奇,到底是什么东西有如此吸引力,能让它们脱离日常轨道,降到低的地方来。费了一番功夫后,我才发现,原来它们是在捕食刚出蛹的石蛾、蜉蝣和蜻蜓。低矮处有如此丰盛的美味猎物,它们会屈尊纡贵也就不足为奇了吧。

7月中下旬,雨燕便会带着幼鸟出巢。据我观察,它们的幼鸟从不在树上栖息,也不会在空中接受母亲喂食[4]。因此,相较其他燕科鸟,我们对雨燕幼鸟的出巢情况所知有限。

有多对雨燕在一栋房子里搭窝。去年6月30日,我掀开屋檐,发现每个燕窝里都有两只还未长羽毛的雏鸟。7月8日,我又揭开屋檐看了一下,那些幼雏还是没怎么长出羽毛,仍是光秃秃的弱小模样。由此,我们可以得出结论:这种几乎一生都待在空中的鸟要到7月底才能出巢。由于儿女众多,家燕和毛脚燕每隔两三分钟就得喂食一次,而雨燕只有两张嘴需要喂养,相比之下要轻松多了,自然也不会连着几个小时照料幼鸟。[5]

雨燕有时也会追逐和攻击来犯的老鹰,但没有家燕那股子凶猛劲儿。下雨天,它们依旧会整日在外捕食,毫不在意被雨淋湿。或许我们可以由此得知:第一,即使雨天,高空中也存在大量昆虫;第二,这些鸟的羽毛一定梳理得井井有条,不易被打湿。大风天,特别是下着瓢泼大雨的大风天,雨燕可就高兴不起来了。遇到这种天气,它们会藏起来,很少出现。

A Selborne Hop Garden

塞耳彭村的啤酒花园子

关于雨燕的颜色，有件事值得我们注意。初春时节，它们通体漆黑油亮，只有下巴是白色。但整天风吹日晒，久而久之，到离开时，毛色就已斑驳，全身开始变白。待来年春天重返故地时，又变得光鲜黑亮。若真如人们猜测的那样，雨燕是追着阳光去了低纬度地区，只为能永享夏日，回来时为什么没被晒得褪色呢？或许它们是找了个地方冬眠，趁着这段时间完成换毛？[6]众所周知，繁殖季节一过，其他的鸟都会换毛。

雨燕在很多方面都非常特别。它们与其他燕科鸟的差异不仅在于幼鸟数量，还在于产卵次数。它们一个夏天只产卵一次，而英国其他燕科鸟都产卵两次。可以肯定的是，雨燕一年只产一次卵，因为幼鸟刚出巢不久，它们便会迁离。而过上一段时间，其他燕科鸟则会孵出第二窝。由此，我们可以得出如下结论：雨燕一个夏季只产卵一次，一次只产卵2枚；而其他燕科鸟则产卵两次，每次4～6枚。后者的繁殖速度是前者的五倍。

雨燕最为特别之处在于它的"早退"。它们大多数会在8月10日便动身离开，有时还会早上几天。即使掉队的雨燕，也会在8月20日撤离。其他的同科鸟则会一直待到10月初，待满10月才走的也不少，有一些甚至会待

到11月初。8月往往是一年中最好的季节，雨燕在此时便匆匆撤退，真是难以解开的谜题。更匪夷所思的是，在安达卢西亚南边的大部分地区，雨燕走得还要更早，这就无论如何也不能归咎于当地天气不够炎热或是食物匮乏。雨燕离开是因为食物短缺、换毛习性、想要休息（在如此高强度快节奏的长途飞行后），还是别的什么原因？这是博物学上的一件不但令我们无从研究，而且就连猜测一二都毫无头绪的事！

雨燕从不在枝头或屋顶栖息，也不跟其他燕科鸟聚在一起。护起窝来，它们什么都不怕，更不会被枪吓倒。俯身钻到屋檐下时，常被棍棒打落到地。最让雨燕头疼的是燕虱蝇。为了摆脱这些讨厌的家伙，它们常在飞行时不停扭动，抓挠身子。

雨燕不是鸣禽，只会发出单调刺耳的尖叫。可有人却爱听它们的叫声，并由此产生愉快的联想：它们一开始歌唱，最美好的夏日就要到了。

若非有原因，雨燕是绝不沾地的。因为它们两腿短，双翅长，一旦落地就再难升空。它们也不会走，只能爬。不过，它们的爪子很有力气，可以攀上高墙；身子扁平，可以钻进极其狭窄的缝隙，在肚腹过不去的地方，它们便

会翻转身子，侧身前进。

雨燕脚的构造也很特别，和英国别的燕科鸟都不一样。事实上，除了高山雨燕，它的脚跟其他所有已知鸟类都不一样。四个脚趾一律向前外张，十分便于携带东西。此外，最后一根脚趾，即后趾仅有一根骨头，而其余三趾，每趾也只有两根骨头。这种构造极其罕见，非常贴合雨燕脚爪的功用。这一独到之处，以及鼻孔和下颚的独特构造，使得一位眼光犀利的博物学家[7]不得不承认：雨燕或许真能"自成一类"[8]。

伦敦的一群雨燕时常光临伦敦塔，并在伦敦桥下的河面上嬉戏和捕食，还有一些则流连于近郊紧邻田野的教堂，但它们都不敢像毛脚燕那样，飞到熙熙攘攘的闹市里。

瑞典人给这种燕子取了一个非常贴切的名字——环飞燕。因为它们总是一圈又一圈绕着自己的窝巢飞个不停。

雨燕以鞘翅目昆虫或翅膀上有硬壳的小甲虫为食，也吃软一些的昆虫。它们会像家燕一样，吞食碎石子来帮助研磨食物，可脚不沾地的它们，是从哪儿弄到碎石子的？如果雨燕巢里的虱蝇太多，被叮咬的幼燕有时就会爬出巢，一头栽到地上。村里几间破敝的茅舍里常有雨燕的身影。虽然长期出没于同一处屋舍不合常理，但它们依旧年复一年我行我素——这真是一个"年年岁岁鸟亦同"的好例证。[9]雨燕必须将身子埋得很低，才能钻进低矮的屋檐里去。所以，埋伏在一旁伺机而动的猫有时便能将它们逮个正着。

1775年7月5日[10]，我又掀开了一片房顶，观察下面的雨燕窝。坐在窝里的母燕以为遇到了危险，怀着对儿女强烈的爱，不顾自身安危，满脸阴沉地伏在幼雏旁，一动不动，任凭我们捉住了它。

我们取出羽翼未丰的雏鸟，放在草地上。它们跌跌撞撞，像新生婴儿一样无助。仔细端详那光溜溜的身子，大得离谱的肚腹，以及重得让细脖子无法承受的大脑袋，我们很难想象，两周以后，这些弱不禁风的小东西就能迅速高飞，跨越万水千山，直抵赤道。[11]几乎就在一瞬间，大自然让小鸟长大完美了，而人类和大型四足动物的成长却需那么滞缓而漫长的过程！

怀特

1 如前注所述，雨燕并非燕科鸟类，而是属于雨燕目雨燕科。它的外形与燕科鸟近似，是因为其习性相同。——艾伦注

2 现在我们知道雨燕会筑巢，并且与很多燕科鸟一样，一边飞一边采集材料。——艾伦注

3 海洋测量中的深度单位，1 英寻等于 1.8288 米。——译注

4 此说法后来被怀特自己推翻，在他的《博物学者日志》中有"老雨燕在空中喂食孩子，这种事，我以前未曾见过"的记载（1784 年 7 月 20 日）。——福斯特注

5 与燕科的幼鸟相比，雨燕幼鸟的食物需求较少。如果昆虫短缺，它们还会放慢生长速度，以减少对食物的需求。因此，它们从孵出到出巢的时间可以长达 8 周。——福斯特注

6 雨燕一年换毛两次，一次是在繁殖季后，一次是在春天里。——福斯特注

7 指斯科波利，见前文注释。——福斯特注

8 原文为拉丁语 "a genus per se"。

9 巴林顿对此答复说："从巢里捉上一只，割下一根爪，就可知道第二年返回的是不是同一只鸟了。"但这种给鸟做标志的观察方法，怀特似乎并没有采用。——福斯特注

10 这封信写于 1774 年，信中却出现 1775 年的事情，由此可推断，原信在后来经过了怀特的修订和补充。——编注

11 以长距离飞行而论，雨燕的确是鸟类中最快的，其中的尖尾雨燕平均时速接近 170 公里，最高时速超过 350 公里。短距离冲刺上，最快的是游隼，俯冲时速高达 360 公里。——编注

从街道上看威克斯宅

第二十二封信 ／ "丛林之王" 槲鸫

塞耳彭, 1774 年 9 月 13 日[1]

阁下:

　　我借助一处村舍的直筒烟囱, 在这个夏天从容不迫地观察到了家燕是如何通过烟道上下进出的。在欣赏家燕在烟囱深处使用的绝技时, 我不时有些担心, 唯恐自己的眼睛也落得托比特一般的下场[2]。

　　也许您会乐意听我谈谈, 今年春天, 那几种燕子分别何时初次出现在我国三个偏远的郡。我们这里, 4 月 4 日, 家燕率先登场; 4 月 24 日, 雨燕出现; 4 月 12 日, 崖沙燕现身; 4 月 30 日, 轮到了毛脚燕。在德文郡的南泽勒，4月25日，家燕才露头；5月1日，大批雨燕到来；5月中旬，才见着毛脚燕的影踪。在兰开夏郡的布莱克本，4月28日，雨燕出没；4月29日，则是家燕；5月1日，才是毛脚燕。燕子出现在这些偏远地区的日期不同，说明它们是迁徙还是不迁徙呢？

威希尔附近有一位农夫，用两组驴轮流耕地。一组上半天，另一组下半天。干完一天的活，这些驴会被圈在地里过夜，像绵羊一样。冬季，它们被圈养在院子里，这样能积下很多粪便。

林奈说：老鹰"一到大杜鹃鸣叫的季节，便会同其他鸟休战"。[3] 但我认为，那段时间还是有很多

槲鸫，鸫科鸫属

小鸟会被食肉鸟掠走杀掉。看看掉在小路和树篱下的羽毛或许就能明白。槲鸫孵卵时会变得凶猛好斗，任何靠近窝巢的鸟都会被暴跳如雷的它赶得远远的。威尔士人称它为"丛林之王[4]"。它只要现身菜园，便不容喜鹊、松鸦或乌鸫踏进半步。对于新种下的豆荚来说，槲鸫算得上是一个好护卫。通常，它都能成功保卫家园。不过有一次，我在自家菜园里看见几只喜鹊一心想攻下槲鸫的窝。雌槲鸫抖擞精神，坚决"为了灶火和家园"（语出西塞罗[5]）奋战到底，可最终还是寡不敌众。喜鹊将槲鸫的窝撕个粉碎，生吞了所有的幼鸟。

喜鹊，鸦科雀属

在建巢的季节，即使最狂野奔放的鸟也会流露出些许温柔。我地里的常客环颈斑鸠会就地繁殖。而鸲鸫在秋冬两季最是性子野，怕见人，但还是在我菜园里一条终日人来人往的小路边搭了窝。

今年，我的篱壁形果树收成不错，但往年早就硕果累累的葡萄现在却发育不良。这还不算最糟：不太好的气候和夏至时不够温暖，不仅损害了人们生活所需的水果，还让这里的小麦枯萎变黄。不过，好消息是啤酒花有望大获丰收。

最近耳聋常常复发，叫我苦恼不已，我的博物学者资格算是丧失一半了。因为耳聋一犯，我便无法听见乡间的天籁之声，更不要说领会其中的讯息。百鸟齐鸣的 5 月，对我来说也不过是一片寂静罢了，就和 8 月一样。感谢上帝，我的眼睛依旧敏锐。可提到别的感官，我有时也只能算是个残废：

"智慧被拒之门外。"[6]

---

1 这封信的时间晚于前一封信，是因为它是后来才被编订进来的，参见"致戴恩斯·巴林顿阁下的书信"第十五封的附录。——福斯特注

2 见《托比特书》。——作者注（译者补注：书里有"墙上鸟雀，将热乎乎的屎拉进我的眼里"之句）。

3 原文为拉丁语 "pacicuntur inducias cum avibus, quamdiu cuculus cuculat"。——译注

4 原文为威尔士语 "pen y llwyn"。——译注

5 马尔库斯·图利乌斯·西塞罗（Marcus Tullius Cicero，前 106—前 43 年），古罗马著名政治家、演说家、雄辩家、法学家和哲学家。——译注

6 摘自弥尔顿《失乐园》，第三卷。——译注

第二十三封信 ／ 奇异的"蛛网雨"

塞耳彭，1775 年 6 月 8 日

阁下：

1741 年 9 月 21 日，我在别人家做客，天不亮就起床准备外出打猎。一走进圈地，我就发现田里的残株和三叶草上裹着一层厚厚的蜘蛛网，上面挂满无数沉甸甸的露珠，仿佛整片田野都被两三张重叠在一起的大网罩住了。想去追赶猎物的猎犬被蛛网迷了眼睛，动弹不得，只好趴下用前爪扒拉脸上这些讨厌的累赘。这一切让我意兴索然，一边琢磨着这怪事，一边悻悻而归。

那时天色逐渐亮起来，阳光变得明媚而温暖，只有秋天才能见到如此美景：万里无云，静谧无风，堪比法国南部。

9 点前后，一件怪事引起了我们的注意：高空中突然下起一场"蛛网雨"，"雨势"连绵不绝，一直到傍晚。在空中四散飘飞的蛛网并非一根根细丝线，而是片状或絮状。有些宽近 1 英寸，长约 5～6 英寸，下落速度极快，显然比空气重得多。

向四下里望去，映入眼帘的都是不断飘落下来的片片蛛网。向阳方向的蛛网更是光芒四射，灿若星辰。很难说清这场奇异的"蛛网雨"到底下在了哪些地方。就我们所知，至少有布拉德利、塞耳彭和奥尔斯福德三地。这三地的连线刚好构成一个三角形，最短的一条边也有约 8 英里长。

村里有一位绅士[1]，素以正直睿智为我们敬仰。他刚一出门就碰上了这场"雨"。他认为，只要爬上他家背后的那座小山（清晨，他常在那里骑马），就能凌驾于这场"流星雨"之上。他猜这场雨应和蓟花冠毛一样，是从上面的公有田地吹来的。然而，当他策马奔上那片山岗的最高处（此处比田地高出 300 英尺时），却大吃一惊：蛛网还和之前一样从头顶上方不断飘落，在阳光下闪闪发亮。就算是最没有好奇心的人，也会被它们深深吸引。

这样的"蛛网雨"可以说是绝无仅有。雪片般的蛛网在树木和篱笆上挂满厚厚一层，要是派个勤快人，估计还能捡到满满一篮子呢。

我要谈的这种蜘蛛网模样的东西叫作蛛丝。过去有过种种怪异而迷信的说法。不过，现在应该没有人会怀疑了，它们是小蜘蛛的杰作。在天气晴好的秋日，田野里会出现许多小蜘蛛。它们用力从尾部射出蛛网，让身体变得比空气还轻。但为何这些没有翅膀的虫子会在那一天启动空中之旅，为何它们的网会突然变得比空气重，以至坠落地面，恕我无法一一回答。如果姑且一猜，我觉得应该是：薄丝一喷出来，或许就被露珠裹住，连同小蜘蛛，被上浮的水蒸气带到了高空云层聚集之处。如果小蜘蛛们能在空中继续吐丝，加厚蛛网——利斯特博士[2]说它们确有此能力（参见他写给雷先生的信件），蛛网就会渐渐变得比空气沉重，必然会掉落到地上。

如果碰上好天气，特别是在秋天，我就能看见那些小蜘蛛喷出蛛网，飘浮在空中。如果你把它们放在手上，它们定会从你指间飞起来。去年夏天，我在客厅读书时，一只小蜘蛛落到书上。

我看着它一路跑到页首，喷出一张网，就此腾空而去。最让我不解的是，在没有空气流动的情况下，它的动作居然如此迅疾！我确定当时我绝对没有呼气帮它。所以，这些小爬虫自有一种动力，不必借助翅膀便能在空气中飘浮，移动起来比空气还快。

---

1 此人是怀特的父亲。——福斯特注

2 马丁·利斯特（Martin Lister, 1639—1712 年），英国博物学家、医生、皇家学会会员。——译注

Bramber

布兰伯村和城堡

第二十四封信 ／ 动物也爱社交

塞耳彭, 1775 年 8 月 15 日

阁下：

抛开异性相吸的原因，低等动物也很爱社交，群居的鸟冬季会聚在一起就是明证。

很多马虽然与同伴待在一起时十分安静，但一分钟也不愿意独自待在地里，连最坚固的围栏也无法阻拦它们。我的邻居有匹马，它不仅不愿独自待在外面，就算待在陌生的马厩里也会变得狂躁，总想用前蹄踏破饲草架和马槽。为了找个伴，它曾从马厩的一处用于排粪的窗口跳了出去。可在其他情况下，它又安静得出奇。公牛和奶牛如果不能同牛群生活在一起，那么就算牧场再好，它们也兴趣寥寥，长膘也就无从谈起。绵羊就更不必说了，它们历来都成群结队。[1]不过，这种群居的习性似乎并不限于同一种动物。我们知道有一头仍然健在的母鹿自幼就和一群奶牛一同长大，每天都会跟奶牛

258

一起下地，一起回到院子。家里的狗早就习惯了它的存在，并不会如何留意。但若有陌生的狗经过，一场追闹就在所难免。这时，主人往往会笑眯眯地看着自己心爱的小鹿把追逐者们引过树篱、大门或台阶，一直领回奶牛群里。而奶牛们则会发出气势汹汹的低鸣，竖起霸气十足的牛角，将入侵者远远赶出牧场。

即使种类和体型都有巨大的差异，也未必会妨碍动物建立友谊。有位睿智而敏锐的观察家曾对我说，早年他养了一匹马和一只孤零零的母鸡。这两个完全不同的动物在一座荒僻的果园里一起度过了大部分时光。除了彼此，它们见不到任何别的动物。渐渐地，两个孤单的动物开始相互关照。母鸡常常一边满足地叫着，一边走近马，在马腿上挨挨擦擦，极尽温柔。马也会满足地低头看着母鸡，小心翼翼地踱着步子，生怕踩到自己的小朋友。在孤寂的时光中，它们似乎结成了彼此间聊以慰藉的生活伴侣。所以，弥尔顿借亚当之口发出的这些喟叹似乎不足为信：

"飞鸟与走兽、游鱼与飞禽，
　正如公牛与猿猴，皆决难相处。"

怀特

---

1 这些家畜的祖先都是群居动物，因此天性中就有交流的需求，耐不得孤独。与之相反的是，习惯独来独往的动物也无法与其他动物为伴。——艾伦注
2 摘自弥尔顿《失乐园》，第八卷。——译注

啤酒花

第二十五封信 ／ 一个年轻的吉卜赛姑娘

塞耳彭, 1775 年 10 月 2 日

阁下：

在英格兰南部和西部游荡的吉卜赛人主要有两支，或者说两群。每年，他们都会沿着自己的流浪线路走上两三圈。其中一个群体还为自己取了一个高贵的称谓"斯坦利"。我对这个群体没什么可说的。不过，另外一个群体的名称发音奇特，就值得一叙了。他们的语言含混难懂，他们似乎称自己为"克里奥珀"[1]。现在看来，这个单词的词尾显然来自希腊语。梅泽雷[2]和那些最严谨的历史学家都一致认为，这些流浪者肯定是两三个世纪前从埃及和一些东方国家迁移而来，再逐渐遍及整个欧洲的。那有没有可能，这一群体的名称是他们从列万特[3]出发时带来的，但在流浪途中被以讹传讹了呢？有好奇心的人若是遇到这个群体中的智者，倒可以问问他们的土话里是否还保留着希腊语单词。要

知道在"手""脚""头""水""土"等单词中还能看到希腊语的词根。那在他们的土话和已经流变的方言中或许还存在着不少残缺的本族语单词。[4]

关于这帮不寻常的人，即吉卜赛人，有件事非常值得一提（尤其是他们来自比较温暖的地区）：别的流浪者都选择在谷仓、马厩和牛舍里栖身，但这些健壮的流浪汉却不惧严寒，一年四季都住在"野外"，而且对此还很自豪。去年9月仍旧像往年这个时候一样潮湿，在暴雨倾盆的日子里，一位年轻的吉卜赛姑娘却睡在我们种植啤酒花的园子里。几根榛树枝弯成弧形，两头插进地里，上面搭块毯子，她便躺在下面冰冷的土地上。就算是奶牛，都难以忍受这样恶劣的条件。看来那个姑娘是完全不挑栖身之地，否则早就去园子里那个用于烘干啤酒花的大型炉窑里避雨了。

这些流浪者的足迹似乎不仅限于欧洲。贝尔先生[5]在从北京返回的途中，就曾在鞑靼地区遇到过一群吉卜赛人。他们正竭力穿越大漠，去中国碰运气。

法语称吉普卜人为"波希米亚人"，而意大利语和现代希腊语则称其为"金加利人"。

怀特

1 原文为"Curleople"，此处取其音译。——编注

2 梅泽雷（Mezeray，1610—1683年），法国历史学家。——编注

3 古时指地中海东部的大片地区。——译注

4 现代学者根据语言学的证据，认为吉卜赛人起源于印度北部，约于11世纪离开印度，14世纪进入欧洲，最早在1505年出现在不列颠。——福斯特注

5 约翰·贝尔（John Bell，1691—1780年），英国医生、作家和旅行家。曾随俄国使团出访中国，并在中国生活了4年，著有《从俄国圣彼得堡到亚洲各处游记》。——译注

第二十六封信 ／ 如何用灯芯草照明

塞耳彭，1775 年 11 月 1 日

"现在……涂满树脂的松木，燃起熊熊的火焰，
使门柱积满烟尘，变得一团漆黑。"[1]

阁下：

    您对一切家用之物都甚为上心，这一点我
非常感动和快乐。

    我便讲一件家常小事，即关于如何用灯芯
草来替代蜡烛，想必您会乐意听听。这种照明
方式在塞耳彭以及多地大行其道，但也有很多
地区不是。我对此事进行过一番尚算细致而
深入的研究，故不揣冒昧，备述于此，以供阁
下研判。

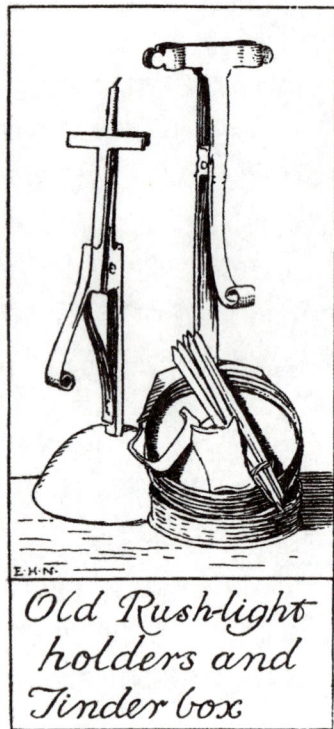

老式的灯芯草灯支架和打火匣

照明用的灯芯草似乎属灯芯草科灯芯草属，也被称作"普通软灯芯草"[2]，常见于潮湿至极的牧场、溪流边或树篱下。灯芯草在三伏天长势最好，但若要作为照明工具，待入秋后采集为宜。无须赘言，最大最长的是其中的上品。收采和准备工作由老农、妇女和孩童完成。灯芯草一旦收割，必须立刻浸入水中静置，否则便会干萎，就再难剥皮了。对新手来说，要想剥掉灯芯草的皮或外壳，只留一根自上而下笔直规整的细草芯绝非易事。不过，这种技艺同样是熟能生巧，就算小孩也能很快熟练。我们曾见过一位双目失明的老太太，干起活儿来干净利索，几乎每根都剥得规整匀称。剥皮之后的灯芯草还得摊在草地上晒白，沾几夜露水，再在太阳下晒干。

将灯芯草浸到滚烫的油脂里也是个技术活。但同样可以熟能生巧。汉普郡有一位勤劳的农夫，他老婆很会精打细算，总是用腌肉锅里剩下的油渣来置备家里的油脂，从来不另外花钱！若盐分太重，她便把油渣放到锅里加热，盐分便会沉到锅底。不常养猪的地方，尤其是靠海一带，可以用更糙也更便宜的动物油脂。1磅普通油脂的成本约为4便士。浸泡1磅灯芯草大概需要6磅油，而1磅灯芯草要花1先令。因此1磅经过浸泡、备制妥当的

灯芯草需要3先令。养蜂的人可以往油里掺一些蜂蜡，这样灯芯草燃烧起来会更稳定，更清洁，也更持久。除了蜂蜡，加羊板油也一样。

经测算，一根长2英尺4.5英寸的优质灯芯草的燃烧时间可达57分钟。更长的灯芯草可燃时间长达1小时15分钟。

这些灯芯草发出的光清晰明亮。而说实话，巡夜灯（上面涂着动物油脂）的光则很黯淡，简直就是"看得见的黑暗"[3]，需要两根灯芯方能维持亮度。而浸过油的灯芯草，一根就足够亮了。巡夜灯用两根灯芯是为了延缓燃烧速度，让烛光得以长明。

我安排人做过测算，1磅干灯芯草有1600多根。假设每根可燃半小时，一个穷人花3先令便可收获800小时的光明，整整超过33天。根据这种算法，每根未浸油的灯芯草仅需1/33法新[4]，而浸过油的则需1/11法新。因此，一户穷苦人家只需花费1法新，便可享用5.5小时的光明。一位善于持家的老主妇向我保证：1.5磅的灯芯草完全可供她们一家用上一年。劳作之人，日出而作、日落而息，在长长的白日里是不用点灯的。

在昼短夜长的日子里，善于持家的农场主，会一早一晚让奶牛场和厨房使用灯芯草。可有的贫苦人家往往不善于精打细算，每晚都

花半便士买蜡烛照明。由于屋子透风，2 小时不到，蜡烛便燃尽了。可以说，他们用花了本来可以买到 11 小时光明的钱，却只获得了 2 小时的光明。

讲到乡下的持家之道，还须谈谈一件在别处见不着的家什：一种造型精巧的扫帚。这种扫帚是我们这儿的护林人用金发藓、俗名"少女金发"（护林人称为"丝木"）的根茎做成的。这种植物盛见于沼泽地带，清理剥除表面的苔藓和外皮之后，便会露出闪亮迷人的栗色。金发藓柔软有韧性，非常适合清扫床、窗帘、地毯和各种挂饰上的灰尘。要是城镇里的制刷匠们知道有这种扫帚，或许能发挥出它的更多功用呢 [5]。

怀特

1 原文为拉丁语 "Hic .... taedae pingues, hic plurimus ignis Semper, et assiduâ pastes fuligine nigri"，摘自维吉尔《牧歌》，第七首。——译注
2 学名为 *Juncus effusus* 的软灯芯草，与学名为 *Juncus conglomeratus* 的密穗灯芯草，在塞耳彭地区都很容易找到，也是当时人们主要的照明工具。——福斯特注
3 语出弥尔顿《失乐园》，第一卷，原句为 "darkness visible"。——译注
4 英国 1961 年以前使用的旧铜币，1 法新 =1/4 便士。——译注
5 阿什顿·里弗爵士的博物馆中可以见到这种扫帚。——作者注

贝克山上的风景

第二十七封信 ／ 痴迷蜜蜂的傻小子

塞耳彭, 1775 年 12 月 12 日

阁下:

　　记得 20 多年前, 我们村里有个痴迷蜜蜂的傻小子。打小开始就吃蜜蜂、玩蜜蜂, 眼里只有蜜蜂。要知道智障者的眼里往往只容得下一件事情, 所以这个孩子把自己为数不多的才智全用在蜜蜂上了。整个冬天, 他就待在他爹的房子里, 围着炉火打盹, 如冬眠一般, 绝不离开壁炉角。可夏天一到, 他就有了机灵劲儿, 在烈日下的河岸边和田野里不停追逐猎物。蜜蜂、熊蜂和胡蜂一旦被发现, 就逃不出他的手掌心。这傻小子赤手空拳就敢抓, 全然不惧蜂针。一捉到猎物, 他便拔掉蜂针, 张口吮吸藏有蜜囊的蜜蜂身子。有时, 他会在胸膛和衬衣之间塞满这些"小俘虏"; 这个小子真算得上是只黄喉

265

蜂虎,即食蜂鸟。他是养蜂人的眼中钉、肉中刺。因为他还会溜进蜂房,坐在凳子上,用手指敲击蜂箱,蜜蜂一旦钻出来,就会被他席卷一空。这还不算完,他会把蜂房翻个底朝天,在里面找蜂蜜吃,乐此不疲。碰上有人家酿制蜂蜜酒,他便会绕着酒桶转来晃去赖着不走,哀求别人给他喝上一口,还把那酒唤作"蜜蜂酒"。他会一边四处乱跑,一边嘴里"嗡嗡"学着蜜蜂叫。这孩子身体瘦弱,气色糟糕,面色惨白,如同死人。凡做跟蜜蜂有关的事,他就颇为机灵,做别的事便形同白痴。如果他能在蜜蜂之事上更能干聪明一些,则完全可以学会当代耍蜂人的各种技艺,这样我们就不会每次都被他的各种丑态弄得吃惊了。或许可以这样形容他:

> "……若你
>
> 这颗主星,放出吉祥之光,
>
> 维尔德曼[1]就将……"

傻小子长成大小伙子后,就被家里人送去了一个遥远的村子。据我所知,他还未成年便死了。

怀特

---

1 托马斯·维尔德曼 (Thomas Wildman),著有《论养蜂》。——译注

老风车，现已毁坏

第二十八封信 ／ 本地的迷信风气

塞耳彭, 1776 年 1 月 8 日

阁下：

　　世间最难之事，就是摆脱对迷信的偏执。这种偏执仿佛伴着母亲的乳汁而来，一旦吸入，便牢不可破，潜滋暗长，在我们体内烙下永不磨灭的印记，同我们的内心纠缠不休。我们需要拥有最强大的理性，方能摆脱它们。无怪乎下层人民终生被其左右，因为他们没接受过教育，尚未开化，没有足够的能力来正确地认识和对待迷信。

在如今这个启蒙时代，似乎不该有如此原始粗陋之事，而我列举的这些实例，也难免会被认为有夸夸其谈之嫌。因此，在讲述本地区的种种迷信之前，上面这段开场白很有必要。不过，赫特福德郡特林镇的人们应当记得，不久前的1751年，在离首都20英里远的地方，他们捉住了两名疯疯癫癫、赢弱不堪的老巫婆。人们怀疑她俩会施巫术，为了分辨真假，便将两人浸到饮马池里溺死了。

我们村中央一户农家的庭院里，如今还伫立着一排被截去树梢的桦树。从树身的切口和长长的伤疤可以明显看出，这些树以前被切开过。当时这些树还十分幼嫩柔韧，人们将它们从中切开，放进楔子撑住切口。将患有疝气的孩子扒光衣服，推进切开的树缝里。人们相信这个方法可以治好孩子的疾病。治疗一结束，人们就会在切口上涂一层黏土，并仔细包扎好。如果切口重新长拢，患儿便会痊愈；反之，人们便会认为"手术"失败。前不久，因为扩建菜园，我砍倒了两三棵桦树，其中一棵的切口就没长拢。

眼下我们村里的一些人仍然相信自己儿时是靠这种迷信仪式治好病的。这一迷信源自我们的撒克逊人祖先。在皈依基督教前，他们便常常施行此术。

大约20年前，村里"快活林"南端的教堂附近有一棵形状怪异的老桦树。这棵被截去树梢的老树"腹中空空"，历来被人们尊为"鼩鼱桦"。用这棵桦树的树枝轻敷家畜的四肢，能迅速缓解家畜因鼩鼱爬搔造成的疼痛。人们认为，鼩鼱带有剧毒，凡是它爬搔过的动物，不论是马、奶牛，还是绵羊，都会痛不欲生，甚至还会落下残疾。这种状况随时都有可能发生，为此我们的祖先未雨绸缪，鼩鼱桦枝从不离手。因为它一旦被制作出来用于治疗，便永不失去药效。鼩鼱桦的制作方法如下：在树身上钻一个深洞，把一只可怜的活鼩鼱当作祭品塞进去，然后堵上洞口，再念上几句失传已久的古怪咒语。如今，已无人知晓这种祭祀仪式，这一延续多年的习俗也不再流传，那附近也早就见不到这种树了。

至于"快活林"的这棵，

"已故牧师已将其连根铲除，付之一炬。"[1]

他当时身为公路监管人，不顾旁人苦劝，执意为之。众人徒劳地哀求，力陈此树是如何神奇有效，希望将它留下来，声称此树是：

"祖先的膜拜物，已保存多年。"[2]

怀特

1　出自斯威夫特的《鲍里斯与费乐蒙》。——福斯特注

2　原文为拉丁语"Religione partum multos servata per annos"，摘自维吉尔《埃涅阿斯纪》，第二卷。——译注

Wood Pond

林间池塘

第二十九封信 ／ 树木催生湖泊与河流

塞耳彭，1776 年 2 月 7 日

阁下：

　　浓雾弥漫时，树木就是完美的蒸馏器，尤其是生在高处的那些。不曾留意此事的人难以想象，通过冷凝水蒸气，一棵树在一夜之间究竟能蒸馏出多少水。蒸汽冷凝形成的水滴会顺着树干滴落，在地面积成一个大水坑。1775 年 10 月的一个大雾天，牛顿巷一棵枝繁叶茂的橡树就以极快的速度往下滴水，不多时，车道上便积起了水凼，车辙里也溢出了。而平日这里的地面上总是落满灰尘。

　　如果我没弄错的话，西印度群岛的一些小岛上是没有泉水或河流的。某些高大的柚木上的水滴便可满足当地人的生活所需。那些柚木生长在群山之中，云雾终年笼罩树冠。凭借这般得天独厚的环境，它们才能源源不断地供应水分。那些地区有人类生存，全是因为有凝结形成的水源。有叶子的树与空气的接触面积远大于没有叶子的树。从理论上讲，前者凝结的水汽量应该远远高于无叶树。

但实际上，有叶树会摄入大量水汽，因此很难说到底哪种树滴下来的水更多。不过就我所知，树身缠绕着大量常春藤的落叶乔木的蒸馏量似乎最大。常春藤的叶子光滑浓密，温度也低，水汽的凝结速度非常快。此外，常绿植物摄入的水汽量也极少。这些事实或许可以给那些聪明人一些提示，这样他们就能知道应该在小池塘周围种哪些树，才可以使得池塘终年不竭，还能知道与其他树相比，种这些树又有些什么优势。

树"出汗"多，凝结的水汽自然就多，水分蒸发被遏制住了，所以树林里总是潮湿的。因此，树木对池塘和溪流的贡献巨大也就不足为奇了。

树木可以催生湖泊与河流，在北美洲已是人尽皆知。一旦森林或树林被砍伐，周边所有的水体便会急剧萎缩。很多一个世纪前还水量丰沛的溪流，现在却连一座寻常的水磨坊都带不动了。而我们这里的林地、森林和围场附近多有池塘和沼泽，原因无疑也出于此。

令勤于思考的人最为惊诧的，莫过于白垩山巅的那些小水塘。即便在夏季最干旱的时候，许多水塘也不会干涸。我说的白垩山，因为多岩石和砾土，所以常有泉水从高地和山边喷涌而出。水在白垩地层中的渗透性极强，最终都会流到最底下一层，在白垩岩地区待过的人都知道，除了山谷和山脚，他们是不可能在那样的土壤中见到泉水的。这一点，挖井的工人曾反复向我保证过。

我们这个地区如今有许多这样的小小圆池塘。有一个就正好在比我家高出 300 英尺的牧羊坡上。虽然它的深度从未超过 3 英尺，直径不到 30 英尺，蓄水量也不过两三百桶，却从不枯竭，能满足三四百头羊，以及其他至少二十头大型牲畜的饮水需求。这口池塘旁边有两棵中等大小的山毛榉，时刻都在为池塘供水。我们也见过其他没有树木泽佑的小池塘，尽管风吹日晒令水分蒸发，且终年都有牲畜来饮水，但仍能维持一定的水量，在潮湿多雨的季节，也不会因泉水注入而满溢。1775 年 5 月我的一篇日记中记载道："山谷里的池塘，无论大小现在都已枯涸。可山顶上的那些小池塘却没受什么影响。"这样的差别仅仅是由蒸发引起的吗？是因为谷底的水汽蒸发得更厉害，还是因为高处的池塘有某些未被发现的水源补给，晚间可以补充白天消耗掉的水量？否则，光是牲畜便可以迅速将存水消耗殆尽。需要更深入细致地探究才能明其中原委吧。黑尔斯博士 [1] 在其《植物静力学》一书中提到："越是潮湿的地面，夜间掉落的露水便越多；落在水面的露水是潮湿地面的两倍还要多。"因此，我们可以看到，由于自身的温度低，水就能在夜间通过冷凝作用，吸收大量水分。于是，潮湿到能产生雾气或露水的空气便足以生出一个四时不绝的水源。惯于早晚出门的人们，如牧人或渔夫，都知道夜晚的高地即使在盛夏时节也会有浓烈的雾气。尽管不会感觉到水汽在下落，但他们都明白，游动的水汽已经浸湿了每件东西的表面。

怀特

1 斯蒂芬·黑尔斯（Stephen Hales，1677—1761 年），英国植物学家和化学家。黑尔斯致力于把定量实验方法应用于生物学领域。他所著的《植物静力学》中记载了关于树液流动和压力、蒸腾作用、失水和空气交换气体等方面的 124 个实验。他被认为是植物生理学的创始人。他是怀特的邻居。——译注

In Gracious Street

仁爱街农舍上的标牌

第三十封信 ／ 大杜鹃的体内构造

塞耳彭，1776 年 4 月 3 日

阁下：

    一位法国解剖学家埃里桑先生似乎相信自己已经找到大杜鹃不孵卵的原因。他认为，由于身体的某些构造，它们才无法孵卵。按照他的观点，大杜鹃的嗉囊并不像鸡形目和鸽形目的鸟那样长在颈部底端的胸骨前，而是紧贴胸骨之后，长在肠道上方。因此，它的腹部便有一个很大的隆起。[1]

    受到这一观点的启发，我们捉来一只大杜鹃鸟，剖开其胸骨，露出内脏，发现嗉囊的位置真如他所言。大杜鹃鸟的胃又大又圆，里面塞满了食物，饱胀如针线包。经过细致搜检，我们发现了各种各样的昆虫，如小圣甲虫、蜘蛛和蜻蜓等。据我们所见，被大杜鹃鸟捉住的蜻蜓，应该是刚从蛹里爬出来飞到空中的。在那团东西里，我们还看见了蛆虫和许多种子，要么是鹅莓、醋栗、蔓越莓的种子，要么就是一些类似的水果种子。显然，大杜鹃多以昆虫和水果为食，但在它的胃里没有见到骨头、羽毛或皮毛之类的东西，所以无法证实大杜鹃是食肉鸟这个观点。

在我们看来，这种鸟的胸骨短得出奇。嗉囊位于胸骨和肛门之间，肠道挨着脊柱，贴于胸骨之后。

正如这位解剖学家所发现的，大杜鹃的嗉囊位于肠道上方，孵卵时肯定会很不舒服，尤其是在吃饱后。至于那些会孵卵的鸟的体内构造是否与大杜鹃不同，还有待考证。有机会我会亲自捉一只欧夜鹰或夜鹰来研究一下。如果它们体内的构造也是那样，以上关于大杜鹃不孵卵原因的论断就下得有些仓促了[2]。

不久之后，我们真的捉到了一只夜鹰。从它的习性和体形看来，我们怀疑它的体内构造应该与大杜鹃相似。这怀疑并非没有根据，因为解剖发现，它的嗉囊同样位于胸骨之后、内脏之上，即内脏与肚腹外皮之间。嗉囊很大，塞满了大个的蛾类和几种飞蛾以及这些昆虫的卵。毫无疑问，这些卵一定是夜鹰在吞咽过程中从昆虫的肚子里挤出来的。

众所周知，夜鹰是要孵卵的，而它的体内构造与大杜鹃相似，那么埃里桑先生说大杜鹃不孵卵是因为其肠道位置特殊的说法，似乎就不攻自破了。大杜鹃为何有这种不同于其他鸟类的怪癖，我们仍大惑不解。

我们还发现环尾鹰[3]的体内构造与大杜鹃也很相似。而且，在我的印象里雨燕也与之类似。或许很多不食谷物的鸟也是如此吧。

怀特

---

1 见 1752 年出版的《皇家学会史》。——作者注
2 大杜鹃体内并没有让它不孵卵的构造。——艾伦注
3 一种非正式的鸟类术语，用于形容乌灰鹞、白尾鹞、草原鹞等几种鹞类的幼鸟和雌鸟。——编注

第三十一封信 ／ 不请自来的蝰蛇

塞耳彭，1776 年 4 月 29 日

阁下：

1775 年 8 月 4 日，我们这里来了一位不速之客——一条蝰蛇。当时这条臃肿的庞然大物正躺在草地上晒太阳。我们剖开它之后，发现腹腔里竟有一窝小蛇，数目多达 15 条。最短的一条也有 7 英寸长，堪比发育完全的蚯蚓。这些小家伙一出生就大有毒蛇之风。刚离开母蛇的肚子，便显出高度的警觉性，东扭西拐，盘来绕去，被棍子一碰便迅速昂起头，张开大口，摆出一副恫吓和挑衅的模样。但我们发现它们还没长出毒牙，用放大镜也没找到。

喜欢思考的人一定会认为最神奇之事莫过于动物幼崽的本能。它们清楚地知道自己天生的武器在哪儿，知道如何用这些武器自卫，即使还未长成。因此，尚未长成的小公鸡遇敌时知道伸出脚爪还击；还未长出角的小牛或小羊会以头相抗。同样，这些还未长出毒牙的小蝰蛇也懂得张口咬人。当然，那条母蛇的毒牙确实极具威胁性，我们已将它们掰起来（毒牙不用时是放倒的）剪掉了。

若说这窝小蛇之前待在外面，母蛇觉察到危险逼近才将它们纳入口中躲藏，想来这也不太可能。因为我们是在母蛇的腹部，而非颈部发现小蛇的。

蝰蛇，蝰蛇科蝰蛇属

Trotton Church

特罗顿教堂

第三十二封信 ／ 阉割的奇特效果

　　阉割会带来奇特的效果：人、兽和鸟被阉割后，雄性特征会减弱，并逐渐呈现雌性的特征。因此，阉人的手臂、大腿和小腿平滑细嫩，臀部宽大，下巴无须，声音尖细。阉割后的雄鹿没有鹿角，与雌鹿无异。同样，阉羊的角很小，和母羊的差不多大。去势的公牛角大而弯曲，叫声粗哑，和母牛类似；而正常的公牛角短而直，尽管平时嘟嘟哝哝，声音低沉厚重，可一旦放声大叫，哞哞声却尖锐高亢。阉鸡的鸡冠和肉垂较小，鸡头看起来和小母鸡的一样孱弱，走路时也像母鸡一样畏畏缩缩，缺乏气势。此外，阉猪的牙也和母猪的一样小。

　　由此可见，一旦被阉割，被视作雄性标志的器官或附器也将停止生长。聪明的莱尔先生[1]在其讨论畜牧业相关问题的书中进一步阐释了这一现象。他说，仅仅丧失雄性标志也会对动物的能力产生不可

思议的影响。他举了一个例子：他家有一头凶
猛又好色的公猪，为了防止这头公猪作恶，他让
人弄掉了它的尖牙。经此一劫，公猪的劲头顿
时烟消云散，打从那时起，从前连围栏都拦不
住的公猪见到母猪后竟然不理不睬，再也没有
之前的热情。

1 爱德华·莱尔(Edward Lisle)，英国人，著有《农事观察》
一书。——译注

第三十三封信 ／ 高产猪妈妈

几乎没人知道猪到底能活多久，原因很简单：让这种从不消停的动物得享天年，既不实惠也不省事。不过，我有位邻居，家底还算殷实，虽无意研究万物，却养了头杂交矮脚母猪。这头猪长得圆圆滚滚，肚子都拖到了地上。直到 17 岁时，它终于显出了老态：牙齿烂掉，生育能力也下降了。

有大约 10 年，这位"英雄母亲"每年产崽两窝，一次约 10 头，有次甚至生了 20 多头。不过，由于猪崽的数量几乎是母猪奶头数量的两倍，很多小猪都饿死了。因为阅历颇丰，这头母猪非常聪明狡黠。一旦有机会与公猪交配，便会拱开所有的门，径直跑到一个很远的农场去幽会。心愿得偿后，又会原路返回。

大约从 15 岁起，它每窝的产崽量下降到了四五头。它膘肥毛润时，猪栏里的小猪也都皮薄肉嫩。保守估计，这位高产妈妈总共下过 300 只猪崽：一只这么大的四足动物竟然有如此惊人的生殖力，真乃奇事也！不过，1775 年春，它还是被宰杀了。

怀特

吉尔伯特·怀特的纹章

1　这封信和前一封信在现存的怀特致巴林顿的原信中找不到，只出现在怀特后来编订的《塞耳彭自然史》一书中，疑似是作者从日记中摘录而来。——福斯特注

The Church from below

从低处看塞耳彭村教堂

第三十四封信 ／ 被猫养大的小野兔

塞耳彭, 1776 年 5 月 9 日

阁下:

"……母虎定哺育过你。"[1]

在之前的信中我已说过,无论动物之间的区别有多大,它们都有可能因孤单寂寞而彼此产生依恋[2]。我再谈谈萌生这种奇特情愫的另外一种动因也未尝不可。

有人给了我朋友一只可怜的小野兔,他的仆人拿勺子舀牛奶喂它。几乎与此同时,他家的猫下了幼崽,但整窝全被带走活埋了。不久,兔子也不见了。人们都以为它跟大多数弃儿一样被狗或猫吃掉了。然而大约两周后的一个黄昏,主人坐在自家花园里,看见猫高高翘着尾巴,一路小跑,一边跑一边发出短促而轻快的叫声,听起来心满意足,就像对着它的猫崽发出的声音。猫身后跟着一个蹦蹦跳跳

279

的小东西——正是那只小野兔! 猫一直在用自己的乳汁和伟大的母爱喂养它!

一只食草动物竟由食肉动物哺育长大,真是咄咄怪事!

作为生性残暴的猫科,或林奈所称的鼠狮的一员,面对天然的猎物却表现出这般柔情,这件事还真是一言难尽。

这种奇怪的情感或许是由"患失感"(一种因痛失猫崽而被唤醒的慈悲母爱,以及奶水饱胀的奶头被吮吸所带来的满足感)所促发的。因此,母猫出于天性,会非常乐于哺育这个弃儿,并视如己出。

严谨的历史学家和诗人们都记载过失去幼崽的母兽抚育被遗弃的孩子这种奇怪的现象。而一只嗷嗷待哺的可怜小野兔由残忍嗜血的老母猫哺育,此事之离奇可谓远超罗慕路斯和雷穆斯[3]自小由母狼养育呵护的故事。

"······在战神玛尔斯那郁郁葱葱的洞窟里,

盾上雕着的那只母狼,产崽之后躺卧在地,

The Church from the Nun 1776

从北边看塞耳彭村教堂(1776 年)

一对孪生男童环绕着它累累的乳头嬉戏，
　　吮吸着这位狼乳娘的乳汁，毫无惧意，
　　母狼转动光洁的头颈轮流抚弄他们，
　　用舌头舔吻他们的身。"[4]

---

1 原文为拉丁语 "...admôrunt ubera tigres"，摘自维吉尔《埃涅阿斯纪》，第四卷。——译注

2 参见"致戴恩斯•巴林顿阁下的书信"的第二十四封。——编注

3 罗慕路斯（Romulus，约前 771—约前 717 年）与雷穆斯（Remus，约前 771—约前 753 年），是罗马神话中罗马市的奠基人。他们是一对双生子，由母狼抚养长大。——译注

4 原文为拉丁语 "...viridi foetam Mavortis in antro Procubuisse lupam: geminos huic ubera circum Ludere pendentes pueros, et lambere matrem Impavidos: illam tereti cervice reflexam
Mulcere alternos, et corpora fingere linguâ"，摘自维吉尔《埃涅阿斯纪》，第八卷。——译注

第三十五封信 ／ 蚯蚓的巨大作用

塞耳彭，1777 年 5 月 20 日

阁下：

　　饱受洪水肆虐的土地向来贫瘠，或许是因为土壤里的虫子都被淹死了。最不起眼的昆虫和爬虫其实都举足轻重，对自然经济也有很大的影响，远远超出那些对它们毫无兴趣的人的认知。这些微小的生灵，因数量和繁殖力惊人，起到的作用实在巨大。蚯蚓虽然看上去不过是自然界的链条上微不足道的一环，但这一环如果缺失了，便会造成一个可悲的裂口。姑且不论有半数的鸟和许多四足动物几乎完全以蚯蚓为食，它们还能促进植物生长。没有蚯蚓打洞、钻孔和松土，雨水便不能充分渗透进土壤，植物的根须也就无法充分吸收土壤的养分；没有它们将稻草、树叶和树枝拖进土里，并铺上无数被称为"蚯蚓粪"的小土堆，谷物和青草便会缺少上好的肥料。丘陵和山坡上的泥土会被雨水冲走，但蚯蚓能为它们增添新的土壤。蚯蚓喜欢坡地，或许也是因为那里不会被水淹。[1]园丁和农夫痛恨蚯蚓，前者或许是觉得它们出现在小径上显得不雅，给他们添了乱；而后者也许是认为蚯蚓会吃掉他们的嫩玉米。

　　但这些人很快便会发现，如果没有蚯蚓，土壤就会冷硬板结，缺少蚯蚓的润滑疏通，沃土就会变成不毛之地。此外，我们还应该为蚯蚓正名：它给嫩玉米、庄稼或花朵造成的伤害微乎其微，种类繁多、处于幼虫阶段的圣甲虫和俗称"长腿"的大蚊，以及难以计数、不引人注意的无壳小蜗牛（俗称"鼻涕虫"），才是罪魁祸首。这些虫子会悄悄地给田地和菜园带来一场浩劫，令人无法察觉。[2]以上谈到的种种权作"抛砖引玉"，希望能启发那些"敏而好学"之辈从事蚯蚓研究。[3]

　　一篇关于蚯蚓的优秀论文应该寓教于乐，还能为博物学开辟一片全新的广阔天地。蚯蚓在春日最勤劳，严寒时节也不会休眠。遇上温暖的冬夜，它们必会现身。只要拿着蜡烛去草坪上寻找，定能发现它们的身影。此物雌雄同体，繁殖力强。

　　　　　　　　　　　　　　　　　怀特

The Hanger from Gracious S![]

从仁爱街看垂林

---

1 怀特的这段话，堪为达尔文在论植物性状与蚯蚓的文章中提出的一整套原理的先声，只是没有实验与观察的详细记录而已。——艾伦注

2 诺顿农场姓"扬"的农夫，说这年（即 1777 年）春天，他有一处约 4 英亩的小麦地，全被蝼蛄给毁了。这些蝼蛄聚集在玉米叶上，纵跳之际，就把一切啃个精光。——作者注

3 后来达尔文满足了怀特的这一愿望。——艾伦注

第三十六封信 ／ 反常的天气

塞耳彭，1777 年 11 月 22 日

阁下：

您一定还记得，去年 3 月 26 日和 27 日这两天天气闷热，大伙儿怨声载道、坐立不安。因为人们都已习惯天气逐渐由寒变暖，气温陡然升高便难以适应。

这种夏天般的炎热来得突然，随之还出现了许多夏天才有的景致。温度计显示，那两天就连树荫下的温度都升到了 66 华氏度[1]，昆虫纷纷苏醒，爬出地面。相邻的金斯利教区蜜蜂聚集成群，苏塞克斯郡刘易斯附近的那只老龟也醒了，走出了"卧房"。我想谈的重点是，许多地方都出现了数量可观且机灵劲儿十足的家燕，尤其是在萨里郡的乔巴姆。

可是，那两天的乍暖之后，酷寒又回来了：冰霜不断，寒风刺骨。昆虫躲回土里，老龟又钻进了老窝，而再次见到家燕，已是 4 月 10 日，即寒意尽退，春回大地之时了。

从我过去多年的日记看来，毛脚燕大约在 10 月初离开。因此，不太留心观察的人会认为它们就此一去不复返了。但我的日记同样记载着，11 月的第一周，仍然有大量毛脚燕的身影，特别是在 11 月 4 日——不过也仅此一天。这天，几乎看不出它们有任何迁徙的预兆，四处嬉戏游玩，捕食时也是一副平静淡定、心无旁骛的模样。这个月初的情况也大致如此。10 月 7 日毛脚燕似乎便已全部撤离，但到了 11 月 4 日，又有 20 多只冒出来。不过，这样的情形只持续了一上午。这些毛脚燕在我的田地与垂林之间东游西荡，捕食聚在隐蔽处的昆虫。11 月 3 日还是风雨交加，4 日就开始转阴，天气变得柔和而温暖，刮着西南风，气温为 58.5 华氏度。这个季节还有如此高的温度，并不多见。需要说明一下的是，气温一旦超过 50 华氏度，不论秋冬，蝙蝠都会飞出来。

种种环境因素造成天气反常地温暖，因而蛰伏的昆虫、爬虫和四足动物便会从深度睡眠中醒来。可以说低温是它们像死了一般冬眠的主要原因。还可以进一步合理地推测，不列颠境内的两种燕科鸟，至少大部分都不会离开本岛，而是会进入蛰伏状态。说毛脚燕刚离开一个月就又从南方归来，只为在 11 月的一个早晨露露面；或者说家燕从亚洲各地飞来，只为享受 3 月

里寥寥数日如夏天般的温暖，才是令人难
以置信。[2]

怀特

1　华氏度和摄氏度的换算公式为：华氏度（℉）=32+ 摄氏度（℃）×1.8。这里的 66 华氏度，约等于 18.9 摄氏度。——译注
2　已经南下的燕子，是有可能因为北方天气还够暖和、食物还够充足而暂时折返的。——艾伦注

罗盖特街景

第三十七封信 / 可怕的麻风病

塞耳彭,1778 年 1 月 8 日

阁下:

几年前,我们村里有个打小就患有麻风病的苦命穷人。他的病状颇为奇特,只在手掌和脚掌发病。鳞状的肉芽一年会生出两次,春秋两季各一次。揭去鳞壳后,露出的皮肉太过细嫩,以至于手脚都难以正常使用。这个可怜人半生都拄着拐杖,谋不到差,无所事事,因而备受煎熬。他骨瘦如柴,形容枯槁,在苦境之中艰难度日,既苦了自己,也拖累了不得不供养他的教区。直到 30 多岁,他才以死获得解脱。

某些好心的妇女喜欢将孩子的缺陷归咎于父母的某种"嗜好"。她们说,那个病人的母亲贪吃牡蛎,而且百吃不厌,他手脚上那些又黑又硬的皮屑就是牡蛎的壳。我们认识他的父母,两人都没有麻风病,父亲还活得特别长。

古往今来，麻风病一直给人类带来可怕的灾难。早在远古时代，以色列人似乎就已深受其害。对此，利未人的法典中有专门的戒令[1]。但在那个王国的最后时期，对这一可怕病症的憎恨也未消减，相关记载可见《新约》中的诸多篇章。

几个世纪前，这可怕的瘟疫曾肆虐整个欧洲，我们的先辈也未能幸免。这一点从大量应对该病的装备及设施就可以看出。林肯主教区便有一处专门收治女麻风患者的医院，达勒姆附近也有一所这样的贵族医院，伦敦和萨瑟克区有三处，在大城镇和城市及其周边，这样的医院或许还有很多。此外，王公贵族以及一些富豪显贵和慈善人士也留下了大笔遗产，用于救助那些饱受绝症折磨的穷人。

有慈悲之心的善思者只要想到如今这种传染病早已销声匿迹，麻风病人也彻底绝迹时，一定会既惊讶又欣慰。如果继续深思，他们定会设法探求个中因由。这一可喜的变化之所以发生并持续至今，或许是如今大不列颠王国内，吃鱼已蔚然成风，腌肉的食用量大为减少的缘故。此外，人们开始穿亚麻制的内衣裤，摄入大量优质的面包、充足的水果，以及各种根茎类蔬菜、豆类和绿叶菜（这些食物已经遍及千家万户），也是重要的原因。三四个世纪

以前，人们是不会把地圈起来，种上草、芜菁、胡萝卜以及干草的。所有在夏季长膘又未被宰杀以供人们冬季食用的牲畜，都会在米迦勒节后不久便被放出去转场过冬，因此那时候的冬春两季没有鲜肉可吃。爱德华二世[2]在位期间，老斯潘塞家的食品仓库里腌肉堆积如山[3]，一直吃到了5月3日，原因便在于此。正是有充足的食物，那些残暴的贵族们才能整日尸位素餐，还养了一大群目无法纪、为非作歹的走狗。不过，现代农业的发展已日趋完善，冬天也能吃到最好、最肥的牲畜。人们也不再需要吃腌肉，除非他爱吃，或者没钱买新鲜的肉。

毫无疑问，导致麻风病爆发的一个原因就是老百姓吃了大量劣质的肉和咸鱼。过去，人们一年四季甚至四旬斋[4]时都吃这些东西，而现在，就算穷人都不会碰它们了。[5]

以前，衬衣之类的内衣物都是毛织品，长期贴身穿着会变得很脏。近些年人们才开始使用更干净的亚麻制品，这绝对是预防皮肤病的良方。眼下，只有经济欠发达的威尔士地区仍然盛行毛织品，而非亚麻制品，那里的人更易患上疥疮。

大量品质优良的小麦面包现在出现在英国南部不同阶层的家庭餐桌上。它们已经取代了以前那种用大麦或豆子做的、对缓慢升高血

糖和调节体液没什么益处的面包。山民们至今仍被疖疮和其他皮肤病所苦,正是因为营养不良和食物匮乏。

提到菜园里的果蔬,每位有观察力的中年人只要回想一下便会意识到,无论城市还是乡村,蔬菜的消耗量有了多么大的增长。城里的蔬菜摊让市民的生活变得舒适惬意,菜农们也因此发家致富。有些家底的普通人都有自己的菜园,一半是为了吃菜,一半是为了消遣。寻常的农场主也会给他们的雇工提供大量豆荚、豌豆和绿色蔬菜,让他们就着腌肉一起吃。不愿意这么做的人会被认为是贪婪悭吝,不顾雇工的生活,往往会遭到大家的唾骂。短短 20 年,依靠政府的奖励扶持,我们这片地区已经种满了土豆。穷人现在尤为爱吃土豆,但在前朝[6],这种东西他们连尝尝都不肯[7]。

我们撒克逊人的祖先肯定种过某种甘蓝,因为他们将 2 月称作"发芽期"。但之后的很长一段时间,园艺都鲜少有人问津。生活悠闲的教士们与意大利方面素有书信往来,所以成了英国从事园艺的"先驱"。教士们在大大小小的修道院内开辟菜园,培植果树,技艺可谓炉火纯青。而贵族们对于跟战争或狩猎无关的事,自然是意兴萧索的。

直到贤达人士开始专研园艺后,这门技艺才得以飞速发展。科巴姆勋爵、伊拉勋爵和比肯斯菲尔德的沃勒先生[8]属于第一批致力于园艺事业的贵族。他们既促进了庭园装饰学这一门高雅学科的发展,又强调了对厨房一隅和果墙的管理。成就卓越的雷先生在《欧洲游记》里的一段论述让我们大为惊讶,同时也证实了以上说法。我们发现,晚至他那个时代,"意大利人常用几种香草做色拉,而英国人不会这么做。就算确有其事,那也是在最近。芹菜是一种带有甜味的野芹菜。他们会削去芹菜的一点根尖,将嫩叶就着油和胡椒生吃"。他还补充道:"在国外,人们常食用沸水烫过的菊苣。而用它做生菜色拉味道似乎比莴苣还要好。"他的这趟旅程,不会是在 1663 年后。

怀特

1 见《旧约·利未记》第 13、14 章。——作者注

2 爱德华二世（Edward II，1284—1327 年），金雀花王朝第六任国王，1307—1327 年在位。——编注

3 600 头熏猪、80 头熏牛和 600 头熏羊。——作者注

4 亦称大斋期、大斋节期，为每年复活节前的 40 天。——译注

5 现代医学认为麻风病是由麻风杆菌感染引起，与食物的关系不大。——编注

6 指乔治二世统治英国时期（1727—1760 年）。——编注

7 乔治二世统治时期，土豆在英国南部并不受人喜爱。从 18 世纪 50 年代中期开始，怀特在塞耳彭地区引进了土豆，并用奖金的形式鼓励村民们大量种植。——福斯特注

8 科巴姆勋爵即理查德·坦普尔（1669—1749 年），他建造了一座被誉为"趣味的顶峰"的园子，怀特多次前去参观；伊拉勋爵即阿奇博尔德·坎贝尔（1682—1761 年），以冬天在玻璃暖房种植柑橘而闻名；比肯斯菲尔德的沃勒即埃德蒙·沃勒（1606—1687 年），英国诗人，曾以诗歌推进园艺的发展。——福斯特注

Old Hop Kilns.

老啤酒花窑

第三十八封信 ／ 回声之谜

塞耳彭, 1778 年 2 月 12 日

"机缘巧合, 青年和他的猎人伙伴正好走散,

他喊道: '有人？' 那回声答道: '有人！'

他大吃一惊, 四处张望, 又大声喊道:

'来呀！' 又有声音答道: '来呀！'" [1]

阁下：

　　塞耳彭教区地形复杂多变, 满是空谷和垂林, 所以四处都能听到回声, 丝毫不足为奇。我们听到过种种回声——群狗的吠叫、猎角的呜轧、悦耳的叮当铃音或啼啭的甜美鸟语, 但一直以来都没有一种清晰流畅的多音节回声。直到一个夏日傍晚, 一位年轻绅士散步时与同伴走散, 呼唤之际, 在一个最出人意料的地方偶然听见了一种奇妙的回声。开始他还难以相信，以为是哪个调皮的小子在捉弄他。但用了好几种语言反复试验之后，发现应答者居然也是位通晓数种语言的聪明人，这才恍然大悟。

傍晚，乡间的喧嚣还未停歇，塞耳彭的回声可重复十个音节，而且非常清晰。如果以诗歌中短促轻快的"扬抑抑格[2]"发声更明显。比如：

"提泰鲁斯，你倚在枝叶斑驳的……"[3]

这句诗最后几个音节的回声和第一个音节一样清晰。如果在夜半做试验，万籁俱寂，空气最具弹性，一定还能多听到一两个音节。不过，大半夜跑到那么远，实在是不方便。

我们发现，轻快的"扬抑抑格"的回声效果最好。因为我们在同一个地方用缓慢低沉、吞吞吐吐的"扬扬格"做过试验。比如：

"令人恐怖、无比丑陋、异常魁梧的怪物……"[4]

这句诗得到的回声只有四五个音节。

一切能产生回声的地方，都有一个特定的位置，能反射出最响亮清晰的声音。那个位置往往在反射物的垂直方向，既不能太远，也不能太近。建筑物或光秃秃的岩石反射的声音，比垂林或山谷反射的更清晰。因为在垂林或山谷中，树丛会缠住和阻碍声音，反射中就会减弱。

通过各种试验我们才发现，产生这种回声的物体原来是座烘烤啤酒花的石窑。这座石窑顶上铺着瓦片，位于"加利小道"上，窑身宽40英尺，檐高12英尺，准确的位置是在"国王田"的某处，通往诺尔山的小路上，一段凹陷车道的上方，一处陡峭田埂的边缘。这种环境本来没有产生回声所需的充足的距离，但这条小路却因为道陡坡急，很幸运地偶然有了产生回声的条件。因为说话者无论前进还是后退，嘴巴与反射物的位置都会立即发生变化。

我们精确测量了这一多音节的回声，得出的合适距离比普洛特博士回声定律中的距离短得多。在《牛津郡郡志》一书中，他认为：要获得一个音节清晰的回声，需要120英尺的距离。照此计算，要听到10个音节清晰的回声，应该需要400码，即每音节需要120英尺。事实上，我们测量到的距离只有258码，每音节只需不到75英尺。因此，我们的测量结果证明，听到回声所需的距离，要比普洛特博士推算的短，两者之比约为5：8。但有一点必须说明，这位诚实的哲学家之后也承认，因时间和地点的不同，听到回声的距离也会有一定程度的不同。

做此类试验时，我们应该时刻牢记：天气和时间的早晚，都能对回声产生巨大的影响。室闷潮湿的空气，会减弱和阻碍声音的传播；炙热的阳光，会让空气变得稀薄，使其弹性消失；能让空气剧烈震荡的风，则会消灭掉所有声音。只有阒然无声、空气澄澈、更深露重之时，空气才最有弹性，越晚越是如此。

只要展开想象，回声总是充满趣味，所以诗人们常将之比拟为人。在他们笔下，回声引发了许多美丽的故事。即便最沉稳端严的人也会为之魂不守舍，而不必感到羞赧，因为它很可能会成为一个值得探讨的哲学或数学话题。

人们至少应该认为，即使毫无趣味，回声至少也是无害且不讨人厌的。不过，维吉尔的见解很独到，称回声对蜜蜂有害。他先是罗列了种种可能存在且听上去十分合理的麻烦事，比如谨慎的养蜂人都希望自己的蜂园能远离有回声的地方等。接着，他补充道：

"……还有声音叩击巨岩，
回声阵阵荡漾。"[5]

今天的哲学家们不大可能认同这种疯狂而荒诞的说法，他们一致认为，昆虫根本没有听觉器官。[6]有人反驳，昆虫虽然没有听力，但能感受到声音的反弹，我认为这一观点不无道理。不过，认为这种反弹力会让它们不适或对它们有害的说法，我就不敢苟同了。因为，晴朗的夏日里我屋外的空地上成群的蜜蜂就活得逍遥自在，可那里的回声非常强烈。要知道这个村子是个翻版的"阿纳苏"，即"回声之地"。此外，试验证明，声音对蜜蜂毫无影响：我常拿着一个大喇叭对着蜂房呐喊，声音之大，远在1英里外的船上的人都能听见，可这些昆虫依旧秩序井然，各司其职，丝毫不为所动，也无怨怼之意。

发现这一回声后不久，尽管那个反射回声之物，即啤酒花石窟还在，回声却消失了。原因并不神秘，因为中间的那块地被开垦成啤酒花园子，喊话声被啤酒花秸秆和缠作一团的叶子吸收了。待到秋天秸秆收割一空，我们依然大失所望。因为为保护啤酒花地而设的高大篱笆墙完全阻断了声音的冲击和反射。因此，若不把障碍彻底铲除，就别指望能再听到回声了。

若有哪位富绅觉得自己的园子或屋外有回声是件趣事，那他不用花什么钱，就可以造就这一现象。需要新建一座谷仓、马厩或狗舍这类建筑时，只需将其建在一座小丘的缓坡上，且小丘对面几百码处也有一面斜坡即可。若两者中间有运河、湖泊或溪流，可能会更容易成功。挑个傍晚，约上三五好友，找到合适的距离，便能和"伶牙俐齿的小仙女"闲聊了。那位小仙女骄傲而体面，会令所有女性都甘拜下风。因为她：

> "……雄辩的厄科有问才答，别人有问，她就有答，
>
> 别人沉默不语，她也一言不发。"[7]

怀特

又及：我相信，高雅的读者不会介意我引用下面这些曼妙的诗句。它们对回声的刻画惟妙惟肖，对回声成因的描述诗情画意，还破除了广为流传的迷信：

> "当你了然于胸，就能告之与众，
> 为何这静谧之地能将人言，
> 以同一声音、同一顺序'回送'。
> 当我们在这幽暗山谷寻觅同伴，
> 向走失的他们发出大声呼唤，
> 你也许只发出孤零零的一声，
> 有些地带回声却多达六七层。
> 因为声响传过一山又一山，
> 回声叠叠，在群山间遥递回荡。

> 乡人幻想，那里有羊脚的半人兽，
> 还有女神，在林中徘徊徜徉。
> 有人还说，山野牧神也不少，
> 到得深夜，便狂欢打闹作乐搞笑，
> 寂寂宁定，因此常遭打搅。
> 琴音幽幽，似柔情如嗔诉，
> 箫笛声声，从乐师指尖流淌，
> 乐音阵阵，村民远近可闻。
> 潘神摆舞半人兽头上的松枝松叶，
> 还鼓唇于芦笛之上，吹个不歇，
> 务使林间笛声，绝无止竭。"

——卢克莱修[8]《物性论》第四卷，1.576.

The Long Lythe

长石地

1 原文为"Fortè puer, comitum seductus ab agmine fido,Dixerat, ecquis adest; et, adest, responderat echo,Hic stupet; utque aciem partes divisit in omnes;Voce, veni, clamat magnâ. Vocat illa vocantem",

摘自奥维德《变形记》，第三章。——译注

2 西方诗歌中的一种韵律，指一个音步中的三个音节为"重—轻—轻"。后文的扬扬格，指音节韵律为"重—重"。——编注

3 原文为拉丁语"Tityre, tu patulae recubans...",摘自维吉尔《牧歌》，第一首。——译注

4 原文为拉丁语"Monstrum horrendum, informe, ingens...",摘自维吉尔《埃涅阿斯纪》，第三卷。——译注

5 原文为拉丁语"...aut ubi concave pulsu Saxa sonant, vocisque offensa resultat imago",摘自维吉尔《农事诗》，第四首。——译注

6 今天的人们知道，昆虫不仅能听到声音，而且还通过发出美妙的叫声吸引异性。——艾伦注

7 原文为拉丁语"...quae nec reticere loquenti, Nec prior ipsa loqui didicit resonabilis echo",摘自奥维德《变形记》，第三章。——译注

8 全名提图斯·卢克莱修·卡鲁斯（约前99—约前55年），罗马共和国末期的诗人和哲学家，以哲理长诗《物性论》闻名于世。——译注

Tablet in the garden wall

怀特家花园墙上的标牌

第三十九封信 ／ 每年回来的燕子

塞耳彭, 1778 年 5 月 13 日

阁下:

　　雨燕这种有趣的鸟有许多奇特之处。其中一个我现在可以肯定,即每年双双对对回到我们这里的雨燕,数量总是固定的。至少从我长期的观察看来,的确如此。家燕和毛脚燕数量太多,而且遍布整个村子,不大可能数得清。而雨燕虽然不全都在教堂筑窝,却常常在那里栖息,并聚在附近嬉闹,数起来倒也简单。我时常见到的有 8 对,其中 4 对住在教堂里,剩下的 4 对则在一些最低矮简陋的茅屋里搭窝。就算还有意外,这 8 对雨燕每年产下的幼鸟也该多于 8 对,那每年增加的燕子到哪儿去了呢?每年春天,哪几对燕子会故地重游,与我们重逢?这一切是由什么决定的呢?[1]

　　自从开始研究鸟类学,我就一直认为,鸟类情感的突然逆转,即宠爱之后的"变心",是鸟在地球表面分布均匀的肇因。如果没有这一"游戏规则",它们留恋的乐土恐怕就会拥挤得再无立锥之地,其他地方则会被遗弃，什么鸟也没有。不过，鸟爸鸟妈似乎一直享有令人嫉妒的特权，可以迫使幼鸟另觅新居。对于许多鸟来说，雄鸟之间的"争风吃醋"，也避免了它们挤在一处。每年回来的家燕和毛脚燕的数量是否与以往相同之所以难以判断，原因如上所述。不过，正如我之前在专论里所提到的，返回的燕子数量与离开的数量，显然不成比例。[2]

1　家燕和毛脚燕在成长和迁徙过程中的数量损失，由新生的幼鸟予以补充；雨燕一年一窝，一窝两卵，数量相对更加稳定。——福斯特注

2　怀特这封信的观点，与马尔萨斯《人口论》中提出的生存地盘与人口关系的问题相吻合。其后达尔文与斯宾塞学派的"自然选择""适者生存""生存竞争"等理论，也可以从这封信中找到萌芽。18、19世纪生物学的发展轨迹，从中可窥一斑。——艾伦注

第四十封信 ／ 植物学研究应注重实用

塞耳彭，1778 年 6 月 2 日

阁下：

植物学不受待见由来已久，人们认为这门学科不过是用来自遣和训练记忆罢了，对增进心智或提升真知却并无助益。如果这门学科仅仅是给植物分门别类，这样的指控倒是言之凿凿。植物学家若想要制止这类偏见，就决不应只是满足于罗列植物名单，而是应研习植物的义理，探究草木的法则，验证药草的功效，促进植被的栽培，并让园丁、耕作者和庄稼人也成为植物学家。分类体系的建立也绝不能放弃：如果不建立分类体系，自然领域就会沦为一片无路可循的蛮荒。不过，分类体系的建立，应从属于植物学研究，而非其主要的研究目标。

草木对人类至关重要，非常值得我们关注，它能给我们提供最舒适优雅的生活。我们拥有的木材、面包、啤酒、蜂蜜、葡萄酒、油、亚麻制品和棉花等物品，都来自植物。植物不仅能让我们内心变强大，精神更振奋，还能为我们遮风挡雨，提供衣物。生活在自然中的人似乎以那些天然生长的植物为生：草木丰茂的温带地区，人们食用动物的肉及田地和菜园里的植物；生活在极地的人，会跟熊和狼一样只吃肉，饥不择食时，还会捕食自己的同类，简直与野兽无异[1]。

植物的种植不仅对各国的贸易影响巨大，还推动了航海事业的发展。从糖、茶叶、烟草、鸦片、人参、槟榔叶和纸等商品便可见一斑。一方水土，一方风物，人类的天然需求促成了贸易。因此每个地方都能享有天南地北的物产。不过，要是缺乏植物和植物种植的相关知识，我们就只能尝尝本地的蔷薇果和山楂果，而无缘印度的美味水果和秘鲁的灵丹妙药了。

植物学家应专注了解那些有用的植物，而不必分心辨析每一种未知植物的庞杂种属。你可能会发现：有的人虽能轻易辨识田里的每种药草，却无法区分大麦和小麦：至少无法区分不同种类的大麦或小麦。

不过，牧草似乎是最不受重视的植物。不论农人或牧人，似乎都无法区分一种牧草是一年生还是多年生，耐寒还是不耐寒，也不清楚哪种牧草营养多汁，哪种干燥少汁。

对于地处北方、牧业发达的英国来说，研究牧草至关重要。能改善其居住地区的草地质量的植物学家，就是对社会有益的一员：若能使荒地变绿洲，他的价值就远超植物分类学上的浩繁卷帙；若能让"从前只生一片草的地方生出两片草"，他就是英联邦最优秀的国民。

怀特

The Butcher's

屠户的房子和商店

1　见新出版的《南海游记》。——作者注（福斯特补注：指库克的第一部《航海记：1768—1771 年》。）

Dorton Cottage

多顿的农舍

第四十一封信 ／ 本地的稀有植物

塞耳彭，1778 年 7 月 3 日

阁下：

　　塞耳彭教区有山峦有谷地，景致繁复，土质多样，所以植物种类繁多，也就不足为奇了。无论白垩土、黏土、沙土、牧羊草坡，还是丘陵、沼泽、石楠地、林地和平原，无疑都可以孕育出丰富的植物群。地势低矮的多岩石小道上，满是蕨类植物；牧场和潮湿的树林里，则菌类繁密。若说植物分类中缺了哪一类，必定就是大型水生植物了。因为此处远离河流，又位于泉源所在的山区，所以是看不到这类植物的。虽然没有必要将本地发现的所有植物都列出来，但仅列举一些稀有植物及其发现地，也许是可以接受的吧，而且也很有趣：

　　臭喷嚏草，又名熊掌草或塞特草，遍布高林和科尼克罗夫特垂林。这种植物多枝蔓，冬季不会凋零，花期为 1 月前后，若植于林荫道和灌木林中，颇具观赏性。贤德的妇人将其叶子磨成粉，给被

299

虫子叮咬的儿童敷用。不过，此物性猛，敷用须谨慎。

绿菟葵，生于多岩石的小道深处，转向诺顿农场的路口的左手边，也见于中多顿最高处的树篱下。初秋枯死，次年2月前后再度发芽，几乎一出土便开花。

蔓越橘，又名蔓越莓，见于宾斯湖的各处沼泽。

欧洲越橘，又名黑果越橘，见于沃尔默围场干燥的小丘。

圆叶茅膏菜，见于宾斯湖的各处沼泽。

长叶茅膏菜，见于宾斯湖的各处沼泽。

紫委陵菜，又名沼泽委陵菜，见于宾斯湖的各处沼泽。

贯叶金丝桃，又名圣约翰草，见于多石、凹陷的小路。

小蔓长春花，见于塞耳彭垂林和灌木林。

黄水晶兰，又名鸟巢草，常见于塞耳彭垂林的山毛榉树荫下，似寄生于树根之上，也见于垂林西北角。

赫德森[1]所称的"布莱克斯通尼亚抱茎草"，又名黄抱茎草，见于"国王田"的田埂。

四叶重楼，又名真爱草或独果草，见于丘奇利滕灌木林。

对叶金虎耳草，多见于光线昏暗、多石凹陷的小路。

秋龙胆，又名费尔草，见于弯弯曲曲的小路和垂林。

石芥花，见于丘奇利滕灌木林人行桥旁的榛树下，也见于特里明花园的篱笆和格兰奇农场对面的干墙上。

小起绒草，见于短石地和长石地。

窄叶草，又名野山蠶豆，见于短石地脚下的灌木丛，离小道不远。

眉兰，俗称女士足迹，见于长石地，面对公地南角。

鸟巢兰，见于长石地山毛榉树荫下的枯叶中，也多见于大多顿的灌木丛及垂林。

火烧兰，见于高林的山毛榉树荫处。

桂叶芫花，见于塞耳彭垂林和高林。

欧亚瑞香，见于地势高于村舍的土地东南端的灌木丛及塞耳彭垂林的灌木丛里。

块菌，见于垂林和高林。

矮接骨木，又名侏儒老人、墙草或丹麦草，见于修道院的垃圾堆和废地基中[2]。

植物最奇怪的习性莫过于花期千差万别。有的花期在冬季或早春，有些在仲夏，有些要到秋季，而多数在春天。臭喷嚏草和黑藜芦在圣诞节开花，冬菟葵在1月开花，绿菟葵刚出地面就开花，我们并不感到惊奇，因为它们是同属植物，花期连贯也在意料之中 [3]。其他同宗同源植物的花期却有很大差异，这就怪不得我们感到惊奇了。在此我仅举一例——番红花。春番红花和秋番红花仿若孪生，花冠和内部构造并无二致，最优秀的植物学家都会将它们归于同一种的两个变种。但春番红花常在料峭的春寒中盛开，除非遭遇极端天气，否则花期最迟不会晚于 3 月初。而秋番红花不受春夏两季的影响，直到多数植物凋谢结籽，才迟迟开花。这一景象，真可谓造化的奇迹，却因为屡见不鲜而遭到漠视：这一现象固然司空见惯，但对它熟视无睹实属不当。因为若想解释其中的因由，难度堪比解释那些最壮观的自然现象。

"谁，让番红花如火的花蕾绽放？
在这一片大雪之中，唯余茫茫。
谁，让番红花在秋季坦露花蕊？
迟迟盛开，不顾夏日热情诮媚。
是四季之神，他的力量遍寰宇，
可差遣太阳，更可呼风又唤雨。
急急如律令，群英齐争枝头妍，
急急如律令，万芳纷将花期延。"

1 威廉·赫德森（William Hudson，1730—1793 年），英国植物学家、药剂师、皇家学会会员。其主要著作为《英格兰植物志》，1762 年出版，是首部完全按照林奈命名原则编写的植物志。——译注
2 在怀特亲自编订的第一版中，这封信到这里就结束了。但在后来的版本中，又多出来后面的段落。我不清楚这些段落来自何处，加在这里有何依据。——艾伦注（福斯特补注：后面的段落，原本出现在《塞耳彭古物古事纪》中，作为"致戴恩斯·巴林顿阁下的书信"第四十封的补充内容，但在有些版本中又被编辑者略掉。）
3 冬菟葵为毛茛科菟葵属，另 3 种为毛茛科铁筷子属。在怀特时代，冬菟葵的学名为 Eranthis hyemalis，也被认为是铁筷子属植物。——编注

第四十二封信 ／ 鸟儿的飞行姿态

"走兽的运动方式普遍单一，而飞禽的运动方式富于变化，可上天，可下地。"[1]

塞耳彭，1778 年 8 月 7 日

阁下：

不论鸟在空中还是地上，在灌木丛中还是人的手里，一位优秀的鸟类学家都能根据叫声、颜色和体型将其分辨出来。当然，并非每种鸟都有独特之处，但至少大部分鸟，还是一眼就能识别出来，耳聪目明的观察者还能叫出鸟的名称，而且八九不离十。一旦鸟飞到空中：

"……它是什么种类，便一目了然……"[2]

普通翠鸟，翠鸟科翠鸟属

普通潜鸟，潜鸟科潜鸟属

　　鸢和鹭在空中盘旋时翅膀张开、静止不动。鸢在英国北部被称为 Gleads，词源是撒克逊语中的 Glidan 一词，意为"滑翔"，正是因擅长滑翔而得此名称。红隼，又称风行者，能飞快振动翅膀，以某种特殊的方式悬停于空中。白尾鹞在石楠地或玉米地上方低飞时，会像波音达猎犬一样不时拍打地面。猫头鹰飞起来十分轻盈，像是比空气还轻，似乎欠缺平衡。渡鸦有个特性，哪怕是最缺乏好奇心的人也会感兴趣：为了消磨时光，它们会在空中追打嬉闹，从一处飞往另一处时，常会倒转身子，"嘎"的一声大叫，像是立刻就要坠到地面。有这种现象是因为它们正用一只脚爪挠身子，失去了重心。秃鼻乌鸦有时会顽皮地翻腾俯冲；乌鸦和寒鸦走起路来大摇大摆；啄木鸟每飞一下，翅膀便会开合一次，所以飞行曲线一起一伏，宛如水波。这几种鸟栖落枝头时，尾部

303

会向下倾斜以支撑身体。鹦鹉和其他脚爪钩状的鸟一样，走起路来笨头笨脑，爬上爬下时还会把嘴当作第三条腿，看起来小心翼翼，十分滑稽。所有鸡类的鸟走起路来都昂首阔步，威风凛凛而不失优雅，跑起来也很敏捷灵活，但飞起来却很吃力，"呼啦啦"使劲扑棱着翅膀，也只能飞出一条直线。喜鹊和松鸦的翅膀都很无力，自然飞不快。身体轻巧的鹭有一对宽大中空的翅膀，似乎是飞行时的累赘，但在运大鱼之类的东西时又不可或缺。鸽子，特别是被称为"打击者"的那类，会用翅膀拍打彼此的后背，发出响亮的"噼啪"声；另一种名为"不倒翁"的鸽子，常在空中不停地翻转。求偶季节，有些鸟会有一些特殊行为，比如，环颈斑鸠平日里强健敏捷，一到春天便一边飞，一边嬉闹玩耍；雄沙锥一到繁殖季节，便忘了以前的飞行方式，像红隼一样在空中猛扇翅膀；绿金翅尤为特别，这时候的它们都是一副奄奄一息摇摇欲坠的模样，仿佛受伤垂死之鸟；翠鸟则快如离弦之箭；夜鹰向晚时分掠过树梢，疾若流星；椋鸟飞起来像在游泳，椋鸫飞翔时狂放不羁；家燕从地面和水面一掠而过，转体翻腾，灵动巧捷，极具辨识度；雨燕会盘旋疾飞；崖沙燕如蝴蝶一般，飘忽不定。大多数个头小的鸟都是突然起飞，飞行时忽高忽低。很多小鸟都是蹦跳着前行，但鹡鸰和云雀却会双脚交替行走。云雀一边歌唱，一边垂直升降；林百灵能停驻在半空中；草地鹨飞行时起起落落，下落时叫声不断；灰白喉林莺飞在树篱和灌木丛上时，动作突然，姿态怪异。所有鸭类的鸟走起路来都左摇右摆。潜鸟和海雀仿佛是戴着镣铐行走，站立时会以尾部支住地面：这些鸟被林奈统称为潜鸟。鹅、鹤以及大多数野禽，飞行时都会排成队列，并常常改变位置。鹬、野鸭和其他一些鸟，第二飞羽都特别修长，飞行中翅膀呈钩状。小鹏鹩、黑水鸡和白骨顶鸡，飞行时双腿垂于身下，以这种近似直立的姿势显然飞不快，原因一目了然：它们的翅膀太靠前，偏离了重心；而海雀和潜鸟的腿又太靠后了。

---

1 原文为拉丁语 "Omnibus animalibus reliquis certus et uniusmodi, et in suo
cuique genere incessus est: aves solae vario
meatu feruntur, et in terrâ, et in äere"，摘自普林尼《自然史》，10.38。——译注
2 原文为拉丁语 "...Et vera incessu patuit..."，摘自维吉尔《埃涅阿斯纪》，第一卷。——译注

GALLINULA CHLOROPUS.

黑水鸡，秧鸡科黑水鸡属

小䴙䴘，䴙䴘科小䴙䴘属

第四十三封信 ／ 各种鸟的叫声

塞耳彭，1778 年 9 月 9 日

阁下：

上次谈完鸟的飞行，接下来的话题自然就该转到它们的歌声和语言了。我不敢自诩为维齐尔[1]，能够通过转述两只猫头鹰之间的谈话，感化一个崇尚征伐屠戮的苏丹。我只想表达，这些飞行家的叫声千变万化，表达出不同的情绪、需求和感觉，如愤怒、恐惧、爱、恨以及饥饿等。并非所有的鸟都能说会道，有的鸣声流畅，叫起来没完没了，有的只会发几个重要的音。跟鱼类不同，尽管有些鸟沉默寡言，但没有一只鸟是真的哑巴。鸟类的语言十分古老，跟其他古语一样有诸多省略之处，几个音节就能传达出丰富的意思[2]。

一位充满求知欲的自然观察家常常对我说：鹰类的叫声尖锐刺耳，筑窝期间声调富于变化。他常年旅居在直布罗陀，那里鹰类繁多。本国的鹰，叫起来颇有鸟中王者之风。猫头鹰的叫声多变，音质很好，仿若人声，可用律管还原为一个音调。这个音调似乎是雄猫头鹰之间用以表达洋洋自得与争强好胜的。它们也会发出短促的啼鸣和可怕的尖叫，一旦发出

的类似鼾声和嘘声，则是表达恐吓威慑。渡鸦除了会"呱呱"大叫，还会发出一种低沉肃穆的叫声，久久回荡于林间；乌鸦的求偶声怪异可笑；繁殖期的秃鼻乌鸦有时会放声欢唱，声音却难以恭维；鹦鹉一类的鸟，声调繁复，这一点从它们学说人话时便可得知；鸽子的"咕咕"叫声深情而凄恻，仿佛恋人们无助与绝望的歌声；啄木鸟的叫声如开怀大笑；欧夜鹰（又叫夜鹰）的求爱小夜曲从黄昏一直演奏至黎明，"咔嗒"之声宛若响板。燕雀亚目鸟类的啼声婉转优美、旋律多变，富含自得之意。上一封信中提到的家燕，常常会以尖声啼鸣示警同伴，让它们提防环伺左右的老鹰。群居的水禽，特别是那些常在夜间搬家的鸟，如鹤、野鹅和野鸭总是聒噪不已，它们以持续不停的啼叫来避免与队伍走散。

鸟类的品种繁多，不胜枚举，这种话题牵涉太广，概括来谈或许更加合适。因此，这封信余下的部分就把注意力放在院里那几种人们最了解、最熟悉的家禽身上吧。先是孔雀，它那绚丽的羽屏总能吸人眼球，但如同多数美艳的鸟一样，叫声却沙哑粗粝，简直比猫嚎驴嘶

还难听。鹅"锵锵"叫，声音像喇叭。一位严谨的历史学家在书中记载道，这种叫声曾挽救过罗马的卡皮托山[3]。公鹅"嘶嘶"而鸣，威势惊人，那是为了"保护儿女"。公鸭和母鸭的叫声迥异，母鸭叫声"嘎嘎"，铿锵洪亮，而公鸭的叫声则微弱沙哑，几不可闻。雄火鸡会趾高气扬迈向它的"情人"，态度粗野地"咯咯"叫，与敌人缠斗时也会发出无礼而狂躁的叫声。带着幼崽的雌火鸡则十分警惕，一旦有猛禽出没，哪怕尚在高空，也会小心翼翼地低声悲鸣，并一直盯住对方不放。敌人一旦靠近，雌火鸡的叫声便会转为惊恐急切，音量也增大了。

院子里的"居民"的表达能力似乎远不如普通家禽，语言也不如后者丰富。将一只四五天大的小鸡仔举到爬满苍蝇的窗前，它会立刻捉住猎物，还会叽叽喳喳地表达得意。可要是将一只胡蜂或蜜蜂放到它面前，叫声便会立刻变得尖利，满含惊恐抗拒。母鸡到了下蛋之际，会叫得欢畅轻快，以昭告天下。终其一生，下蛋似乎是头等大事。因为一旦大功告成，它便会立刻冲出窝放声欢闹，而公鸡和它的那些"三妻四妾"也会立即附和。这场喧闹并不会就此打住，而是会从一个院子传到另一个院子，传到每一户人家，直到整个村子鸡鸣喧天。母鸡一旦当了妈妈，就会了一门新的语言：她会着了魔一般四处乱跑，高声尖叫。公鸡的词汇量也十分可观：找到了食物，它会召唤"宠妃"前来分享；有猛禽经过，它便会发出警告声，提醒家人当心。这只英勇的雄鸡不仅会说缠绵的情话，也会恫吓的狠话。但它最为人称道的是报晓声。正是因此，它成了村里人的闹钟，成为宣告日夜交替的巡夜人。有诗人曾以优雅的言辞这样描述它：

"……戴冠的雄鸡，用它那清澈嘹亮的号角声，打破寂静。"[4]

有年夏天，附近一位绅士的小鸡被一只雀鹰掠走了大半。雀鹰是从柴堆和房屋之间的缝隙钻进鸡舍的。眼睁睁看着鸡的数量逐渐减少，心急如焚的主人在缝隙处精心设下了一张大网。那个偷偷摸摸的家伙一冲进去，果然就被网缠住了。主人带着满腔愤恨想出了报复的法子：剪掉雀鹰的翅膀，砍掉它的利爪，还往它嘴里塞了个软木塞，最后扔进一窝母鸡之中。接下来的画面简直令人匪夷所思：被恐惧、愤怒和仇恨点燃的"主妇"们一拥而上，谴责、诅咒和羞辱雀鹰，最终大获全胜。这可真是件新鲜事，或者说至少我们从未见过。简而言之，它们不住地向敌人发起猛攻，直到将其撕得粉碎。

The Wakes in Bell's time

从路上看威克斯宅

---

1 伊斯兰国家历史上对宫廷大臣或宰相的称谓。——译注

2 怀特的这一看法十分准确。后来的研究表明，早期人类的语言，以及较原始的种族的语言，的确非常"精简"。——艾伦注

3 指"白鹅挽救罗马城"的故事，古罗马历史学家提图斯·李维在其《罗马自建城以来的历史》中有记载。——译注

4 摘自弥尔顿《失乐园》，第七卷。——译注

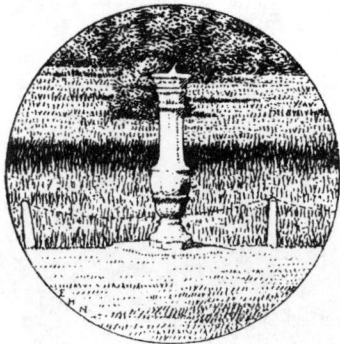

怀特的日晷

第四十四封信 [1] ／ 立两个日晷

"……让缪斯告诉我们

……

为何冬日匆匆，仿佛只为沉入大海，

为何冬夜缓缓，仿佛遭遇种种阻碍。" [2]

塞耳彭

　　屋外有空地的绅士，或许可以造一个实用的装饰物，既美观，又能推动科学进步。比如，在菜园或公园里立一块方尖碑，既能作装饰，又可用作日晷。

　　一个有好奇心且喜欢视野开阔的人不费多少力气就能建两个日晷。一个冬季使用，一个夏季使用。树两个日晷应该用不了几个钱，只需要两根高 10 ～ 12 英尺、底部宽 4 英尺的木桩，再在木桩四周环以厚木板，便可大功告成。

如果有条件，可以把冬季用的日晷树在透过客厅窗户就能见到的地方。因为在寒冷的冬天傍晚，人们通常会待在室内。夏季用的则可以树立在菜园或屋外空地的任何位置，这样在夏日晴朗的傍晚，主人就可以观察到在白昼最长的日子里，日影最北能移动到何处。唯一需要注意的是两个日晷的位置必须准确，这样在白昼最短的那一天，落日的余晖才能投射在冬季日晷的西面；白昼最长的那天，整个落日才能正好落在夏至日晷的北面。

这个简单的方法可以证明，所谓的"至日"严格来说是不存在的。因为从白昼最短的那天起，傍晚要是晴朗，主人便会看见落日逐渐移向冬季日晷的西面。而从白昼最长的那天起，又能在傍晚看见太阳渐渐向西移动，落到了夏季日晷的后面，再过几天，太阳落山时会完全在日晷后面了。所以说，太阳的位置随时间逐渐西移。因为落日照射着夏季日晷时，整个日轮都是先落在日晷后，过上一段时间，会出现在北面，每晚继续向前。大约三天以后，整个太阳落山时都在日晷的北面了。不过，第二个傍晚的太阳明显要比前后两夜更大。当太阳从北回归线后撤，日光便会越退越深，直到再次退到日晷之后：事实上每晚都在逐渐地向西偏移。

---

1 这封信没有日期，只有地点。我认为，这封信以及后面的大多数信并非写给巴林顿的"真实信件"。这些信延续了前面的话题，补充了"真实信件"中遗漏掉的观察内容，缺少促膝长谈式的亲切感，匠气较重，趣味性和重要程度也比"真实信件"差一些。——艾伦注

2 原文为拉丁语 "...Monstrent...

Quid tantum Oceano properent se tingere soles Hyberni; vel quae tardis mora noctibus obstet"，摘自维吉尔《农事诗》，第二首。——译注

从霍克利崩塌的垂林望出去的风景

第四十五封信 ／ 一起塌方事件

"……你将感到脚下大地震动，山上桤树纷纷滚落。" [1]

塞耳彭

小时候，读到贝克[2]的《列王本纪》中描写的那些移动的丘陵和山脉时，我非常惊奇，并完全相信。约翰·菲利普斯[3]在《苹果酒》一诗中也提到了人们对这类故事深信不疑，他在字里行间流露出的优雅与古怪的幽默感是《闪亮的先令》的作者特有的。

> "要选择马克里山，我不置可否，
> 如此美妙的苹果，可是别处难有；
> 不过要信任这片土地，却有风险，

说不定哪一天这座山，就要动迁；
把你的好庄稼，都移交给了邻居，
就算想打官司，也让人头痛不已。"

但是，深思熟虑后，我开始怀疑：我们周围的山丘当然从未远行，但从远古时期便开始崩塌，留下光秃秃的陡峭悬崖。诺尔山和惠瑟姆山似乎就这样。哈特利园林和沃德勒罕之间的丘陵尤为突出，那里的地面不是隆起成山丘，便是下陷为沟壑。如此怪异的景象，任何其他解释都说不通。前不久发生的一桩怪事印证了我们的猜想。这件事虽然不是发生在本教区，但也在塞耳彭方圆百里之内。而如此奇特的境况，理所应当在谈及此类话题的书中占有一席之地。

1774年1月和2月，大量积雪消融，雨水也落个不停。因此，到了2月末，表层泉，即"拉万特河"便开始泛滥，水位都快赶上1764年那个难忘的冬季的高度。3月初，情形依旧，8日至9日夜间，霍克利有一大片垂林崩塌，只留下一片光秃秃的毛石悬崖高高耸立，就像白垩矿场的峭壁。这个巨大的塌方体，似乎是受到水的侵蚀和破坏垂直塌落的。山顶的田里有扇木门，也随着塌方坠落了三四十英尺，却依旧开合自如，完好如初。一起塌下来的几棵

橡树，仍然挺立着。塌下的土石大部分落进了垂林下方的深沟，余下的在山脚形成了一片光秃秃的斜坡。要是塌方体再往前落一点，就要埋入垃圾堆中了。距这片灌木林约100码的一条小路边有座小屋，里边住着一位老太太和她的儿子儿媳，再往下走200码，小路另一边有间农舍，住着一户农家，这间农舍的隔壁是座结实的新谷仓。那一夜风雨肆虐，伸手不见五指，这些人注意到厨房的砖石地面开始隆起、开裂，墙面和屋顶似乎也裂开了。不过，他们都说没有感觉到地面的颤动，只是听见狂风在树林和垂林中咆哮，所以并不是发生了地震。这几个可怜人根本不敢上床睡觉，极度焦虑不安，担心摇摇欲坠的房子随时有可能塌下来压死他们。直到黎明来临，他们才长舒一口气，开始查看夜里的损坏情况。他们发现房子下有一条深深的裂缝，仿佛要把房子撕成两半，谷仓的一头情况也是如此。农舍旁边的池塘发生了奇怪的变化，原来水浅的一头变深了，水深的一头却变浅了。许多高大的橡树的位置也变了，一些掉到了低处，一些则升高了。一扇门连同篱笆足足前移了6英尺，要想到那儿只得另辟蹊径。悬崖脚下那片用作放牧的平地，有半英里变得倾斜，不过坡度不大，散布其间的一些小山丘也出现了裂痕。裂痕向四面八方发

散,有的朝着那一大片垂林,有的则与之相背。第一片牧场出现了深深的裂缝,这些巨大的裂缝穿过小路,延伸到房屋之下,不仅令道路无法通行,还将路对面的一块耕地撕扯得乱七八糟,留下一片狼藉。第二片牧场的土质比较松软且更富弹性,所以在推移过程中,地面并未出现多少裂痕,只是在与地面移动轨迹成直角的方向隆起了一道道长长的山脊,宛如坟墓。一些橡树的树干下隆起数英尺高的泥土与草皮,它们前进的步伐被阻断,这才结束了混乱。

那处悬崖的垂直高度大体有 23 码,站在下方的田地里往上看,塌方体的长度应有 181 码,还有一部分塌方体落入灌木丛,延伸了 70 多码。因此,塌陷山体的总长为 251 码。约有 50 英亩土地在这场强震中遭到破坏,两间房舍完全损毁,新谷仓的一头沦为废墟,墙上的每块石头都裂了缝,一片垂林成了光秃秃的岩石地。一些草地和一块耕地也变得支离破碎,一段时间内既无法耕种,也不能放牧。村民们用尽九牛二虎之力,花费巨资,才重新让地面变得平整,填补好那些巨大的缝隙[4]。

---

1 原文为拉丁语 "...Mugire videbis / Sub pedibus terram, et descendere montibus ornos",摘自维吉尔《埃涅阿斯纪》。——译注

2 理查德·贝克爵士(Sir Richard Baker,约 1568—1645 年),英国政治家、历史学家、宗教作家。其著作《列王本纪》里,有描述 1571 年地震的内容。——译注

3 约翰·菲利普斯(John Philips,1676—1709 年),英国诗人。1701 年他的诗集出版,其中一首就是《闪亮的先令》,而他本人当时并不愿发表这首诗。1708 年,他的代表作《苹果酒》正式发布,该诗是对维吉尔《农事诗》的仿作。——译注

4 怀特在这封信中提出的观点,可以视为查尔斯·莱尔爵士(Sir Charles Lyell,1797—1875 年,英国地质学家,现代地质学之父)"均变论"的先声。"均变论"认为,地球表面的所有特征都是由难以觉察的、作用时间较长的自然过程形成的。——艾伦注

Field·crickets

田蟋蟀

第四十六封信 ／ 田蟋蟀的生活习性

"⋯⋯林间回荡着⋯⋯"[1]

塞耳彭

这座村子的后面是一片陡峭的牧场，其间点缀着无数荆豆花，大家称之为短石地。这儿土壤干燥，岩石很多，向西倾斜着，有许多田蟋蟀。这种蟋蟀在这附近有很多，但在其他郡县并不多见。

每一位博物学者都会被蟋蟀们的夏日欢唱深深吸引。所以，我常去考察它们的谋生之道，研究它们的生活习性。可是，蟋蟀们非常羞涩谨慎，一听见人的脚步声，就会立刻罢唱，闪身钻回洞里，直到认为危险过去才会出来。一开始，我们尝试用铁锹把它们给挖出来，但收效甚微。不是挖着挖着碰上大石头，无法深入洞底，就是在挖开地面时，不小心把这可怜的小东西给压死了。我们从一只受重伤的蟋蟀体内取出了很多卵。这些黄色的卵又长又窄，外面覆有一层十分坚硬的皮。这个意外让我们学会了分辨蟋蟀的雄雌。雄蟋蟀又黑又亮，肩膀上有一道金色条纹；雌蟋蟀色泽暗淡，肚子要大得多，尾巴上配着一柄"长剑"，也许正是凭借这个工具，它才能将卵产到缝隙之中或某个安全之处。

当暴力行不通的时候，采用温柔的方式往往能够奏效，这一点在眼下便得到了证实。铁锹这种工具太过粗暴，将一根柔韧的草秆轻轻伸进蟋蟀洞里，却能一路蜿蜒直达洞底，很快就将里面的"住户"赶出来。因此，在不伤害蟋蟀的情况下，仁慈的观察者就能满足自己的好奇心了。蟋蟀有一个特点值得注意，虽然生有一双肌肉发达的大长腿，像蚱蜢一般擅长跳跃，但被赶出洞后，却动也不动，傻傻呆呆，一副无计可施的模样，要捉住它们易如反掌。而且，尽管长有一对古怪的翅膀，可就算到了生死攸关的时刻，似乎也从来不用。雄蟋蟀或许只在争夺配偶时，才会放声尖叫，这点跟许多一到繁殖期便会高声欢叫的动物一样。蟋蟀们的叫声，来自翅膀的相互摩擦。它们平时离群索居，雄蟋蟀和雌蟋蟀都是各自过活。不过，它们肯定有交配的时候，或许翅膀在那时的夜里才有了用武之地。雄蟋蟀一碰头，就免不了一场恶斗。从我放进一处干燥石墙缝里的几只蟋蟀身上，就可以看出这一点。我很高兴让它们在那里安家。虽然离开老家似乎让它们很沮丧，但第一个占据墙缝的，却露出一排锯齿状的尖牙，阻止后来者踏进它的领地。蟋蟀的颚强劲有力，牙齿就像海螯虾的钳爪。所以，尽管没有蝼蛄那样用于挖土的前爪，但凭着这一利器，依然能挖出美观规整的小圆洞。手里捉着它们时，我就会很纳闷，为何天生了如此可怕的武器，却从不用来自卫。只要是长在洞口的草，不论什么品种，蟋蟀都照吃不误。它们还会在洞旁搭建一个小平台，用来堆放粪便。白天，蟋蟀似乎永远只在家门口两三英寸的范围内活动。5月中旬到7月中旬，则会坐在洞口，欢唱整夜。大热天更是精力旺盛，叫声在群山之间回响，寂静的黑夜里，更是虽远可闻。初夏时，蟋蟀的叫声微弱得多，随着暑气渐浓才越来越响，之后又由盛转衰。

并非只有旋律优美的声音才会让我们感到愉悦；同样，刺耳的声音也并非总是惹人不快。我们迷恋或是反感一种声音，更多是因为它带给我们的联想。因此，蟋蟀的叫声虽然尖利刺耳，但有人听来却觉得美妙无比，会想起夏日里草木葱茏的田园风光，令人愉悦。

3月10日前后，蟋蟀开始在自己的洞口出现。它们挖凿的洞穴造型很美观。其时它们正处于虫蛹阶段，翅膀若有似无，整个身子裹着一层皮，要蜕掉这层皮，才会变成成虫[2]。因此，我推测，去年的那些老蟋蟀或许并不能都熬过冬天。8月，蟋蟀洞开始消失，要到来年春天才能看到它们。

几年前的一个夏天，我在自家菜园的一块草坡上钻了几眼深洞，为蟋蟀们营建一处"殖民地"。新居民在这里住了一段时日，又吃又唱，接着便逐渐撤离。每天清晨，我都能听见它们的叫声越来越远。看来，它们在这种紧急情况下总算用上了翅膀，努力返回故土。

要是将蟋蟀放进纸盒，将纸盒置于阳光下，再给喂沾过水的植物，它就会茁壮成长，扯起喉咙欢唱不停，令屋里的人不胜其烦。若投喂的植物没有弄湿，它就会死掉。

1 原文为拉丁语 "…resonant arbusta…"，摘自维吉尔《牧歌》，第二首。——译注
2 它们的蜕皮时间是在4月，其时洞口附近往往可见蜕下的皮。——作者注

House-cricket

家蟋蟀

第四十七封信 ／ 家蟋蟀相伴我们左右

塞耳彭

阁下：

　　"难觅欢乐之地，唯见灶边蟋蟀。"

　　　　——弥尔顿《沉思的人》

　　家蟋蟀会住在我们的家里，别的昆虫的踪影，却只能去田野、树林和溪水边寻找。不管你愿不愿意，家蟋蟀都会闯入你的视线。这种昆虫跟蜘蛛一样，钟情新房子，喜欢潮湿的墙。此外，砖缝和石缝中柔软的灰泥可能让它们在其中钻洞，打通各个房间。它们尤其偏爱厨房和面包师的烤炉，因为那里一年到头都很温暖。

　　生活在室外的脆弱小虫，能享受的不过是短暂的夏日好时光，寒冷难熬的月份只好沉睡。家蟋蟀却不同，它们的居住地好比热带，所以总是机灵又快活。对家蟋蟀来说，圣诞节的熊熊炉火如同"三伏天"。虽然白天也常能听见它们的动静，但夜晚才是正常活动时间。一俟天色转暗，它们的叫声便多起来，从大小如跳蚤的小虫到成虫，纷纷都出来活动。这些昆虫生存在炎热的环境里，由此人们不难猜到，它们缺不得水。装有水、牛奶和肉汤之类的盘子里，常能看见淹死的家蟋蟀。它们喜欢湿漉漉的物件，常将挂在炉旁的湿羊毛袜和围裙咬出洞来。它们也是主妇们的晴雨表，可以预报风雨。有时候主妇们还认为它们能预知吉凶，比如亲人即将去世，或远行爱人即将归来。主妇们独自在家时，家蟋蟀总是相伴左右，自然而然成了她们迷信的对象。家蟋蟀不仅容易口渴，还十分贪吃。锅里的饭渣、酵母、盐、面包屑以及任何厨房垃圾，它们都不会放过。夏日黄昏，我们可以看到它们飞出窗子，落在附近的屋顶上。正是凭借矫捷的身手，它们才能常常突然离开老巢，光顾之前从未去过的屋子。有一点值得注意：许多种类的昆虫如果不动搬家的念头，似乎从来不会用到翅膀。飞起来时，它们沿曲线前进，翅膀如啄木鸟般一开一合，总是一会儿飞得高，一会儿飞得低。

家蟋蟀一旦大量繁殖，就会成为烦人的害虫，会扑向蜡烛，撞到人的脸上。我正在写作的这间书房里，就曾有家蟋蟀大量繁殖。不过，往它们所在的墙缝里灌上一些火药，再点上火，便可全歼这群讨厌鬼。那些饱受蟋蟀之苦的家庭，就像遭受蛙灾的法老一样，它们会"溜进你的大卧房，跳上你的高床榻，钻进你的热炉灶，蹦进你的揉面槽"[1]。它们的尖叫声是由翅膀碰擦发出的。猫会捕捉灶台上的蟋蟀，还会像对待老鼠一样，耍弄一番才吃掉。要想剿灭蟋蟀，或许可以用对付马蜂的办法：灌半瓶啤酒或其他液体，将瓶子放于它们的必经之地，它们想喝水时，便会纷纷爬进瓶子，直到将瓶子塞满。

---

1 出自《出埃及记》。——作者注

Mole-cricket

蝼蛄，蝼蛄科

第四十八封信 ／ 蝼蛄最不受园丁欢迎

塞耳彭

　　动物的生活方式也是多种多样的，喜好更是千差万别，不同科的如此，同科亦是。田蟋蟀喜欢阳光照耀下的干土堤，家蟋蟀中意厨房里温暖的灶台或烤炉，而蝼蛄则爱潮湿的草地、池塘和小溪边，吃喝拉撒睡都不离潮湿的土壤。凭借一对功能强大的前足，它们像鼹鼠一样在地下挖洞劳作，在地上隆起一道道土埂，却极少堆出小土坡。

　　蝼蛄常出没于河道边的花园中，是最不受园丁欢迎的客人。因为它们一在地下忙活，地上就会拱起一道道土埂，导致小路看起来破破烂烂。若是它们去了菜园，就会损毁甘蓝、小豆荚和花的苗床，给植物的根茎造成严重伤害。可是，这些家伙被挖出来后，却变得呆滞无助。蝼蛄白天不用翅膀，晚上出来后却能飞很远，这一点我可以确定。因为有天清晨，我曾在它们不大可能出没的地方碰到过几只"流浪汉"。4月中旬前后，如果天气好，日暮时它们便会开始鸣唱，自娱自乐，叫声沉室刺耳、经久不息。蝼蛄的叫声听上去与夜鹰的很像，只是更低沉[1]。

蝼蛄约在5月初产卵，这是我亲眼所见。5月6日，我去一户人家做客时，他家的园丁正在河道边刈草，一镰刀下去割得太深，修掉了一大片草皮，一幅奇妙的场景便出现在眼前：

"……砍出一个裂罅，
露出皇宫内廷，和长长四合院，
还有深深庭院。[2]"

许多洞穴以及蜿蜒的通道全都通向一个光滑的圆形房间，房间大小如鼻烟盒。在这间隐秘的育婴室里，堆积着近百枚裹着坚硬表皮的暗黄色虫卵。这些卵是刚产下的，还没有孵出幼虫，只是一团黏稠状的物体。产卵的地方并不深，阳光照得到，刚好在一团形如蚁垤的土堆之下。

蝼蛄飞行时，如同先前提及的其他动物那样起起伏伏，运动轨迹是条曲线。在英国的不同地方，人们对它的称谓各异，如沼泽蟋蟀、颤鸣虫以及傍晚虫等，都十分贴切。

研究过蝼蛄内脏的解剖学家的描述，让我惊奇不已。他们说，根据蝼蛄胃的构造、位置和数量，完全可以推断出，蝼蛄与前面提到的两种蟋蟀，与许多四足动物一样会反刍。

---

1 其叫声更接近蝗莺。——艾伦注
2 原文为拉丁语 "...Ingentem lato dedit ore fenestram:Apparet domus intus, et atria longa patescunt: Apparent...penetralia"，摘自维吉尔《埃涅阿斯纪》，第二卷。——译注

第四十九封信／腿长到出奇的鸟

塞耳彭，1779年5月7日

我着意塞耳彭地区的鸟类学，迄今已逾40年，却难以一窥全豹。只要好奇心不泯，总能发现新鲜事。

上月的最后一周，在佛林斯罕湖畔，湖泊管理人猎到5只非常稀有的鸟。这个大湖属于温彻斯特主教，位于沃尔默围场和萨里郡的法纳姆镇之间。这些鸟十分珍奇罕见，所以并没有英文俗称，博物学家称它们为黑翅长脚鹬和黑翅长脚鸻。湖泊管理人说，当时这种鸟共有三对，在好奇心得到满足后，他便放过了第6只。我要来一只做标本，发现它的腿长得出奇，乍一看还以为有人将它腿骨接长了一截，用来骗人。这双腿很有几分讽刺漫画的风格，如果在中国或日本的屏风上见过这类比例夸张的画，我们应该就明白画师的想象力并没有太夸张[1]。这种鸟属鸻科，称其为高跷鸻最是贴切。因此，布里松给它们取了一个非常形象的名字：高跷鸻。我的这件标本，大腿无毛的部分有3.5英寸长，小腿更长，达4.5英寸，在掏掉内脏并填充好胡椒粉[2]后，仅重4.25盎司。因此，我们可以断定：就体重与腿长的比例而言，它们在已知鸟类中是腿最长的一种。红鹳也属于腿最长的鸟类之一，然而就比例来说，它比不过黑翅长脚鹬。雄红鹳的平均体重约为4磅，小腿和大腿的总长大多为20英寸。但4磅是4.25盎司的15倍，假如4.25盎司对应8英寸的腿长，那么体重4磅的鸟，腿长就应该超过120英寸，合10多英尺。如此惊人的比例，真是世间难寻！要体型更大的鸟也是这个比例，那么身体和腿的长度差异还会更大。[3]看黑翅长脚鹬怎样行走，观察它纤弱的大腿肌肉是怎样带动如此长的"杠杆"的，一定很有趣。人们最多能想到它们不擅行走，但更不可思议的是，它们竟然没有后趾。缺少后趾的稳定支撑，黑翅长脚鹬走起路来势必会摇摇摆摆，难以保持重心。

黑翅长脚鹬，反嘴鹬科长脚鹬属

"黑翅长脚鹬"这个老名字出自普林尼[4]，他借用一个蹩脚的隐喻，暗指这种鸟的腿纤细柔韧，如同割下来的一条皮带子。从威洛比和雷对国内外鸟类的细致研究中可以看出，他们都没有见过这种鸟。彭南特先生常在巴黎的稀有鸟类陈列厅里见到这种鸟的标本，但在大不列颠却从未见过。哈塞尔奎斯特[5]说，黑翅长脚鹬会在秋季迁徙至埃及，而一位最准确的自然观察家[6]向我保证，说他在安达卢西亚的溪流边见过这种鸟。

　　根据我国作家的记述，这种鸟只见于英国两次。所有记录都显示，这些长腿鹬似乎是南欧的鸟，鲜少光临本岛，偶尔来的，一定是迷了路和掉了队，或者出于某些我们不知的缘由，才会飞到如此遥远的北方。有种说法认为这些鸟来自欧洲大陆，这是比较合理的推断。因为此鸟外形极为独特，若是久在本邦繁衍生息却无人知晓，就太匪夷所思了。

The church & yew hedge

从北边看塞耳彭村教堂

1　18 世纪后期正是中国皮影戏流行于欧洲的时代，这种奇特的艺术形式是当时欧洲贵族圈里最时髦的谈资，被誉为"东方魔术般的艺术"。皮影戏的造型多十分夸张，而其中的动物，尤其会突出其主要特征。——编注

2　18 世纪，欧洲的博物学家们想出了多种保存动物标本的办法，怀特在《博物学者日志》中记录了其中的一种：黑胡椒和生姜各一份，散沫花和丁香各半份，再添加少许明矾、硝石和食盐。——福斯特注

3　这种推算方式显然有问题，生物的体重（体积）与长度的增长关系，不能在不同种的动物之间做比较。——福斯特注
（编者补注：在哺乳类和鸟类中，关于动物体积大小与肢体长短有两则著名的定律，即伯格曼法则和阿伦法则。生物学家们发现，动物的体积是以肢体长度的立方增加，表面积却是以肢体长度的平方增加，也就是说，体积的增加比例远大于表面积。根据这一原理，黑翅长脚鹬不可能按照怀特的推算方法等比例放大，更有可能出现的情况是，黑翅长脚鹬的腿会变粗，否则不足以支撑以立方增加的体重。）

4　盖乌斯·普林尼·塞孔都斯（Gaius Plinius Secundus，23—79 年），世称老普林尼，与其养子小普林尼相区别。古罗马作家、博物学家、自然哲学家。著有百科全书式的《自然史》。——译注

5　弗雷德里克·哈塞尔奎斯特（Fredrik Hasselquist，1722—1752 年），瑞典旅行家及博物学家。——译注

6　此人是怀特的兄弟，即"直布罗陀的约翰·怀特牧师"。——艾伦注

White's Tortoise's Shell

怀特的龟壳

第五十封信 ／ 以睡度日的老龟

塞耳彭，1780 年 4 月 21 日

阁下：

我时常对您提到的那只苏塞克斯老龟已归我所有了。去年 3 月，我将它从"冬宫"挖出来。那时它已经苏醒，冲我"嘶嘶"直叫，表达自己的愤怒。我把它装在一个盛有泥土的盒子里，带着它坐了80 英里的驿马车。马车一路疾行，车身颠得咔咔作响，老龟就完全清醒了。所以当我把它放进花园里时，它一连两次爬到花园边上。不过，晚上气温骤降，它又钻进松软的泥土，继续潜伏了。

这只龟现在就在我的眼皮底下，我自然要抓住这个机会，深入观察它的生活方式和习性。我注意到，它出洞前会先在头部附近开一个出气口，应该是为了让自己呼吸得更顺畅，精神更振作。老龟不仅会在11月中旬至次年4月中旬蛰伏地底，夏天的大多数时间里，它也在睡觉。昼长夜短的日子里，它在下午 4 点便入睡了，第二天起床也相当晚。此外，一有阵雨它便躲起来休息，雨季更是闭门不出。

这种奇怪生物的生活习惯真是让人惊讶：老天赐予它这么长的寿命，它却用来浪费。这只爬行动物，竟将生命里 2/3 的时间，都花在无趣的昏睡上，一年中甚至有数月的时间，它都睡得跟死猪一样。

我写这封信时，正是潮湿温暖的下午，气温高达 50 华氏度。成群带壳蜗牛都钻出来，那只乌龟也探出了头。次日一早，它爬出土来，如同死而复生一般，东游西荡到下午 4 点。这两种"有房一族"（希腊人对蜗牛和乌龟的称呼）竟有如此相似的感受，真是一种奇妙又有意思的巧合！

今年的春天来得晚且很冷，夏候鸟们便也回来得晚了，迄今为止，我只见到一只家燕。它们的出没与天气状况一致，这让我越来越确信：它们一定会冬眠。

第五十一封信 ／ 今年的毛脚燕来晚了

塞耳彭，1781 年 9 月 3 日

阁下：

拜读了阁下的《杂录集》[1] 后，我真是心满意足。阁下在书中称我为"博物学家"，对此我十分感激，希望能不辱此名。

在以前的信中我曾谈到过，我怀疑冬季有许多毛脚燕不会远离我们村子。因此，我决定前往小山的东南侧调查一番。我认为它们就是在那里冬眠，度过那些天寒地冻的难熬日子的。要想取得最好的效果，我这次调查应该在春天进行，但直到今年 4 月 11 日，我才见着毛脚燕的身影。那一天，我雇了些人去搜索小山那边的灌木和洞穴。雇工们很卖力，却一无所获。不过，在我们的搜寻过程中，却发生了一件稀奇事：工人们正干得起劲，一只毛脚燕——今年现身的第一只，在人们的注视下飞进村子，立即钻到了窝里。没过多久，它又越过屋舍，飞得无影无踪。那天以后，直到 4 月 16 日，我才再次见到毛脚燕，而且只有一对。总之，今年的毛脚燕，来得真是相当晚。

女王纹章

1　巴林顿的这部《杂录集》出版于 1781 年，他在书中有关鸟的迁徙、燕子和大杜鹃鸟，以及林奈分类体系等文章中，感谢了怀特的帮助。——福斯特注

茅舍

第五十二封信 ／ 夭折的幼年雨燕

塞耳彭，1781 年 9 月 9 日

　　我刚刚遇到一桩关于雨燕的事，在我观察研究燕科鸟得出的所有结论中，这事算是个例外。总的来看，雨燕大约在今年的 8 月 1 日就迁离本地了，只有一对还没走，两三天后，就只剩下一只了。这只鸟长时间盘桓于此，我认为应该是出自最强烈的动机——呵护幼雏。为此，我一直观察到 8 月 24 日，终于发现她在教堂的屋檐下照料两只幼燕。小家伙羽翼已丰，从一处缝隙里探出白色的下颌。它们一直待到 27 日，一天比一天机灵，看上去不久便能飞了。可那天之后，这些幼燕突然消失不见了，也不见它们跟着母燕绕着教堂学习飞翔。而先前的第一窝幼燕显然是经历了这个过程的。31 日，我带人搜索各处屋檐，却在燕窝里发现了两只死掉的幼燕，尸体已经开始发臭。它们上方还有一个燕子窝。这两个窝里全是燕虱蝇又黑又亮的壳。

这件颇不寻常的事可以说明：首先，虽然雨燕不愿滞留到 8 月初，但显而易见，它们有这个能力；其次，这件奇事源于第一窝幼燕的夭折。因此，这证实了我之前的结论，即雨燕每年通常只产一次卵。若非如此，以上事件就谈不上新奇或罕见了。

又及：有人在拉特兰郡的林登见到一只雨燕，那一天已是 1782 年的 9 月 3 日了。

Gilbert White's tomb

吉尔伯特·怀特的墓

第五十三封信 ／ 藤蔓蚧和蚜虫的迁徙

　　有时我听闻阁下想询问几种昆虫的情况，我就在这里讲讲其中一种吧。我根本没料到这种昆虫会出现在英国。秋天，我注意到我家墙上的一段葡萄藤蒙上了一层黑灰状的东西，苍蝇特别爱吃这玩意。受到它们的影响，枝叶的长势堪忧，果实也难以成熟。我用放大镜观察，如我所料，找不到任何生命迹象。但我仔细观察了那些大枝丫的背面才惊奇地发现，那里裹着一层坚硬的壳，壳周围有一圈棉花状的物质，将一片卵围在中间。这些卵奇特而罕见，让我想起曾经听说和读到过的一种虫子，即林奈所称的藤蔓蚧[1]。它们长在南欧，寄生在许多藤蔓植物上，是种可怕又讨厌的害虫。我查阅相关资料时，这种虫子已经爬满了整个葡萄藤。看样子上一个异常寒冷的冬天没能阻止它们的生长。

　　当时我认为这些虫跟英国扯不上关系，怀疑它们来自直布罗陀，因为我收到过许多从那里寄来的装有各种植物和鸟类标本的木箱和包裹。我常把那些标本放在书房的窗边，而遭受虫害的葡萄藤正好长在窗下。虽然近几年我都没有收到过那里寄来的东西，但我们知道，昆虫的生命力非常顽强，总会以某种让人意想不到的方式，从一个国家去往另一个国家，找到适合生存繁衍之地。我没法不怀疑这些虫子极有可能来自安达卢西亚。不过，我得承认，莱特福特先生[2]曾写信给我，说他曾在多塞特郡韦茅斯镇的一棵葡萄树上见过这种昆虫。要说明的是，韦茅斯是座海港小镇，虫子可能是随船而至的。

我的许多读者或许从未听说过这种奇怪罕有的昆虫，现在，我将从兰开夏郡布莱克本教区已故牧师约翰·怀特[3]所著的《直布罗陀博物记》一书（该书尚未出版）中，摘录一段相关文字：

我家有一棵葡萄树，长在屋子东边，向来果实丰美。但在 1770 年，所有树枝上突然出现了大块大块的白色纤维物，形似蜘蛛网或未经加工的棉花。那东西黏糊糊的，任何东西一碰上它便会被牢牢粘住。此外，它还能抽出一根根长丝。我曾一度怀疑，这是蜘蛛的杰作，但周围又见不着蜘蛛。除了许多结实的棕色椭圆形外壳之外，没有任何其他线索。这些壳看起来完全不像昆虫，反倒很像小块干枯的葡萄树皮。这种害虫出现时，树上本已果实累累。然而，这些肮脏的入侵者显然让葡萄遭受了重创。这些虫子在树上待了整个夏天，不断繁衍，几乎爬满

了树枝。我常将它们一把把抹到地上，但实在粘得太牢，难以根除。最后结出的葡萄淡而无味。之后我详细查阅了德·列奥米尔先生[4]的著作，才发现他早已对这一情况做了十分完备的描述和记载。我见到的那些坚硬外壳便是雌蚧，而裹覆着的那层棉花状物质，则是用来保护虫卵的。

关于这段文字，我还可以补充一二：虽然雌蚧静止不动，一旦附着在某处便很少变换地方，但雄蚧却是带翅的昆虫。我见到的黑灰显然是雌蚧的粪便——蚂蚁和苍蝇就爱吃这个。虽然本地冬天最严酷的气候也无法消灭这些小虫，但园丁悉心照料了一两个夏天之后，葡萄树总算彻底摆脱了这些龌龊的小东西。

如上所说，昆虫能以令人不可思议的方式从一个国度到另一个国度。我接下来就要谈谈小蚜虫的迁徙，这件事就发生在塞耳彭村，就在 1785 年的 8 月 1 日。

那天很热，下午 3 点前后，村民们惊奇地发现，天空中下起了一场"蚜虫雨"。街上的行人全身上下都爬满了蚜虫，树篱和菜园也在劫难逃。蚜虫所到之处，蔬菜变得一片漆黑。我的那些一年生植物也被它们"染了色"。6 天后，洋葱地里的秸秆上仍然满是它们的身影。毋庸

置疑，这支蚜虫大军正在进行一场迁徙。它们
应该来自肯特郡或苏塞克斯郡的啤酒花田，因
为那天一直在刮东风。与此同时，人们在法纳
姆附近，以及从法纳姆到奥尔顿的山谷中，也
看到了一片片铺天盖地的蚜虫云。

1 即葡萄绵蜡蚧，主要危害蔷薇、桦、葡萄、柳等植物。——
福斯特注
2 约翰·莱特福特（John Lightfoot，1735—1788 年），英
国皇家学会会员、博物学家、贝壳学家、植物学家、牧师。
著有《苏格兰植物志》等。与怀特通信多年。——译注
3 约翰·怀特（John White，1727—1780 年），即前文经常
提到的那位经常从直布罗陀给怀特寄标本的牧师。他是怀
特的弟弟，也是一位博物学家，曾担任英军驻直布罗陀的
随军牧师，后任兰开夏郡布莱克本的地方牧师。——译注
4 R.A.F. 德·列奥米尔（R.A.F.de Réaumur，1683—1757 年），
法国昆虫学家及作家，在诸多领域贡献巨大，特别是昆虫
学。他还创立了"列氏温标"。——译注

第五十四封信 ／ 金鱼如何死去

阁下：

　　每次到别人家里做客，如果主人恰好在玻璃缸中养了金鱼或银鱼，我都会非常兴奋。因为我有了一次观察这些鱼的行为方式和生活习性的好机会，要知道我们对它们在野生状态下的情况知之甚少。不久前，我在一位朋友处小住了两周，他家里就有一个鱼缸，于是我便全身心投入去观察那片小天地了。正是在那里，我第一次看到了鱼是如何死去的。这个小东西一生病，头就越埋越低，身子倒立。身体越来越衰弱，它就会渐渐失去平衡，尾巴上翻，最后肚子朝天，浮到水面。鱼死后为何会是这般模样，原因很简单，肚子上的鳍无法再保持身体平衡，鱼背部肌肉发达，比较重，而肚子里装着起漂浮作用的鱼鳔，是个空腔，较轻，所以背部下沉，肚子上翻。有些喜欢金鱼和银鱼的人，认为它们不需要进食也能活。的确，就算水中没有食物，它们也能活上很长时间，但仍会从常换的新鲜水中摄取微生物和其他营养物为生。说它们什么都没吃，那水里的排泄物从何而来？说它们喜欢吃寡淡无味的食物，这种观点也不堪一驳。你扔一些面包屑，就算

谈不上狼吞虎咽，鱼儿们也会敏捷地游过去吃掉。当然，面包屑不能扔太多，否则发酵变馊了就会污染水质。它们还会吃一种俗称"鸭肉"的浮萍，也吃一些小鱼苗。

　　鱼儿们如果想活动下身子，只需轻摆胸鳍即可。但若想快速游动，就只能和别的鱼类一样动用强壮的尾巴了。据说鱼的眼睛不能动，但金鱼和银鱼显然可以视情况需要让眼珠在眼窝里前后转动。把蜡烛凑近它们的头部，它们也不会在意。不过，用手猛击一下鱼缸的支撑物，却能把它们吓得四散逃窜，当它们一动不动，可能在睡觉时，这种反应尤为明显。鱼没有眼睑，总是睁着眼睛，所以很难辨别它们到底是不是睡着了。

　　没有什么比一个装着这类鱼的鱼缸更有趣了。光线经过玻璃和水的两次折射，鱼看起来是在变幻莫测的斑斓光影中游动。鱼缸的玻璃壁有凸有凹，透过玻璃和水这两种介质，鱼的身影显得夸张而扭曲。若是再往鱼缸里放入一些别的景致和新的鱼类，将它放在客厅，那就更妙不可言了。

　　金鱼和银鱼虽产自中日两国，但已完全适

应了我们这里的气候，所以在我们的湖泊和鱼塘里繁殖得非常快。林奈将这两种鱼归为鲤鱼属，并称其为金鲤鱼。

有些人养金鱼的方式很奇特。他们的玻璃鱼缸里有一块中空的区域，与缸里的水完全隔开。他们偶尔会在这个空间里放进一只鸟。于是，你或许就能看见一只仿佛在水里蹦来跳去的红额金翅雀或赤胸朱顶雀，它的周围则是游来游去的鱼。简简单单地观鱼已是件令人愉悦和享受的事，但弄得这么复杂，就十分古怪和造作了。这种情况我们可以称之为：

"不需矫揉造作，却偏偏矫揉造作。" [1]

怀特

The Yew Tree

红豆杉和教堂门廊

---

1 原文为拉丁语 "Qui variare cupit rem prodigialitèr unam"，摘自贺拉斯《诗艺》。——译注

第五十五封信 ／ 毛脚燕深秋仍未离去

1781 年 10 月 10 日

阁下：

据我的观察，绝大多数毛脚燕都会在 10 月的第一个星期离开，但我确定，那些晚生的雏燕会待到 10 月中旬。有时，或许是两三年里有一次，我在 11 月的第一周看到了一些燕子，不过它们只出现了一天。

1780 年 10 月，我注意到还有最后一批毛脚燕未离开，数量多达 150 只。那段时间温暖且天气状况稳定，我决定细致地观察一番这些逗留此地的燕子，看看能否发现它们的栖息地，弄清它们离去的准确时间。这些燕子很会过日子，选择的栖息处就在我家和垂林之间，可谓得天独厚。它们整天都待在那片浓荫遮掩的林地，轻快地来去穿梭。为了躲避强风而藏身于此的昆虫就成了这些燕子的美食。鉴于主要目的是找到它们的栖息地，所以在它们归巢栖息前，我都在附近小心地等待着。结果我高兴地发现，一连好几天的傍晚，刚过下午 5 点 15 分，它们便快若流星地向东南方疾飞而去，冲进山脚那些村舍上方的低矮灌木丛里。从各个方面来说，选择

那块地方作为它们的冬季住所都很适合。像屋顶一样陡峭的部分可使它们免受雨水之苦；周围满是山毛榉，因总被羊啃食，从而形成了一大片密密匝匝的低矮灌木丛，就连最小的西班牙猎犬[1]也钻不进去；此外，灌木丛冬季也不会落叶。因此，这里的地上和枝头都有树叶，作为藏身之处再好不过。在 10 月 13 日至 14 日的观察期间，我发现它们归巢的时间一致，队伍整齐。但那两天后，毛脚燕的行动便不再整齐划一，间或能见着一只掉队的燕子。10 月 22 日，我在清晨看到两只毛脚燕从村子上方飞过，这一季的观察记录，也就此画上句号了。

综合以上种种，这群盘桓此地、经久不去的毛脚燕，冬季多半是不会飞离本岛了。如果在深秋 11 月，它们能如我所愿仍在附近出没，届时给我几名得力助手，我定能解决所有的疑问。然而，尽管 11 月 3 日正如我所希望的那样，天气很好，但一只毛脚燕也未出现。无奈之下，我只得放弃了探索。

此外，我还要补充一点，这片占地数英亩的灌木丛并非我的产业，否则我就能将那里翻

个底朝天了，说不定能发现一些晚生的幼燕和
藏在那处的所有毛脚燕。如果真能这么做，我
就可以确认，它们不仅不会飞往温暖的地区，
甚至就待在村子方圆 300 码之内。

---

1 西班牙猎犬，亦译猃狗，是优良的猎犬，也是一种指
示犬，猎人用以将猎物从隐蔽处赶出来。——译注

第五十六封信 ／ 三种动物开榛子

博物学作者不能不常常提及"本能"一词。这一天赋的奇妙力量，虽然存在局限性，却能在某些情况下让那些原始生物做出超越理性的行为，而在另一些情况下又让它们丧失理性。哲学家们将本能定义为一种神秘的力量，无论何时无论何地，无须指导或举例，所有生物都会不由自主地遵循这一力量的指引。如果缺乏指导，理性的表现形式就会千差万别；本能却守恒如一。不过，这一至高法则如今出现了特例，本能也开始因时因地发生变化。

有种说法认为，每种鸟的搭窝方式都独一无二，不论在田间、林地，还是荒野里，都很好分辨，学龄儿童也能一下子说出眼前的鸟窝属于哪种鸟。不过，伦敦周围的村子因为鲜有苔藓、蛛丝和棉花等物，所以苍头燕雀的窝就远不如乡村里的那般精致，更没有地衣作点缀。鹪鹩也只能用稻草和干草搭窝，窝的圆润和精巧程度自然赶不上乡下那些"小建筑师"的作品。另外，毛脚燕的窝多为半球状，但搭窝处若正好在房椽、托梁或檐口，便会顺势搭建出扁平的窝来。

下面的例子展示了本能的守恒如一。有三种动物——松鼠、田鼠和一种名为普通鸸的鸟，多以榛子为食，但弄开榛子的方式各不相同。松鼠会先锉掉榛子较细的一端，再用长牙将壳磕成两半，如同人用刀撬开榛子；田鼠会用牙在榛子壳上凿出一个非常规整的小洞，仿佛是用钻孔器钻出的，但洞眼太小，不禁让人好奇它要如何才能掏出里面的果核；普通鸸则会用喙在榛子上啄出一个不规整的小孔，由于这个"小艺术家"没有能充当固定工具的爪子，便会把榛子塞进树缝或石缝里，将这些缝隙当成"老虎钳"。榛子固定好后，普通鸸会站到上方，开始钻洞。我们常往有普通鸸出没处的门缝里塞榛子，结果发现这些榛子每次都会被它们凿开。普通鸸钻洞时敲敲打打的动静可不小，很远都能听到。

阁下雅擅音律，或许能一解我心中的困惑：为什么音乐会早已结束多日，旋律却能绕梁三日不绝于耳？下面这段话，最能表达我的心意：

"相比人声或乐音，他更爱鸟鸣，并非因为前者不令他愉悦，而是因为人类音乐的跌宕

起伏会妨碍思维，扰乱心神，阻挡睡意。鸟鸣叫
则不会给人带来这样的烦恼，因为无法模仿的
声音不会打扰内心。"

——伽桑狄《佩雷斯克传》[1]

这段绝妙的引文深得我心，将我那种难
以言表的感觉描述得淋漓尽致。从听到美妙
音乐的那一刻起，那些乐章便日日夜夜在我脑
海里徘徊不去，尤其是大梦初醒时。它们如影
随形，经久不散，带给我的不安多于愉悦。这
些高雅的音乐课还撩拨着我的想象力，让我时
时刻刻都置身于回忆之中，即使在我想严肃思
考时也不例外。

怀特

---

1 皮埃尔·伽桑狄（Pierre Gassendi，1592—1655年），
法国哲学家、牧师、天文学家、数学家。《佩雷斯克传》
是伽桑狄为自己的好友、法国博物学者尼古拉斯·克劳德
·法布里·德·佩雷斯克（Nicolas Claude Fabri de Peiresc，
1580—1637年）写的传记。——译注

第五十七封信 ／ 我的游隼标本

　　有只罕见的小鸟（我认为是新来的）最近常溜进我的菜园。我有充分的理由认为它是一只小嘴鸟。这种鸟在英国多地都常见，之前我也收到过好几只从直布罗陀寄来的标本。小嘴鸟酷似灰白喉林莺，只是胸部和腹部更白（或银白）。它活泼好动，如同鹪鹩，总是在树枝间蹦来跳去，四处搜捡食物。

　　它会跑到皇冠贝母的根茎上，把头探进花房，吮啜花瓣中的花蜜。有时还会像林岩鹨一样，在草坪和修剪过的牧场上一蹦一跳找吃的 [1]。

　　一位很善于观察的邻居曾跟我聊到，5 月初的一个晚上，7 点 50 分左右，他看见一大群家燕，至少有 30 只，栖息在詹姆斯·奈特的水塘边的一棵柳树上。燕子的呢喃声引起了他的注意。只见它们都头朝一个方向，排排坐在一根树枝上，一动不动，树枝都快被压得挨着水面了。奈特一直看着那些鸟，直到夜幕降临。春秋两季常能见到这种场景，所以我们非常怀疑，家燕除了捕食需要平时也非常亲水。它们在凛冽的冬日尽管可能不会潜入水中，但很有可能藏身于池塘和小河边。

游隼，隼科隼属

沃尔默围场有一位看林人曾送给我一只游隼。这只游隼是他在围场边猎到的，它当时正狼吞虎咽地吃着一只斑尾林鸽。这种游隼又名悍鹰，为鹰中一种著名的品种，在南方各郡很难看到。

1767 年冬，有人曾在相邻的法灵顿教区捕到过一只，我将它送给了北威尔士的彭南特先生[2]。从那以后，直到现在我才得以再次见到这种鸟。上面提到的那只游隼的标本保存得十分完好，身子没有被子弹损坏。它的翼展长 42 英寸，喙至尾长 21 英寸，重 2.5 磅。这种鹰膘肥体壮，天赋一身掠食的好武器：胸部饱满，肌肉发达；大腿又粗又长，强健有力；小腿极短却相当匀称；脚爪上长着尖利的长钩；眼睑和喙上的蜡膜呈黄色，虹膜却是淡黑色的；深黑色的喙又粗又弯，上颚两端各有一个细齿状的凸起。相较身子来说，尾部显得较短，即便收起双翼，也无法遮盖尾梢。

它长得很大，身材匀称，应该是只雌鹰，可惜主人不让我解剖。

这种猛禽通常很瘦，但这只很丰满。它的嗉囊里装满了大麦粒，或许来自那只被它吞掉的林鸽。猛禽虽不吃谷物，但吞起猎物来却迅猛异常，无论骨头、羽毛，还是别的什么东西，它们统统都会吞到肚里。这只游隼很可能来自北威尔士或苏格兰的群山之中（它们在那里繁衍），大概是那里近来遭遇了酷寒天气和暴雪，才来到我们这儿的吧。

怀特

---

1 这种罕见小鸟的学名为 *Sylvia curruca*（白喉林莺）。——福斯特注
2 参见"致托马斯·彭南特先生的书信"的第十封、第十一封。——作者注

第五十八封信 ／ 两条来自广州的狗

我的近邻中有位效力于东印度公司的年轻绅士，他从中国广州带回来两条狗。这两只狗一公一母，在当地被当作人类的食物来喂养。大小相当于中等个头的西班牙猎犬，毛色浅黄，背部毛发粗糙竖立，耳朵尖而挺，头部瘦削，形似狐狸。它们的后腿出奇地笔直，关节也不会弯曲，跑起来很笨拙。跑动时，尾巴会像猎犬一样弯到后背上，身体两侧光秃秃的，似乎并非某次事故所致，而是固有的特征。眼睛不大，但黑亮犀利；嘴唇内侧和嘴巴的颜色一致，舌头为蓝青色。母狗的后腿上各长有一只悬蹄，公狗则没有。将它们带到田里后，母狗立即展现出了捕猎的天赋，循着一群山鹬留下的气味，吐着舌头，将它们追得四处逃窜。南美洲的狗基本上不叫，这两条狗却叫个不停，声音短促而粗重，听上去就像狐狸的叫声。

它们与其祖先一样粗鲁暴躁，显然未经驯化，只是被圈养起来，用稻米和其他谷物喂肥后，便成为饭桌上的美味佳肴。这条狗被带上船时刚刚断奶，没能从母亲那儿学到什么，到了英国后不大爱吃肉。太平洋岛屿上的狗都是用蔬菜喂大的，我们的航海家喂它们吃肉，结果竟不屑一顾。

Faringdon Church

法灵顿教堂

我们相信，自然界的野狗都有狐狸般又尖又挺的耳朵。那些耷拉着耳朵的所谓高贵犬种，都是选育培育的结果。在《雅布兰·义迭思从俄国到中国的游记》[1]的版画中，画家画的在奥比河边给鞑靼人拉雪橇的狗，就跟那两条来自广州的狗一样，耳朵是竖起来的。卡姆沙特戴尔人[2]也会训练这种尖耳高鼻的狗来拉雪橇，在一幅刻画库克船长[3]最后的环球航行的精致版画上，就能见到这种狗。

现在既然聊起了关于狗的话题，我就不妨再补充一二。猎手们都知道，猎犬之所以追逐山鹬和野鸡，纯属本能驱使或者天性爱好，但它们不会吃猎物的骨头。我养的杂种狗尽管追击猎物很在行，但也如此。不过，我们把一些山鹬的骨头喂给那两条猎狗，它们不仅吃得津津有味，还把盘子也舔得干干净净。

想要让猎狗精神抖擞地完成追捕丘鹬的任务，就要让它们习惯那些猎物的气味，并接受相关的训练。不过，它们就算饿了，也不会碰一下猎物的骨头，而只会一脸厌恶地跑开。

狗对自己无意捕猎的鸟的骨头不感兴趣，倒也不足为奇。可它们对那些自己喜爱的捕猎之物也嗤之以鼻，就让人费解了。狩猎的终极目的不正是吃掉猎物吗？除此之外，狗还不愿意碰腐烂的水禽或野禽的骨头，也不会碰以内脏和垃圾为食的鸟的恶臭之肉。这种厌恶或许是源于本能，而秃鹫、鸢、渡鸦和乌鸦等动物，作为狗[4]的"食友"，才是那些腐肉的"最佳食客"[5]。它们似乎才是造物主派来的、专事扫除地球上一切恶心尸体的清道夫。

怀特

Lyss old church

利斯的老教堂

1 埃弗拉德·雅布兰·义迭思（Everard Ysbrandt Ides）
于 1693 年以沙皇俄国大使身份出访北京后所写的游
记。——译注

2 北美印第安人的一支部落。——译注

3 詹姆斯·库克（James Cook，1728—1779 年），人称库克
船长，英国历史上最伟大的航海家、探险家。曾经三度出
海前往太平洋，带领船员成为首批登陆澳大利亚东岸和夏
威夷群岛的欧洲人。——译注

4 中国话"狗"的发音，在欧洲人听来像是 quihloh。——
作者注（福斯特补注：这也许是中国人的戏弄，因为 quihloh
是粤语"鬼佬"的发音。）

5 哈赛尔奎斯特在《1749—1752 年列万特航行与游
历》（Voyages and Travels in the Levant in the Years
1749,50,51,52）一书中说，在开罗，狗与秃鹫是对好伙伴，
经常在一起抚养孩子。——作者注

第五十九封信 [1] ／ 夜行的鸟

埋藏在沃尔默围场各处沼泽之中的化石木，仍未被挖尽，挖泥炭的工人时不时还能碰到一根。不久前我就见到一块，是橡木林的一名伐木工卖给村里木匠的。这块木料来自小橡树根部，长约5英尺，直径约5英寸，显然是被人用斧子齐根砍下来的，颇为沉重，黑似乌炭。我问木匠为何买这块木头，他说他打算拿去送给在法纳姆做细木工人的兄弟，他兄弟可以将它和一些白色木料嵌在一起做家具。

常在春夏两季的傍晚外出的人，不时能听见某种夜行鸟疾飞在夜色中的翅膀扑棱声，以及短促重复的叫声。这种鸟我早就见过，但直到最近才弄清它是什么种类。我现在可以确认，它们就是石鸻。几乎每天天黑之后，这些从高地和北方田野来的鸟都会掠过我家屋顶，朝多顿飞去。它们能在那里的溪流和草地上找到大量食物。夜行的鸟不得不吵吵闹闹的。不断重复着的叫声是保持队形的信号或口令，这样才不会在暗夜里迷路或走丢了。

秃鼻乌鸦在秋天晚上的行为很是奇怪有趣。黄昏来临前，它们便会结束一天的觅食，排成一列长队踏上归程，最后聚集在塞耳彭岗，数量有几千只。它们在空中往复盘旋，上冲下突，嬉闹追逐时还不忘"呱呱"大叫。我们的村子远在山岗下方，鸟叫声听起来就变得含混、温和多了，如同混乱的喧闹或是斥责，或说类似令人愉悦的喃喃低语，引人遐想。那声音恰似林中犬吠，悠扬不绝，又如疾风掠过高树，或是潮水拍打满布鹅卵石的海岸。

随着最后一缕天光消散，这场盛典也落幕了，它们会飞往提斯泰德村和罗普利村，在那里的山毛榉林深处过夜。记得我们这里有位小女孩[2]，颇具神学精神，常在入睡前将这一现象解释为秃鼻乌鸦们其实是在祷告。当年她年纪尚浅，尚不知《圣经》里就曾提到过——神说："鸦若唤吾，吾便喂它[3]。"

怀特

1　本封信以及后一封信是《塞耳彭自然史》成书之后才补入的。——福斯特注

2　这个小女孩是怀特的兄弟托马斯·怀特的女儿，名叫玛丽·怀特。——福斯特注

3　《圣经》中并无此句，怀疑是怀特记错，原句应是"He giveth to the beast his food, and to the young ravens which cry.（Psalm 147:9 King James Bible）"，译为"他赐食给走兽和啼叫的小乌鸦"。——编注

牛顿·瓦伦斯教区的牧师住宅

第六十封信 ／ 气压与海拔的关系

赫克萨姆博士[1]在普利茅斯写下的《论气候》一文，观点新颖精辟，我在文中读到了一份关于1727年至1748年间的气候情况的报告。报告中说，德文郡虽然多雨，但雨量不大，有些年份还会很小，如1731年的降雨量仅为17.266英寸，1741年为20.354英寸，1743年也不过20.908英寸。靠海的地方空气湿润，多有流动的雨云。不过雨云往往不会深入内陆，沿海一带因此尽管雨量不大，却很潮湿。在普利茅斯最潮湿的年份中，赫克萨姆博士测出的降雨量有一年仅为36英寸，再来便是1734年的37.114英寸。以我在塞耳彭所做的短期测量来看，降雨量要比这个数据高上两倍。博士解释说，小雨偏多，使空气潮湿，而大雨会与水汽一同落下，导致空气干燥。他还认为，遇上大旱，天空会变得昏暗朦胧，因为空气里水分不足，不利于光线的传播，就会不够通透。他注意到，有些液体在天气潮湿时的透明度高于干燥时，而在雨季，他却从未观察到这一现象。

我有一位朋友住在山坡的另一边，他曾把他的三门回旋炮搬到我门外的空地上，炮口朝着垂林，以为能听到隆隆的回声，结果并未达到他的预期。于是他又把三门炮搬到垂林中的洼地上，炮声穿过石地和库姆林，非常响亮。不过，还是在赫米蒂奇听到的回声最令人愉悦，不仅石地一带轰鸣阵阵，那气势几乎要把所有山毛榉统统连根拔起；而且炮声一转向左侧，又会在库姆林各处水塘上方的山谷中回荡；稍息片刻之后，隆隆之声似又再次响起，蔓延至哈特利林地周围，最后才渐渐消散在沃德勒罕的灌木丛和小树林中。以前有人说，"阿纳苏"（希伯来语，意为回声之地）是做这类实验的好地方。我们可以再补充一点：回声中的停顿，即回声戛然而止，旋即又重起，就像乐曲中的各处停顿，让听众在惊讶之余，还给他们带来了美妙的遐想。

上面提到的那位绅士朋友，住在牛顿瓦伦斯村，刚刚在自家客厅里安了一支气压计。我们先在这里（塞耳彭）小心地将水银装进气压计，前后装了两遍，直到水银柱的高度与我自己的气压计完全相同。回到牛顿瓦伦斯村后，他又装了两次，那里的海拔较高，水银柱的高度就比我们村里的低了 0.3 英寸。如果气压更低的话，水银柱的高度也许还会更低。在牛顿瓦伦斯村，气压计的水银柱读数如今仅为 27 英寸，只要有暴风雨，那里的水银柱高度就会低于 28 英寸。我们一直以为他在牛顿瓦伦斯村的房子比我家高 200 英尺，如果"海拔每升高 100 英尺，气压计的水银柱高度就下降 0.1 英寸"这一规则成立，牛顿瓦伦斯村的气压计读数比塞耳彭的低了 0.3 英寸的事实就可以证明，那栋房子的海拔一定是比此刻我正在其中写信的房子要高 300 英尺，而非 200 英尺。

关于此事，容我再多说几句。塞耳彭的气压计读数比南兰贝斯的低了 0.3 英寸，我们由此可以断定，前者的海拔应该比后者高出约 300 英尺。这一推断理由充分，因为本地的所有溪流，都是先经韦布里奇注入泰晤士河，继而才流往伦敦的。由此可见，从塞耳彭至南兰贝斯，地势必定是越来越低。再加上那些弯曲的溪流阻隔，两地之间的实际距离不可能短于 100 英里。

怀特

---

1 约翰·赫克萨姆（John Huxham，1692—1768 年），英国外科医生，以研究发热发烧闻名。——译注

The Wakes

从后面看威克斯宅

第六十一封信 ／ 寒潮肆虐

一个地区的气候肯定是当地博物学的一部分。因此我无须对接下来的四封信[1]再做任何解释。这些信中有霜冻天和酷暑天的气候细节，在我这些年对自然界的观察中尤为特别。

1768 年 1 月的严寒期虽然不长，却是多年以来最冷的一次，极大地伤害了常绿植物。这种天气是那样严酷，谈谈它的严重程度以及灾害成因应当有积极的作用，园艺爱好者也会乐意听听；而且，这番讨论所起的效用或许能一直持续下去。

去年年底的最后两三天下了一场大雪，因为没有风，地上积了均匀的厚厚一层雪，将那些低等植物好好保护了起来。新年的前五天仍是漫天飞雪，之后便云开雪霁，正午时阳光和煦，对大雪庇护之下的植物影响甚大。

这样的天气里，笔者[2]的常绿植物白天化雪，晚上结霜，不过三四天，地中海荚蒾、两种月桂浆果鹃就像被火烧过一样。邻居家同样的植物因种在高处，上面的雪一直未化，所以毫发无损。

经此一劫，我认为，反复融雪又结冰的过程对植物的伤害是致命的，其破坏力远胜严寒。因此我强烈建议，如果庄稼人不愿眼睁睁看到用心经营多年的成果，在短短几天内就毁于一旦，就应该"未雪绸缪"。如果种植面积不大，可以用草席、布匹、豆秸、稻草和芦苇之类的东西将庄稼盖上一阵子；如果灌木面积较大，则可以让工人用耙子和叉子小心地清除掉枝上的积雪，因为露出枝叶任树木新陈代谢，要比任由残雪融化又再次结冰好得多。

下面的话也许乍一听有些自相矛盾，但娇嫩的乔木和灌木确实不宜种在气候较热的地方。除了上述原因，还因为在那样的条件下，这些植物春天的发芽时间会更早，而秋天停止生长的时间会更晚，因此更容易被走得晚或到得早的霜冻所伤。同理，产自西伯利亚的植物也很难适应我们这里的气候。因为稍有春意，它们就会发芽，自然经受不住三、四月间那些凛冽的寒夜。

至于那些更为娇弱的北美灌木，福瑟吉尔博士等人算是好好领教过了它们栽培起来的种种不便。因此把这些"娇气鬼"都种在了北墙下，东边也应该有一堵墙，好抵挡从那边吹来的刺骨狂风。

这个观察结论也适用于动物。养蜂人不会让蜂房暴露在冬日的暖阳之下，因为这不合时宜的暖和会过早吵醒那些酣眠的居民。蜜蜂若过早起来活动，一旦天气回冷，麻烦可就大了。

这段霜冻期不长却寒冷异常，导致了一系列后果：马群染上瘟病，很多马因呼吸系统受损而丧命；很多人也染上了感冒咳嗽；好几个晚上，人们的床下都结了冰[3]；肉被冻得硬邦邦的，凿子都凿不开，只能保存在地窖里；一些白眉歌鸫和鸫鸟被活活冻死；大山雀则继续灵巧地在茅草屋和谷仓的屋檐下抽取稻草。至于原因，先前已解释过，此处便不再赘述[4]。

1月3日，室内的本杰明·马丁[5]牌温度计显示，夜间温度已降到20华氏度。这个温度计放在没有生火的密闭客厅里。1月4日，气温降到了18华氏度，1月7日降到了17.5华氏度。主人[6]从未遇到过如此寒冷的天气，非常遗憾当时未能将温度计带到户外进行测量。那些天北风和东北风不断。到了1月8日，沉默多时的公鸡开始打鸣，乌鸦也开始聒噪。这一切预示着天气即将回暖。此外，地里的鼹鼠开始忙活，也意味着冰雪即将消融。我们可以得出如下结论：温暖的蒸汽是由下往上升腾的，所以解冻多从地下开始，否则，潜伏在地里的动物是如何收到解冻的暗示的呢？

而且，我们常常能观察到，冷空气似乎是由上往下运动的，因为寒夜将温度计挂于室外，如果有一片云遮住天空，水银柱就会立即上升十度，云散去后，水银柱又会回落到之前的位置[7]。我们由此便可以得出结论：霜冻极寒天气的到来，通常是循序渐进的，但解冻却往往来得非常迅疾，就像病人突然痊愈。

　　葡萄牙的月桂和美国的刺柏在这场浩劫中毫发无伤，值得称道。人们在装点家园时真该多栽植一些耐得住突发霜寒的品种，才不至于为那些或许十年才得遇一次，一旦遭遇却终生难以恢复的损失感到痛心。

　　寒潮之后盘点，冬青受损极重；柏树死了一半；浆果鹃侥幸未死，但元气大伤，从此难复旧貌；两种月桂、地中海荚蒾纷纷惨死在地里；在热带地区异常活跃的野冬青也饱受摧残，叶子都掉光了。

　　雪直到1月14日才化完。探出头来的芜菁丝毫没有冻伤——朝阳处的不在其中。小麦生机勃勃，园里的植物也都保住了，因为雪是保护幼苗最好的斗篷。少了雪的呵护，北方的植物是万万活不下去的。4月的瑞典，大地还是一片银装素裹，可两周之后，便会变得花团锦簇。

Temple

坦普尔农场

1　由此处的"笔者"可知，本封并非真实的信件。——艾伦注

2　约翰·福瑟吉尔（John Fothergill, 1712—1780 年），英国医生、植物学家。他在伦敦有一座非常大的植物园，怀特曾多次前去参观。——译注

3　这是由床底夜壶里的尿液结冰得知的，尿的冰点低于水。——福斯特注

4　参见"致托马斯·彭南特先生的书信"的第四十一封。——作者注

5　本杰明·马丁（Benjamin Martin, 1704—1782 年），早期英文词典编纂者、科学讲师、科学仪器发明家及制造商。——译注

6　此处的主人，指怀特自己。——编注

7　怀特是第一个认识到辐射热的重要性以及云层与温度有关联的学者。——艾伦注

第六十二封信 / 前所未有的严寒

1776 年 1 月的那场严寒造成了一些比较奇特的现象，我想说几句其中的细节，应当是可以接受的吧。

要想准确可靠，最好的办法就是直接摘录我的日记，以前有需要的时候我便这么做。不过首先应该说明的是，1 月的第一周，天气潮湿异常，各地暴雨不断。由此我们可以推断：只有地里吃饱了水且结了冰，才会出现霜冻。[1] 因此，干旱的秋天之后很少会有寒冬。

1 月 7 日，大雪纷纷扬扬下了一整天，随后便是寒霜、雨夹雪和阵雪，一直持续到 12 日。到处都覆盖着一层厚厚的雪，就连大门顶上和凹陷的车道里也积满了。

14 日，笔者因事必须外出。他认为这是自己生平头一遭遇上如此恶劣的西伯利亚寒冷天气，以后应该也不会再遇到了。许多狭窄小路上的积雪，都没过了篱笆顶。雪景织就了一幅浪漫奇妙的画面，充满想象力的人见了都欣喜、惊叹。家禽不敢出窝，无论公鸡还是母鸡，都会被刺眼的雪弄得头昏眼花晕头转向，若无人照料，很快就会死掉。野兔也无精打采地赖在窝里，除非饿极了，否则决不外出找食物。可怜的动物

们非常清楚，在雪堆上留下足迹会暴露自己的行踪，对很多动物来说，这可是致命的。

14 日起，雪势增大，运货马车和长途客车已无法通行。西边的道路更是寸步难行，因为雪积得比南边还要深。要去参加女王生日宴会的宾客们在巴斯陷入了窘境：许多从巴斯甚至更远的莫尔伯勒驱车赶往伦敦的人，经过艰难跋涉之后，都被彻底堵在了那里。心急如焚的女士们拿出重金，希望工人们能铲出一条通往伦敦的路。但雪积得太厚，根本无法铲除。以至于 18 日后，这群人还是只能尴尬地待在城堡和旅店里。

20 日，寒潮到来后第一次出了太阳。之前谈到这种情况对植物来说非常有利。这段时间天气都不算太冷，温度计显示气温在 29 华氏度、28 华氏度以及 25 华氏度左右，只是 21 日又暴跌至 20 度。鸟类觅食艰难，处境非常可怜。恶劣的天气让云雀也老实了，因为发现地上空无一人，于是纷纷栖落在各处市镇的街道上。秃鼻乌鸦频频光顾屋边的粪堆，乌鸦则盯着来来往往的马车，贪婪地吞食从马身上掉下来的东西。野兔溜进菜园，刨开积雪，一找

到可吃的植物就往肚子里吞。

22日，我去伦敦办事，沿途是一派拉普兰[2]般的古怪的荒野景象。伦敦市区的景致比乡野更奇特，因为路面积满了雪，车轮和马蹄触不到地面，马车跑起来寂寂无声。少了车辆的喧嚣声，既怪异又让人不快，似乎透着一种荒凉之感，令人不安：

"——这令人恐怖的寂静。"[3]

27日，大雪下了一整天，到了晚上，霜冻严重。之后的四个晚上，南兰贝斯的气温分别降到了11华氏度、7华氏度、6华氏度和6华氏度。塞耳彭那几天的气温分别为7华氏度、6华氏度和10华氏度。1月31日日出前，树木和温度计的玻璃管上都挂着白霜，此时水银柱的读数恰好降至0华氏度，即比冰点[4]低32华氏度。到了早上11点，把温度计放在树荫下，温度又猛升到16.5华氏度——这样的低温在英国南部十分少见！[5]那四个晚上，寒意刺骨，就连温暖的卧室和床下都结了冰。白天寒风凛冽，饶是身强力壮之人也抵受不住。泰晤士河桥上、桥下，顷刻之间便已封冻，人们只得奔走于冰面之上。街上的雪多得出奇，被往来的行人踩踏成粉灰之后，颇似海盐。落在市区屋顶上的雪倒是很干燥，前后算来足足积

了26天——据最年长的管家回忆，这是前所未有的。种种迹象显示，这次寒潮或许还要持续数周，因为夜间的寒意日甚一日。谁知2月1日那天，雪竟毫无缘由地突然开始消融，入夜前还下了些雨。正如我在前文中所述的，解冻往往快得出奇。2月2日，雪继续融化。3日，成群的昆虫便已在南兰贝斯的各处院落里欢腾打闹了，仿佛完全感觉不到寒意。这些昆虫的小小身躯为何不会冻僵，倒是值得好好研究。

这次寒潮似乎只殃及了局部地区，或者说是在不停地移动。因为我从一封来信中得到确切消息，这段时间拉特兰郡的林登镇，气温为19华氏度；兰开夏郡的布莱克本也是19华氏度；曼彻斯特则为21华氏度、20华氏度和18华氏度。可见，其他一些未知因素对气温的影响甚于纬度，导致有时南方的气温反而低于北方。

寒潮之后，冬雪消融，汉普郡的小麦看上去状态不错，芜菁也完好无损。月桂和地中海荚蒾虽然有所损伤，但也仅限那些被阳光暴晒的部分。常绿植物均无大碍，损失情况还不到1768年1月的一半。南边的月桂被太阳烤得有些枯萎，北边的却毫发无伤。我每日都摇落常绿植物枝上的残雪，看来效果显著。一位邻居种在高处、面朝北方的月桂篱笆墙依旧苍翠欲滴、生机勃勃。葡萄牙月桂也是安然无恙。

乌鸫，鸫科鸫属

至于鸟，乌鸫和鸫鸟几乎死伤殆尽；而山鹬，因为天气和有人偷猎，都变得瘦不拉几，以至于来年都没有几只产卵。

---

1 1768 年 1 月之前的那个秋天很潮湿，尤其是 9 月。那个秋季，拉特兰郡林登镇的降雨量达到 6.5 英寸。1739—1740 年那个可怕而漫长的严冬来临之前，也同样有一个多雨的秋季，当时的泉水喷得很高。——作者注
2 北极圈内的一片地区，冬季长达 8 个月。——译注
3 原文为拉丁语 "—Ipsa silentia terrent"，摘自维吉尔《埃涅阿斯纪》，第二卷。——译注
4 华氏度的冰点为 32 华氏度。——译注
5 据我所知，塞耳彭的冬天较其他地方更冷，尽管有人曾说肯特个村庄曾有过 -2 华氏度的低温（即比冰点低 34 度）。——作者注

Newton Vicarage

牛顿·瓦伦斯教区的牧师住宅

第六十三封信 ／ 温度计的变化

　　1784 年 12 月的寒潮十分不同寻常，其中的详情，我相信阁下乐意倾听。当然，这封信之后，我保证不再提及这个话题了。12 月的第一周十分潮湿，气压也很低。7 日，气压计的指数为 28.5 英寸——下了一整天大雪，直到第二天大半夜才停。到 9 日一早，人们的工作就变得十分繁重了，马路上满是雪难以通行，平均积雪深度达 12 ～ 15 英寸（这还没算雪堆的高度）。9 日晚，气温急剧下降，我们想看看温度计的变化，于是便挂出了两支，一支是马丁造的，另一支是多隆德[1]造的。很快出现了我们意料之中的情况：晚上 10 点，两支温度计都降到了 21 华氏度，11 点我们上床睡觉时，降到了 4 华氏度。10 日清晨，多隆德温度计的读数跌到了 -0.5 华氏度，而马丁造的那支——设计得很不合理，最低刻度只标到 4 华氏度——水银柱都沉到水银球的黄铜护板里了。也就是说，在天气变得开始有趣起来时,马丁的温度计却派不上用场了。10日晚上11点,尽管寂静无风,多隆德温度计的读数却降到了-1华氏度!这种奇怪又寒冷无比的天气,让我迫切想了解附近像牛顿瓦伦斯村这样高海拔地区的温度能有多低。因此,10日一早我们给一位先生写了封信,恳请他将那支亚当斯造的温度计挂到屋外,并在早晚留意一下。我们满心期望能听到一些惊人的数字——要知道那里的海拔比我家高出200多英尺。谁知10日晚11点,那里的温度也只降到了17华氏度,第二天清晨是22华氏度,而我这里却只有10华氏度!两地的气温出现了始料未及的反转,让我们摸不着头脑。于是,我们担心是那位先生把温度计装错了,于是又送去一支我的温度计。

然而,两支温度计的读数一致。这说明,至少有一晚,牛顿瓦伦斯村的气温比塞耳彭高了18华氏度,整个寒潮期间,比塞耳彭高了10~12华氏度。寒潮之后的情形更是让我们对此深信不疑,因为我所有的地中海荚蒾、月桂、冬青、浆果鹃、柏树,甚至葡萄牙月桂和坡上的月桂篱笆墙(它们更是让我痛惜不已),叶子都枯萎了。而在牛顿瓦伦斯村,同样的树却连一片叶子也没掉。

这里的寒潮一直持续到25日。那段时间,

每天早上的气温都降到了10华氏度,牛顿瓦伦斯村的气温却只降到了21华氏度。31日,强烈的寒潮有所减弱,冰雪有了消融的迹象。1785年1月3日,冰雪开始融化,天还下起雨来。

有件新鲜事,我一定要说上一说。12月10日是个星期五。这一天阳光明媚,空中飘满了冰粒,如同射入黑屋的阳光中的微小粒子。一开始,我们以为那是从高篱笆墙上落下来的霜粒,但走到霜粒落不到的地方一看,很快意识到并不如此。它们到底是凝结的水汽,还是融化升腾的雪花呢?

非常感谢温度计让我们早早知悉了天气信息,这样才来得及将苹果、梨、洋葱和土豆等农作物移到地窖和暖和的壁橱里。没及早收到信息或忽略了天气预警的人,不仅损失了所有菜和水果库存,面包和奶酪也全都冻上了。

有件事我也必须说说。这两天冷得像西伯利亚,我客厅里的猫身上的静电极强。抚摸过猫的人,即使不必与其他人直接接触,也可以将静电传给周围所有人。

还有件事我之前忘了说。寒潮那两天,两个在雪地里追猎野兔的人冻伤了双脚。另外两个人,虽然工作条件要好一些——只是在谷仓里捯谷子,也被严寒冻伤了手指,数周后才康复。

这次寒潮不仅让所有荆豆和大多数常春

藤毁于一旦，多地的冬青树也因此掉光了叶子。它虽然来得早——还不到旧历[2]的11月底，但我们得承认，就造成的危害来说，这场寒潮也许是自1739—1740年以来最为严重的。

1 多隆德家族是一个世代从事光学等精密仪器的发明、制造和销售的家族。此处的多隆德指的是约翰·多隆德（John Dollond，1706—1761年）或是他的儿子彼得·多隆德（Peter Dollond，1731—1820年）。——译注
2 指从公元前45年开始实行的儒略历，于1582年被现行公历取代。——译注

第六十四封信 ／ 两年酷暑

英国北方鲜有引人注目的酷热天气，这里的夏日气温不高，日照也达不到人们的期望，连果实都难以催熟。所以，在叙述夏季的酷热程度时，我会尽量言简意赅，也算是对最近关于严寒话题的种种冗述之过略做一些补偿。

1781 年和 1783 年夏天异常炎热干旱，相关情况我将引述我的日记，不再追溯更久远的时期。1781 年，我的桃树和油桃树饱受酷暑煎熬，果皮都晒裂了。之后，这些树一直凋萎着。勤劳的园丁们或许可以从中获得一些启发，用草席或木板遮挡一下墙边的树，此事不需大费周章，因为酷热的天气不会持续太久。也是在那年夏天，我发现树上的苹果都被太阳晒蔫了，风味尽失，也难以存放过冬。这情形让我想起旅行家们说过的，在南欧吃不到味美的苹果和杏，因为那里太热，果肉都变得寡淡无味了。

胡蜂算得上是果园中最大的害虫。所有的好果子，还没发育成熟，就会被它们毁个干净。1781 年，我们这儿一只胡蜂都没有，但 1783 年，胡蜂却多如牛毛。要不是我们让几个男孩摘掉蜂巢，并用抹上粘鸟胶的榛树枝捕捉了成千上万只胡蜂，我那一园子的水果估计就要一个不保了。从此以后，每年春天我们都会花钱请几个男孩除掉大量繁殖的胡蜂。这些手段效果显著，大挫了那些强盗的嚣张气焰。虽然胡蜂只有在盛夏才会数量激增，但也不是每个酷暑都会泛滥成灾。以上提到的那两年便是很好的例证。

1783 年的夏天非常闷热，蜜露出得太频繁，以至于我的园子变得惨不忍睹。原本赏心悦目的忍冬，一周后就变得恶心至极：裹着一层黏糊糊的东西，还爬满了黑乎乎的蚜虫或苍蝇。出现这种黏稠东西的原因大抵如此：天气炎热时，田间、草地和菜园里的花便会散发出一些气味，白天，这些气味会被蒸腾升到空中，夜里又混在露水中降落到地面。我们能闻到夏季空气的芬芳，正是因为其中满是花粉。这些又黏又甜的东西来自植物，这一点我们或许从喜爱它们的蜜蜂身上便可知晓。我们大概可以肯定，这些蜜露都是晚上落下的，因为我们总是在无风而温暖的早晨第一眼看到它们。[1]

在白垩土和沙壤土上，以及伦敦周围炎热的村子里，温度计的指数常常能达到 83 华氏度或 84 华氏度。但因为我们这里群山环绕，树木葱茏，我几乎从未见过气温超过 80 华氏度，就连 80 华氏度也很少见。我认为原因是这里的土壤黏性太大，且多树荫，不像上述几个地方，热气可以轻易传导进来。另外，多山的地形促进了空气的流动，大量林木散发的潮气也起到了降低温度的作用。

In Selborne church

塞耳彭村教堂内部

1　如今人们知道，大多数的蜜露都是由附着在植物上的蚜虫生产的，由植物本身分泌的只有很少一部分。怀特在描述蜜露时虽然提到了蚜虫，但是并不了解两者之间的关系。——艾伦注

Hollow Lane near Norton

诺顿农场附近凹陷的路

第六十五封信 ／ 1783 年的不祥之兆

　　1783 年的夏天充斥着种种不祥之兆：除了有惊吓到和困扰全国各郡的流星和雷雨之外，还出现了奇怪的烟尘，或者说浓雾，一连数周都笼罩着本岛及欧洲各地，甚至欧洲以外的地区。此次烟雾十分离奇，我记得此前从未出现过 [1]。从我的日记看来，我是在 6 月 23 日至 7 月 20 日（含该日）期间观察到这一奇特现象的。这段时间的风向不停变化，浓雾却丝毫不见消散。正午的太阳好像被云遮住的月亮，洒在地面和房间地板的日光呈铁锈色。日出和日落时则是一片血色。气温从始至终居高不下，屠夫宰杀完牲畜，鲜肉不出一日便已腐坏。各处的车道和篱笆上，苍蝇成群，马儿不胜其扰几近疯狂，骑马之人更是苦不堪言。乡人开始用迷信的眼光敬畏地看待阴沉的红太阳。然而开明之士都明白个中原委：这一时期，意大利的卡拉布里亚和西西里岛的部分地区遭遇强烈的地震[2]，其后挪威海岸一线火山爆发[3]。那段时间，我的脑海中时时浮现出弥尔顿在《失乐园》第一卷中写太阳的著名比喻，其中的描述确实十分贴切，因为诗的末尾提及了人们在面对极端天气和古怪的自然现象时流露出的迷信般的恐惧。

> "……看那初升朝阳，
> 海平线上，大雾茫茫，
> 仿若藏身冰蟾，稍露朦胧毫光，
> 又如日蚀，洒下惨淡凶芒，
> 烛照半世，似变天之惶惶，
> 王公贵臣，一片迷惘。"

1　指 1783 年冰岛拉基火山爆发。火山喷出的有毒物质以及其后造成的大饥荒，使得冰岛近 1/4 人口死亡，连欧洲大陆也有数以万计的人丧生。——编注
2　指 1783 年 2 月发生在意大利南部卡拉布里亚和墨西拿海峡的地震，造成大约 5 万人丧生。——编注
3　冰岛拉基火山的喷发物先是飘到了挪威，进而南下进入德国、法国，再西进英国，因此怀特误以为火山是在挪威附近。——编注

Grange Farm

格兰奇农场

第六十六封信 ／ 记一次雷雨

我们这里很少受雷雨之苦。说来也奇怪，就我所知，那些生成于南方的雷雨几乎从不光临我们村子。因为它们在到达这里之前，就转而向东或向西了，甚至会一分为二，分别奔向东方和西方——1783 年的夏天便是如此。根据我那年夏天的日记记载，当时南方的雷雨总在滋扰塞耳彭的周边地区，与我们却擦身而过。我对此唯一能想到解释的便是：塞耳彭和大海之间横亘着的那些绵绵群山，如诺尔山、巴尼特山、巴策山和波茨岗等，不知怎的分散了风暴，将它们分别引向了其他方向。据观察，高耸的岬角和隆起的高地会吸引云层，让它们"缴械投降"——这些猛烈的大气一碰到岬角和高地，就会将雨释放到树林和山峰上。远居其下的山谷从而躲过一劫。

我说不记得有来自南方的雷雨，并不是说这里未曾受过雷雨之苦。1784年6月5日的清晨，温度计读数为64华氏度，正午升到了70华氏度，气压计指数为29.65英寸，伴有北风。我看到山坡树林的上方有一团散发着浓烈硫黄味的蓝色烟雾，似乎预示着雷雨近在咫尺。大约午后2点，我被叫到屋里，所以没能看到北方的云团聚集的过程。当时待在外面的人告诉我，那情景真是非常罕见。2点15分左右，风暴从哈特利教区开始，慢慢由北往南移动，从诺顿农场和格兰奇农场上方掠过。起先落的是大颗的雨滴，很快便下起了圆形的冰雹，接着又下起了表面凹凸不平的冰块，周长足有3英寸。如果它的波及范围和持续时间（实际持续时间极短）与其猛烈程度相当，那周边地区肯定会损失惨重。哈特利教区只有一个农场遭到了一些破坏，地处风暴中心的诺顿则严重受损，与诺顿毗邻的格兰奇也没能逃过厄运。这场风暴刚好只刮到了我们村子的中间，我家的北面窗户、菜园里所有的灯和放大镜被冰雹打坏，左邻右舍的窗户也有很多遭了殃。风暴肆虐的范围长约2英里，宽约1英里。当时我们正围坐在餐桌前准备吃晚饭，结果听见房顶瓦块和窗户玻璃乒乒乓乓响成一片，注意力就被吸引了过去。与此同时，上面到的几处农场暴雨如注，突然猛涨的洪水十分粗暴，淹没了草场，冲走了休耕地的泥土，造成了很大破坏。通往奥尔顿的凹陷车道面目全非，完全无法通行，亟待修复。连重达2英担的岩石都被洪水冲走了。看见大块冰雹砸进池塘中的人说，从天呼啸而至的冰雹威势惊人，溅起的水花足有3英尺高。

那个时候，伦敦附近的南兰贝斯区上空云层稀薄，不见半点暴风雨的影子，但空气中却充斥着大量电荷——该地一台电机上的铃铛响个不停，还带有强烈的电火花。

着手这项工作之初，我本拟增加一篇"博物年志"，以补前述诸信中的种种遗缺。不过，沃灵顿的艾金先生的付梓新作中已有类似内容，而我的信又过于冗长，想来您的耐心已受到了足够多的挑战，所以关于博物学的话题，我就写到这儿吧，不再打扰您了。

致以最诚挚的敬意和问候
您最谦逊的仆人
吉尔伯特·怀特
塞耳彭，1787年6月25日

White's Monument

塞耳彭村教堂内怀特的纪念碑

英文版前言一

格兰特·艾伦

　　大约在 1755 年的一天，一位恬静而低调的牧师在英国汉普郡的塞耳彭村扎下根来。他就是吉尔伯特·怀特，牛津大学奥里尔学院院士。他将这个偏僻之村，变成了大西洋两岸热爱自然者的圣地。但他并非人们讹传中的该教区的牧师，而是奥里尔学院院士，虽然在塞耳彭或别处也偶行副牧师之职，却更像个独来独往的绅士，栖身于塞耳彭。造访汉普郡教区，于吉尔伯特·怀特也并非首次。那一年是他重返故土，幽居。怀特为人谦冲，淡泊声名，故并无画像存世。尽管书信集再版次数之多，任何英国俊彦也难出其右，但生平种种，我们只能勉强从只言片语的记载中获知一二。

　　怀特一家与塞耳彭的渊源已有两代。老吉尔伯特·怀特，即博物学家怀特的祖父，曾任牛津大学莫德林学院院士，1681 年经学院推荐，担任塞耳彭教区牧师一职，俸禄似乎相当菲薄。他的墓碑现仍存于教区教堂内，而博物学家怀特被人们误称为"塞耳彭的田园牧师"，正肇因于此。小吉尔伯特·怀特[1]的墓碑上镌有"本教区已故牧师"的字样，便让人错上加错——这其实指的是老吉尔伯特，而非他的孙子。牧师老吉尔伯特·怀特 1727 年去世时，

他那后来大名鼎鼎的孙子才 7 岁。他遗有一子，名约翰，是一名"出庭律师"，即是创作出这些动人书信、"雏凤清于老凤声"的小吉尔伯特·怀特的父亲。1720 年 7 月 18 日，小吉尔伯特·怀特生于塞耳彭教区。他死于 1793 年，这 73 年跨越了大半个 18 世纪，也即三位乔治国王的统治时代。即便现在，塞耳彭也是一个幽僻的村落，远离铁路，当时更是偏远难至。它夹处两条大驿道的中途——两条驿道分别通往朴次茅斯和温彻斯特，仅有既深且陡、被水冲坏的小路可通（说起这些小路，怀特总是充满感情）。为了使这些小路可以通行，怀特的牧师爷爷去世后留下了一大笔钱用于维修。怀特的大半生，大体上是在塞耳彭度过。祖孙三代安居一隅，为他对当地风物经年累月的观察提供了莫大的方便。虽身处僻壤，但他是雅学之士，与各地的同道翘楚不乏交往。求学于贝辛斯托克时，怀特与托马斯·沃顿是同窗。沃顿后来成了著名的教士，让他声名显赫的，却是两个青出于蓝的儿子：约瑟夫，温彻斯特学院的院长；托马斯，牛津大学的诗学教授。之后，少年怀特顺理成章进入牛津大学；1739 年，他 19 岁，被奥里尔学院录取。4 年后的 1743 年，获得

文学学士学位；1744 年 3 月，又当选为学院院士。随后，他似乎在校内住了至少 3 年。怀特的第一个副牧师职位，是在老奥尔斯福德附近的斯沃拉顿取得的。但在 1752 年，他却成了牛津大学的初级学监。种种迹象表明，斯沃拉顿的副牧师一职顶多算是虚衔。之后不久，怀特回归塞耳彭，在 1755 年彻底安顿下来。至于继承家族产业，则是在 1763 年叔父去世之后。此后，没有人能够劝说他抛别自己选定的这块土地。他不止一次收到去大学任职的邀请，但都一一回绝。他不愿分心于教区事务，只愿成为一名普通的法灵顿副牧师，享受一位有修养的博物学家的恬淡生活。但从《塞耳彭古物古事记》中一处惹人好奇的段落中可以判断，怀特定居汉普郡前，肯定在伊利岛上当过一段时间的乡绅。

这些，便是这位汉普郡牧师简略的"编年史"中的"大事件"。不过，怀特留下的对其生活的种种描述，却比任何正式的传记更加生动和有价值，对其生平细节的不足起到的作用远不止是"弥补"。正如他侄子写道，他的一生"宁定安详，唯伴四时荣衰"。1767 年，也是机缘巧合，怀特与富有的威尔士博物学家、《不列颠动物志》的作者托马斯·彭南特展开了一番饶有兴味的通信，讨论些鸟兽的生活习性。不难揣测，对于这番通信，怀特起初并没有发表出版的想法。最早的那些信，似乎也是信手写来，缺少章法条理，只是针对事实与观察的粗略备忘而已。现今编入书中的第十封信，大约才是两位博物学家通过邮政传送的第一封信。可以推断，彭南特定是先向怀特提出了几个问题，怀特便根据问题的次序逐一回答。偶然的开始却造就了定期的通信，而怀特很长一段时间都无意出版。随着时间的推移，他的另一位通信者戴恩斯·巴林顿先生（也是一位博物学家）似乎向他建议，如此有价值的东西，不应仅仅藏于私人信件。从此以后，怀特大概才开始讲求体例，写信时更加谨严，文风也更具法度。1771 年怀特致彭南特的一封信中提到，那位威尔士博物学家，似乎也敦促过怀特出版这些书信。随着通信日深——假如我没有搞错，从信中便可感知，他的文笔开始趋于优美。致戴恩斯·巴林顿先生的那一组信，开始的时间略晚于我刚才提及的那封：其起止时间，与致彭南特的书信的起止时间大体相当。在致巴林顿的各封书信中，前后文风同样存在类似的转变。约 1784 年，即法国与美洲出现动乱的那一年，怀特必定已打算出版这两组通信集。虽然早在 1767 年，他已在探讨此事了。我推断，目前刊行的书中的前九封信（虚构）多半便是那时候写就的，其中有一封可能是由写给彭南特的一封真信中的片段拼凑而成。这些具有导言意味的章节，实际并非正式信件，内容涉及对塞耳彭的概述，如地理位置、土壤条件、周遭环境等。若非怀特过于谦虚，避免给人"刻意为之"的感觉，这些内容或许更应归于序言之属。第九封信中有一句话提及 1784 年春天，由此可知这些导言性质的信札虽经掩饰列为开篇之作，实为事后补写，以便读者理解后叙内容。后面还有一两封信，架构纷繁，我相信也是在这一时期增添进去的。

这些书信集的第一版，于 1789 年（即法国大革命爆发那年）面世。出版人是怀特的兄弟、在伦敦做书商的本杰明——他曾向塞耳彭教堂赠送过一幅美丽而古老的日耳曼祭坛画作，如今仍装饰在教堂内。书籍问世后4年，即1793年（这一年巴黎的大革命臻至高潮），怀特驾鹤西去。在这大事件不停歇的时代舞台上，绝对应该有怀特的一席之地。

这位谦静的牧师兼博物学家，在塞耳彭过着他的生活，做着他的工作，简直不必怀疑这些作品日后会大获好评。这一系列的素描与观察成果一版再版，且再版频次越来越高。为了解其独特魅力，我们必须重点关注催生这一作品的特定历史环境。

怀特涉足文学与科学大约是在法国大革命前，乔治三世统治的时代——简而言之，就是老威廉·皮特[2]的时代。就知识层面而言，当时英国处于稳定而缓慢发展阶段。查理二世创立了英国皇家学会，使欧洲的科学浪潮在不列颠得以增强。17世纪末至18世纪初，知识分子对自然现象，尤其是对动植物生活习性的兴趣与日俱增。人们开始对欧洲动植物区系进行精确调查，在亚洲和美洲的游历，敏锐的欧洲博物学家更识见到新物种的知识。正如哥白尼时代的天文学、莱尔[3]时代的地质学成为科学进步的增长点一样，我们敢说这一时期的动物学和植物学，也起到了同样的作用。林奈的巨著《自然系统》的出版，促进了人类对生物学的研究，其影响力，无论给予多高的评价都不为过。在怀特进行自然观察的约40年中，生命科学开始具备哲学的形态，人们也开始尝试从讲求科学精确性的角度，展开对生命科学的研究。

吉尔伯特·怀特是奥里尔学院院士，受过高等教育，是一位优秀的古典学者，能顺畅阅读当时大部分以拉丁文写就的科学著作和研究报告。从其著作《塞耳彭古物古事记》中可以看出，他学识渊博，对中世纪文明的识见甚丰且兴趣浓厚，这在当时实属罕见。同时他又长于细致入微地观察身边各种野生动物。定居塞耳彭后，怀特过着平静的单身生活，住在村里靠着大街的一栋房子里（该处房屋名为威克斯宅，目前尚存于世，但已经扩建）。因是独居，鲜少烦扰，他便可全身心投入到爱好中，去观察老家的各种鸟兽。时至今日，人们若非着意关注生命的细微之处，绝难在不列颠发现什么新鲜事物。怀特的时代全然不同。人们对不列颠诸岛动植物的了解极不全面，对动植物习性的研究几乎未展开。当时的自然史类书籍仍充斥着中古的寓言、怪诞的传闻，以及"家燕冬眠于水""蛤蟆煎药治癌"等无稽之谈。怀特这一代人要做的，便是用缜密而精准的第一手观察，取代早期作家那些蒙昧的记载、无由的猜度和夸张的传说。

这一封封自然、亲切、愉快的信件，魅力之所以不曾衰减，大部分原因正在于此。我们仿佛置身于动物学初创之时，得见科学的渐渐成型。那一时期的欧洲不乏如怀特这般耐心而诚实的观察者，后来如居维叶、欧文，以及达尔文所建立的庞大的上层理论体系，便是以他们的观察为基础。之所以其中的绝大多数被遗忘了，是因为他们没有将自己的成果记录下来并刊行于世（发表在学会会报的不在此列）。怀特的《塞耳彭自然史》则不同，慢慢抵达真理过程中的每一步都被他记录并保存了下来。我们由此可以一同参与到早期生物学家们的各种探索与考证中，看着他们将物种一一分类，发现他们维护或对抗一些老旧无稽的传统，窥见他们对真理的渴慕、对精准知识的炽热欲望和与一些曾经被奉为圭臬的传说决裂时偶或出现的内心踌躇——虽然这些传说在我们今天看来太过幼稚，不值得他们如此殚精竭虑煞费苦心。因此，《塞尔彭自然史》吸引我们的主因在于它是一部历史的纪录片——将科学在18世纪后期探索前行的每一步，都一一呈现给了我们。

此外，必须指出的是，这套书信集的趣味现今主要体现在文学方面。当时的科学著作留存至今的，除此之外再别无他。这些著作的内容和结论倘若真实、经得住时间的考验，便存在于现代的各种书籍里，而这些作品本身，如斯科波利[4]和林奈一般早已不在人世。何以如此呢？只因科学在不断发展，纵使是最好的科学书籍，很快也会过时。现代人若是真心希望获得一些关于鸟与兽、植物和花朵、岩石跟化石等自然知识，是不会想着在18世纪作家的书里寻找到事实与结论的。这些作家谈及的重要内容，都被19世纪的作家所采纳、修订，并编撰为通则，使其更为准确。当我们返身去阅读上世纪系统科学的著作时，目的绝非获取知识，只是因为它们在科学史中起着如垫脚石一般的作用。

怀特的书信集堪称自出机杼。我们读它，部分原因如前所述，即将其视为生物学思想发展的一个个瞬间来阅读。但更为重要的是，我们将其视为描绘某一时期生活的生动形象的画卷。要想全面理解《塞耳彭自然史》，就该对塞耳彭进行一番探访。在那里，面对村庄的大街，你能见到一处老宅，低调静谧，不事张扬。正是在这里，怀特完成了他那些不朽的观察，安静地写就了他那些不朽的信札。站在屋前，望向大街，你定会惊诧于在这样一个地方，这位单身牧师竟能有如此充足的机会，去观察鸟兽的隐秘生活！他的信告诉我们，他确实做到了！若是现下的房东能给你一个彬彬有礼的首肯，允许你进到屋里，察看一下花园，你就不会再吃惊了。诚然，透过前窗，大街上18世纪的民居鳞次栉比映入眼帘；看看后院，你能见到一大片宽阔的草地和花园，树木古朴秀美，蔚然成林，其中不乏怀特亲手栽植的一些，这片绿地形成坡道，缓缓伸向"垂林"。那位淡泊的奥里尔学院院士、法灵顿的副牧师，当年也许就在此处，终日坐在一张粗简的椅子里，观察不请自来的鸟兽。这些信件，正是一幅生动画卷，叙述着那些已经消逝的生活——一位恬静、富足、悠闲的绅士，知书达理，颇具科学趣味，在他自己的王国里，悠然研究观察着自然，无火车、电报、债主和家事之滋扰，乐于耗费十年心血，只为解决一些鸟类学的细节问题，若所得结论有幸得到博学的彭南特先生或敏锐的巴林顿先生的赞同，便欣欣不已。

那些时光已一去不返。科学已成为专门的学问。业余爱好者的乐土惨遭蚕食鲸吞，已显逼仄。不广泛借助图书馆、仪器、收藏、合作和长期的专业训练，获取新事实、得出新结论便是妄想。正因如此，这幅勾勒宁静和逍遥往昔的祥和画卷，才更让我们欣喜。不得不说，怀特的信札，每每读上一两页，我定会忆起奥斯汀·多布森[5]那些优雅的诗句，这些诗句，为我们还原出一位典型的18世纪的绅士：

> 他爱水车轮嘎吱作响，
>
> 他爱画眉驻足放声歌唱，
>
> 他爱听蝇虫嗡嗡
>
> 在他累累桃树间飞舞徜徉；
>
> 他爱看落日余晖
>
> 返照在果园的墙上，那里常青藤爬满；
>
> 或停下脚步侧耳聆听
>
> 远处山毛榉林里，布谷鸟啼鸣。

无疑，这正是怀特的理想。我们还可以借用多布森先生的一句贴切的诗句补充对他的描述："他的名字叫悠闲。"当年的时间还不是金钱，而是享受、自我发展以及修养身心的机会。怀特对时间的运用，坚守生命尊严、珍惜生命价值的态度，在我们熙攘奔忙的现代生活里，早已如云烟般消散殆尽。

所以，我以为，我们首先应当将这些自由而友好的书信视为一块文学纪念碑。一位业余博物学家的日常生活，借由这些书信，具体而微地呈现在我们面前——那时候，牧师、猎手、乡绅和科学人的身份是可以合而为一的。我认为，编辑怀特的这些迷人手札，最好是秉持这样的态度和观点。如果将怀特的生物学当作现代化的技术信息来对待，使其"与时俱进"，万万不可。否则，这部著作将充斥

着各种无用的注释，只能使读者分心，无法专注于原作者关于时间、地点的核心和根本内容。怀特写这些信时，林奈的简明命名法（比如统一用一特定名词描述"属"和"类"）还没有完全取代笨拙而古老的描述法，因此，怀特提及鸟和哺乳动物时，常援引雷和其他早期博物学家的命名，而早期的命名常由多个冗繁而含糊的词组成。每遇到这种情况，我没有一律将其修正为现代自然科学的准确定名，因为这些命名往往尚存疑义。更重要的是，阅读这本书时，不能以严谨的科学态度，而必须本着尊重历史的心态，在脑海里将自己带入怀特的时代。另一方面，我实不愿那些已确定的谬误和已被推翻的成说死灰复燃，流布于世，更不愿本书成为谬论的渊薮。因此，为方便年轻人和普通读者，我在注释中更正了那些最为可疑或错误的说法和结论。凡是怀特疑而未决而现代科学已有定论的观点，我只给出结论，不再列出理由；至于怀特的推断，现已被明证予以否定的，我则简要出新的观点；只在确然无疑之处，我才用现代公认的名称替代。此外，怀特对当地地理的粗简命名，我也已使其与现代地质学家的术语相统一；明显存在舛误之处，我已对相关内容进行改正；现代更为通行的村落名称，我已列入方括号里，正文中则保持怀特的名称；怀特使用的单词，若是字形过时或字义荒僻，我也偶尔补以现代的形式，或替以同义词。我把自己的工作尽可能严格地规限在对经典的编订范围之内，绝不试图将书中的论断与现代科学知识一一对照并勘正。为免出现作者的论断和编者的批注两相混淆的情

况，我将自己补充的所有内容都纳入方括号内。我的注释都已用缩写单词 ED 进行标注。未标注的则是作者的原注。[6]

我所做的这些说明，绝非是想贬损怀特用毕生心血完成的这部著作，相反，它举足轻重，有坚实而永恒的科学价值。怀特的观察几乎都是细致而准确的。在我们获得的那些对不列颠动物群，特别是鸟类的观察成果中，它仍属个中翘楚。就在实地观察沼泽和林地的野生动物时所展现出来的耐心和同理心而言，只有如沃尔德·福勒[7]和哈德逊[8]等几位屈指可数的现代观察者可与怀特相提并论。今天，不论谁读到这本书信集，都能从字里行间了解到许多事实，而这些事实，是后人的观察无法反驳或超越的。我已在怀特的村子里住了数年，每天，塞耳彭和沃尔默皇家围场都会出现在我眼前；阳光下波光粼粼的，还是当年的那些湖塘；在我面前飞来跑去的，还是同样的鸟兽昆虫。我反复阅读怀特对这些动物生活习性和行为方式的描述，其学识之渊博，观察之精准，内心之澄澈，以及对英国自然界外部生活之烂熟，读之越久，就越发让我感佩不已。

由是观之，怀特这本著作的价值是普遍而永恒的。他的方法甚至重于结论。他教人如何观察，如何在观察中秉承耐心和细致。他的时代，百事待兴。而我们的时代，至少在欧洲，则大框架已定。今天，如果一个孩子或大人想要了解家乡的植物、鸟类、鱼类或昆虫，通常会从"买一本关于它们的书"开始。当然，他也会搜集标本，对照书本，确定它们是哪一种生物。一旦找出每个标本的种属，读完书里的相关介绍，对这些植物或动物的探索便"大功告成"，他也就心满意足了。因此可以说，教科书的臻于完善已经成了我们进行直接观察的阻碍。书本知识逐渐取代了人们与大自然的直接接触。怀特却给我们指明了一条极好的道路。为查明鸟兽的真实行为，他长年累月地记录，这让我们感到，和直接观察相比，书本的用处其实极为有限。在今天，只有去相对陌生的地方旅行，人们才会如怀特当年在英国那样观察动植物；但在欧洲本土，人们同书本的亲密接触，替代了同书本所述事物的亲密接触，这样的情况早已屡见不鲜。

这还不是全部。另一方面，怀特还起到了更有意义的作用。他代表了科学中的哲学精神的开端，在很大程度上引领了莱尔、达尔文、斯宾塞[9]、赫胥黎这一代超卓的思想家。

我常常觉得，16 世纪的学者为后世的人文科学虚耗了一生。他们终其一生，都在为西塞罗时代的拉丁文和伯利克里[10]时代的希腊文中的细枝末节，进行无谓的争论，积攒了无数毫无实际用途的琐碎学问。不过，他们搜集的这些素材，却为代表着更高层级学术派的吉本[11]和法国的百科全书派提供了帮助。这些更高层级的学派，彻底颠覆了今天我们对古代文学和古代历史的观念。他们就像制砖工，盲目地造着砖块，而将来的建筑大师们，或许会靠宏大的设计，将这些砖块垒成一座辉煌的建筑。即便如此，我还是觉得 18 世纪的科学人是为其所研究学科的未来虚耗了一生。他们搜集了大量支离破碎、毫无关联的事实，在现代读者看来，这些事实沉闷单调，知识面也不够广阔。围绕各个物种的异同，他们争论不休。他们精心编订了无穷无尽的人为分类系统。他们关注结构中的细微之处，却忽略了结构的整体功能。他们大多缺乏概括与归纳能力，无视概念与理论。假如我们不知道过去确有其事，或是没看到现在某些地方的乡村植物学家或动物学家仍秉持同样的精神——痴迷于关键物种的划分，致力于发现蝴蝶翅膀上的新斑点，或是用自己的姓名去命名某种寻常的繁缕草或蟋蟀某个无关紧要的品种，并将其作为自己一生中至高的荣光——我们定会觉得，这样的工作简直不可思议。

吉尔伯特·怀特是 18 世纪为数不多的、为更高层次的生物学奠基的博物学家之一。在许多方面，他都是达尔文和穆勒[12]的先驱。在同时代的所有著作中，他的作品因具有鲜明的哲学基调和精神，鹤立鸡群。怀特总是关注生命的各种关键之处，为后人探索自然界的内部秘密提供了种种线索。正因如此，他关注石䴗幼鸟为何爱潜伏于燧石地的石块之中："这里可保万全；因为这种鸟的羽毛颜色，跟这里带着灰色斑点的燧石非常相似，即使观察者有火眼金睛，如果不能看见幼鸟的眼睛，就可能发现不了它。"这堪为"保护性拟态"理论的萌芽。相同的情况，还出现在"致彭南特的第十五封信"中谈论食物对鸟羽颜色的影响，"致巴林顿的第二十二封信"中关于雨燕习性的说明，等等。类似的描述还有很多，无不显示出理性生物学最后阶段的征

兆。至于怀特对蚯蚓在自然体系中所任角色的预言式观察，我已在拙作《查尔斯·达尔文》中提醒读者留意：这些观察，正是我们这位伟大生物学家（指达尔文）的理论与实验的指引。自始至终，怀特都是早期少数几位认识到"积微成著"重要性的博物学家之一——几乎整个现代生物学和地质学都建立在这一真理之上。作为动物学家、植物学家、气象学家以及社会学家，他在各个方面，都是现代精神的先驱。诚然，他的才能逊于与他同时代的伊拉斯谟斯·达尔文[13]，后者留下的伟大推论，却只能引起科学及哲学史学家的浓厚兴趣，普通读者并不关心。吉尔伯特·怀特的这部作品则会被人们视为观察的典范，以及绘一个人、一个地方和一个时代的画卷，让人们年复一年地读下去。

因为本质上，怀特是可爱的。我们把他看作好兄弟。我们仍然可以在垂林的斜坡上（他在斜坡上开辟的那条小路，人们现在仍叫它伯斯陶路），同他聊一聊不列颠的柳莺到底有几种，冬天的苍头燕雀为什么雌雄分飞，以及如何折一根草茎，将田蟋蟀引出洞来。这一封封通俗平易的信，读来使人倍感亲切。别的书，很难让人能真切地感受，自己仿佛置身于 18 世纪。即使如鲍斯威尔的《约翰逊传》[14]，在一些方面也未能像这位温雅、充满好奇心、饶舌的乡下牧师的作品，处处可见发乎于自然的情感流露。我们看着他骑着矮脚马，翻越"这片雄伟山脉"——苏塞克斯岗；我们听着他屏住呼吸，谈论斯诺登山和普林利蒙山脉是如何高峻；我们对他的天真忍俊不禁，竟以为西班牙是一个遥远未知的国度；他每

每提及欧洲以外的国度，甚至欧洲较为偏远的地区，就显得"词穷"，这又让我们一笑置之。尽管如此，这幅画的魅力却从不消减。实际上，恰恰是这些过时想法中离奇有趣的妙论，才使得这本书读来津津有味。"再次感谢您为我讲述克莱西府的情况。1746 年 6 月，我在斯波尔丁待了一个星期，却没人告诉我附近有如此奇景，想来真是不无遗憾。"当时，穆雷[15]和贝德克尔[16]还不为人所知。今天，我们可以说："那我就去一趟林肯郡看个究竟。"但当时的林肯郡于怀特是那般遥远，远过莫斯科或摩洛哥于现代的研究者。这一幅充满宁静与沉思的乡村生活的舒缓画卷，价值胜过那些二流科学何止千倍。

最后，我们应该时刻铭记怀特时代的思想家们为他们自己确立的目标。在我们的时代，"推进科学"的愿望，差不多已被塑造成了一尊愚蠢的偶像。几乎所有的科学教育都指向这一目标，以至于其努力造就出的，不是完整而博识的男人和女人，而是发明家、发现者、新化合物的生产者，以及调查影响玫瑰的蚜虫的调研员（研究在影响玫瑰生长的过程中，蚜虫身上那些微小的新特性）。客观地说，这些都很好；但恕我直言，这并非科学教育的唯一目标，甚至不是主要目标。世界上不需要那么多科学的推动者，需要的是大量接受过良好教育的公民，在遇到各种类似问题时，能做出正确判断，并视其轻重缓急，给予正确的处理。就我所知，在这方面，最具教育意义的，莫过于先读《塞耳彭自然史》，再读《塞耳彭古物古事记》了。从中我们可以看到，拥有广博兴趣的怀特，和今天那些拘于一门的狭隘的科学人，简直不可同日而语。事实上，绝大多数的人都无法对"推进科学"产生实际贡献；试图假装推进科学去"混"点肤浅的声名——人们会有这样的想法，根源就在于我们现行的迂腐教育。但是，我们每个人都能去爱自然，去观察自然。就这一点而言，我们能从怀特身上获益良多。我们的目标，应该是将自己塑造为圆满的人，具备全面、平衡、宽博的人性。我们都不愿成为"偏废者"。怀特的那些方法和为我们做出的榜样，是预防现代生活中流行的"偏废病"的良方，价值真是难以估量。让我们像怀特一样，坦率、公正、直接地去观察自然吧，问她问题，让她自行作答，不要强迫她给出仓促的答案。这样，无论能否成功地"推进科学"，只要你加入到率真而诚实的、热爱真理、热爱美的人群中去，至少，你就已经推进了我们共通的人性。

1 即博物学家怀特。——编注

2 威廉•皮特（William Pitt，1708—1778 年），英国第九位首相。史学家称其为"老威廉•皮特"，以区别于他的儿子、同样曾任英国首相的小威廉•皮特。——译注

3 莱尔，即查尔斯•莱尔爵士（Sir Charles Lyell，1797—1875 年），19 世纪英国著名的地质学家、律师。他是英国皇家学会会员、地质学均变说的重要论述者。——译注

4 乔万尼•安东尼奥•斯科波利（Giovanni Antonio Scopoli，1723—1788 年），6 世纪意大利博物学家、医生。——译注

5 奥斯汀•多布森（Austin Dobson，1840—1921 年），英国诗人和散文家。——译注

6 本书的翻译底本虽为"艾伦版"，但同时参考了 20 世纪 70 年代牛津大学教授福斯特的注释，故艾伦的这段说明，与本书的实际注释不尽相同。为区分注释的来源，本书分为"作者注""译注""编注""艾伦注""福斯特注"。——编注

7 威廉•沃尔德•福勒（William Warde Fowler，1847—1921 年），英国历史学家、鸟类学家。——译注

8 威廉姆•亨利•哈德逊（William Henry Hudson，1841—1922 年），阿根廷作家、博物学家以及鸟类学家。——译注

9 赫尔伯特•斯宾塞（Herbert Spencer，1820—1903），英国哲学家、生物学家、鸟类学家、社会学家，维多利亚时代杰出的经典自由主义政治理论家。——译注

10 伯里克利（Pericles，约前 495—前 429 年），古希腊奴隶主民主政治的杰出代表者，古代世界著名的政治家之一。——译注

11 爱德华•吉本（Edward Gibbon，1737—1794 年），近代英国杰出的历史学家，著有影响深远的史学名著《罗马帝国衰亡史》，18 世纪欧洲启蒙时代史学的卓越代表。——译注

12 弗里茨•穆勒（Fritz Muller，1834—1895 年），瑞士动物学家、爬虫学家、医生。——译注

13 伊拉斯谟斯•达尔文（Erasmus Darwin，1731—1802 年），英国医学家、诗人、发明家、植物学家与生理学家，是进化论奠基人查尔斯•罗伯特•达尔文的祖父。——译注

14 塞缪尔•约翰逊（Samuel Johnson，1709—1784 年），英国文学史上重要的诗人、散文家、传记作家、文学评论家、雄辩家和词典编纂人。《约翰逊传》是其代表作之一。——译注

15 亚历山大•穆雷（Alexander Murray，1810—1884 年），苏格兰地质学家，他制作了纽芬兰的第一张地质图。——译注

16 卡尔•路德维希•约翰内斯•贝德克尔（Karl Ludwig Johannes Baedeker，1801—1859 年），德国出版商和书商，其出版的有关世界各地的旅行指南被广泛传播和使用。——译注

英文版前言二

吉尔伯特·怀特，1720 年 7 月 18 日生于塞耳彭。其父是位绅士，为人温雅，在塞耳彭有一处房屋和数亩田地。吉尔伯特启蒙于贝辛斯托克，师从托马斯·沃顿。这位托马斯·沃顿，就是 1728 年生于贝辛斯托克的诗人小托马斯·沃顿的父亲老托马斯·沃顿。小托马斯·沃顿比他哥哥——生于萨里郡邓斯福德的约瑟夫，小了 6 岁。老托马斯·沃顿是新森林布瑞摩尔一位牧师的三个儿子中的幼子，也是三个儿子中唯一不聋不哑的健康人。

老托马斯富有才干，在牛津大学莫德林学院获得过奖学金，后成为汉普郡贝辛斯托克的牧师，也正是吉尔伯特·怀特就读学校的校长。老托马斯在阿默斯特[1]的《大地的儿子》一书中被称为"一位受人尊敬的诗人绅士"；他认识蒲柏[2]，擅写诗歌，1718 年至 1728 年任牛津大学的诗学教授。老托马斯将在写诗方面的天赋遗传给了两个名气更大的儿子——约瑟夫和小托马斯，他们最后都顺理成章地成为牛津大学的诗学教授。

吉尔伯特·怀特中学毕业后升入牛津大学，1739 年进入奥里尔学院就读，并于 1746 年 26 岁时获得文学硕士学位。之后的六年，他在牛津大学担任高级学监。从孩提时代就萌发的对大自然的热爱，一路滋长，伴随着他的一生。家乡是他心之所系，迨自始任圣职，他本可过上校园生活，却执意返回家乡，返回他出生的家，只是每年去牛津大学一次。在老家，他安享余生，寿逾古稀，直至 1793 年 6 月 26 日离世。

吉尔伯特·怀特终生未娶，专注于牧师工作和享受在生活中观察自然，一如他书中所载。他的几个兄弟同样热爱自然，齐心协助他开展对塞耳彭博物学的研究。当然，他们不像吉尔伯特·怀特那样离群索居，各自娶妻并给予他家庭般的温暖，让怀特得以在有生之年为 63 个侄子侄女进行了出生登记。

其中的一位兄弟是英国皇家学会[3]的成员，劝说怀特在晚年将各种笔记整理成书。该书初版为 4 开本，那一年正值法国大革命爆发，巴士底狱被攻陷。不过怀特更关注的是毛脚燕筑窝全过程，对法兰西帝国的崩塌兴趣寥寥。对那些人们熟视无睹、司空见惯的平凡世界，他却能洞察到魅力无穷的内里乾坤和勃勃生机。该书首次面世时，吉尔伯特·怀特已是古稀之年，4 年后即驾鹤西去。这本书的内容，是根据他写给托马斯·彭南特和戴恩斯·巴林顿的书信整理而成。

托马斯·彭南特也是位博物学家，1726 年生于佛林特郡的唐宁，比吉尔伯特·怀特小 6 岁。1798 年，和怀特一样，他在自己出生的家中离世。彭南特热爱博物学，足迹遍及海内外。他和布封称兄道弟，在怀特的《塞耳彭自然史》刊行前，便已著述甚丰。他的《不列颠动物志》《四足动物史》和《北极动物学》，极享盛誉，其他著作还有《环游威尔士》和《伦敦史》。

通信的另一位，是戴恩斯·巴林顿，第一代巴林顿子爵的四子，比彭南特小 1 岁，于 1800 年去世。他在格林尼治医院当过秘书，是文物学会的会员和英国皇家学会的会长。他的《杂录集》于 1781 年出版，讨论博物学和古代史中的各种问题，书中收录了 1775 年首次发布的一篇论文，该论文论证了人类走进北极的可能性。而其中最具价值的，是他的《古代法令的观察》中的一辑。

---

1 尼古拉斯·阿默斯特（Nicholas Amhurst，1697—1742 年），英国诗人和政论家。——译注

2 亚历山大·蒲柏（Alexander Pope，1688—1744 年），18 世纪英国最伟大的诗人，杰出的启蒙主义者。代表作有《伊利亚特》《奥德赛》《田园诗集》《批评论》等。——译注

3 英国皇家学会（The Royal Society），全称"伦敦皇家自然知识促进学会"，成立于 1660 年，是世界上历史最悠久且从未中断过的科学学会。——译注